中华诗词丛稿

瀚海追潮集

薛维敏 著

中国书籍出版社

图书在版编目（CIP）数据

瀚海追潮集 / 薛维敏著. -- 北京：中国书籍出版社, 2024.4

ISBN 978-7-5068-9875-1

Ⅰ.①瀚… Ⅱ.①薛… Ⅲ.①诗词—作品集—中国—当代 Ⅳ.①I227

中国国家版本馆CIP数据核字（2024）第092577号

瀚海追潮集

薛维敏　著

责任编辑	王志刚
责任印制	孙马飞　马　芝
封面设计	东方美迪
出版发行	中国书籍出版社
地　　址	北京市丰台区三路居路97号（邮编：100073）
电　　话	（010）52257143（总编室）　　（010）52257140（发行部）
电子邮箱	eo@chinabp.com.cn
经　　销	全国新华书店
印　　厂	三河市京兰印务有限公司
开　　本	710毫米×1000毫米　1/16
印　　张	20
字　　数	280千字
版　　次	2024年4月第1版　2024年4月第1次印刷
书　　号	ISBN 978-7-5068-9875-1
定　　价	86.00元

版权所有　翻印必究

自 序

  《瀚海追潮集》收录本人自 2006 年至 2014 年九年间创作的格律诗词 960 余篇，以及大美新疆特辑，读诗札记各三十余篇，诗友对本人部分诗作集评等。诗集也自然分为四个部分。其内容多为近年来国内旅游纪踪，涉略山水美景、人文历史等，也有表达个人闲情逸致的篇章以及部分杂吟。

  《瀚海追潮集》承蒙诗界友人的热情支持与厚爱，甫有其成，幸甚至哉。

  《瀚海追潮集》秉持以诗求友，以诗会友，发扬前辈们功不唐捐、玉汝于成的探索精神，为弘扬中华诗学优良传统而尽一份微薄之力。

  在诗词的创作中，本人始终秉承"求正容变"的原则。力求诗作具有感染力，力求将现实与历史交织，议论与抒情结合，力求做到在语言上掷地有声。学习唐代诗人古貌清标、诗风淳朴苍劲的典范。在驾驭题材、视觉取向上力求有所创新。对每一首诗词的创作，力求既具政治眼光，又具历史眼光，亦具文化内涵，以此来彰显我们时代的人文精神。

  如，我的《集贤宾·楼兰畅想曲》：

枣花开处胡杨碧,芳草氤氲。石城崇楼广宇,耸处连云。络绎驼铃振玉,丝绸漫绾乌孙。坎泉遍饮尧天客,婆娑舞、且末佳人。酒佐焉耆羊肉,香气溢乾坤。　　借他丝路广罗珍。大漠显渊淳。碛中雄关欲接,横亘昆仑。财聚东西南北,窖开鄯善芳醇。眼前时有飞天过,楼兰国、史演缤纷。纵使玄奘在世,陈迹亦难温。

为了写作这首词,我查阅了大量的史料,也阅读了前人的诗文。这首词的创作难度在于如何把史实与合理的想象较好地整合起来,使之具有可读性。词的上阕主要描写想象中的楼兰古国的美丽与繁华,舍弃了当时楼兰国与其周边小国征战厮杀的血腥画面,来突出楼兰古国人民对美好生活的向往与追求。这也是本词在立意上的一个亮点。其次,想象的合理性与诗词的韵味美达到了较好的契合,既追求形似,也追求神似,因此,既能体现历史的现实主义,也体现诗词本身的浪漫主义。词中,飞天的出现也绝非偶然。

再如,我的《沁园春·天山》:

云隐峻嶒,脉走西东,地老天荒。看黄沙大漠,天遗圭璧:重峦叠嶂,雪毓芬芳。月卧冰峰,风吟旷谷,飞瀑栖霞射紫光。梦初醒,正翩跹起舞,抖尽苍凉。　　惯看尘世沧桑,崎岖路,千秋荡回肠。忆仙人联袂,云蒸凤渚;瑶池饮客,酒泻龙乡。锷刺苍穹,宝锋未老,独领山川美素装。壮华夏,看风流今日,再谱华章。

《沁园春·天山》这首词,呈现出来的是天山的大美,首先是一个真实的天山,其次是撷取了神话传说作为渲染与补充,也增添了本词的浪漫色彩,无疑也增加了本词的可读性。据《穆天子传》记录,历史上最爱游玩的周穆王就到瑶池会见了西王母。西王母瑶池会见周穆王，也见诸各种典籍。词中对此给予了浓墨重彩的描绘，也正是基于这种考虑。天山是大美新疆的一个缩影，天山的美好未来也就是新疆的美好未来，词中，对天山的展望就是对新疆未来的展望，也给全词注入了时代的精神。

写诗，说到底，还须从生活出发，才有可能写出既真实又贴切的高境界的真诗。有属于自己的独特发现，作为诗人，学识固然重要，但生活的深度和广度更为重要。当然，独特发现与自己头脑的空灵程度也是不无关系的，而挚爱生活、贴近现实的人才更容易有独特发现，这样，离写出真诗也就更近了一步。明代李梦阳晚年时在《诗集自序》中说："夫诗者，天地自然之音也。今途咢而巷讴，劳呻而康吟，一唱而群和者，其真也，斯之谓风也。孔子曰：'礼失而求之野。'今真诗乃在民间。"愚以为，与其说真诗在民间，还不如说真诗在生活中，只有悉心体味生活，具有独特的生活感受，才能写出既贴近生活又高于生活的高境界的真诗。

写山水诗，景物中不能没有"我"，诗的意境美也不能没有"我"，诗的意境美是多种多样的，但我以为，意境中的"我"，是构成意境美的重要因素。一切文学作品，说到底都是写自己，诗歌尤其如此。诗人是自己的诗歌之王，不管是主观之诗，还是客观之诗，不管是否出现"我"字，你的诗里面都潜藏了一个真实的自我。有自我的诗，应具备积极的、健康的审美观。对于诗词这一传统积淀深厚的文艺体裁，是否写出新意，是评价当代诗词作品的基本要求，仅仅写得"地道"或"古香古色"是远远不够的，好的诗词作品还必须追求时代和个人的独特性，而个人的独特性又必须具备积极的审美观。审美趣味的时代性是个动态的历史范畴，不同时代有不同的审美趣味，积极的审美观是我们这个时代对审美个体的呼唤与要求。在其积极的审美观的指导下，才会有健康的、积极的、美的鉴赏和创造。

当下，在诗词创作中，学习和借鉴古人是必不可少的。看华夏诗词创作的每一次进步，都与学习与借鉴、变革与创新息息相关。五律在老杜手中，常有变革与创新，开盛唐气象。唐朝诗人王湾《次北固山下》云："海日生残夜，江春入旧年"之句，与"春生残雪外"虽有渊源。而"春生残雪外"却能更为洗练而出，不禁让人叹服。王勃的"落霞与孤鹜齐飞，秋水共长天一色"这一句式出自庾信《三月三日华林园马射赋》里的"落花与芝盖齐飞，杨柳共春旗一色"。王勃只是改了其中的几个名词，但意境却有了天翻地覆的差别。两个句子一对比，就可以发现，虽然说王勃是借用了庾信的句式，但绝不能说是简单的抄袭，而是非常成功的一次文学再创作。

要写好一首诗，还须在练字上下功夫。我的《泡菊花茶有记》：

　　一片痴情现玉腮，但观纤巧影徘徊。
　　心随婉转思生翼，梦系婵娟谁做媒。
　　未有浓香招蝶顾，更无媚态引人来。
　　寒花亦可种杯里，不待东篱霜后开。

熊天锡先生点评：
泡菊花茶突发奇想，字里行间妙趣横生，是因诗人心境之美。寒花指菊花，"寒花种杯里"深得无理之妙，好一个种字，也使全诗逸兴遄飞。

在诗词创作中，要达到言已尽而意无穷之余效，意象的选用很重要。如我的《农历腊月与胞弟老五视频》：

　　任尔朔风牵客尘，关河遥隔未孤身。
　　一帘旧梦江南雨，九啭新莺北国春。

酒至微醺忆昆仲，歌因快意起鲈莼。

故乡山水何曾远，今对频中望月轮。

段维先生点评：

怀人之作不落俗套。寓情于景，摇曳多姿；寓情于事，化典无痕，自然成就中间二联，章法上错落有致。尾联就题转合，尤以视频中的月轮意象呈现，达到言已尽而意无穷之余效。

"一切景语皆情语"，是王国维在《人间词话》中的著名论断。《人间词话》最大的贡献就是提出了境界说。王国维认为，"境界"是诗人和词人创作的原则，也是评价文学应该遵循的标准。书中这样写道："境非独谓景物也，喜怒哀乐，亦人心中之一境界。故能写真景物、真感情者，谓之有境界，否则谓之无境界。"王国维认为"境界有大小，不以事而分优劣"，我以为，情感有忧喜，不以情景而分主次。要之，便是情感与景物之间的无缝对接，将两者融为一体，呈现出真景物、真情感，力争创作出有境界的好诗词。

山谷道人有云，"诗意无穷，而人之才有限。以有限之才，追无穷之意，虽渊明、少陵不得工也。"我想，一个好的诗词作者，应在借鉴前人诗作的基础上，陶冶其诗语而自铸佳语，创作出颇具新意的意象与诗词作品。

数年诗词创作之实践，深感创作道路之漫长与艰辛，以上虽刍荛之言，然发由深衷，在此坦露，聊充自序。

薛维敏

2023 年 10 月 30 日于乌鲁木齐啸云斋

目 录

自 序 …………………………… 1

2006 年作品 ………………… 1

参谒禅宗祖师达摩 ……………… 2
夜听檐滴 ………………………… 2
余晖中观凌霄花 ………………… 2
书斋品茶 ………………………… 2
时 光 …………………………… 3
临江仙·船过瞿塘峡 …………… 3
定风波·橘子洲头恭读《沁园春·长沙》
　诗碑 …………………………… 3
占春芳·岁末写梅 ……………… 4
潇湘神二首·题虾画 …………… 4
小重山·寄友人 ………………… 4
望仙门·题画《秋思》 ………… 4
一剪梅·忆江南 ………………… 5
东坡引·江淮柳 ………………… 5
凤衔杯·剑门关凭吊 …………… 5
元宵节次日春雪中吟啸 ………… 5
散天花·徒有高怀映碧霞 ……… 6
散天花·西湖柳影 ……………… 6
小重山·山石赞 ………………… 6
朝玉阶·余弟微信发来故园梅花初放
　照片 …………………………… 7
寿山曲·春雪 …………………… 7

瑞鹧鸪·忆淮上听抚琴 ………… 7
芳草渡·酉阳伏羲洞忆游 ……… 7
一剪梅·孤山放鹤亭晚坐 ……… 8
南乡子·友自海南发来阳台春光照　8
读龚自珍《己亥杂诗》 ………… 8
连日春雪飘飘 …………………… 9
登神女湖观景台 ………………… 9
唐多令·登神女湖观景台 ……… 9
游长阳清江画廊 ………………… 9
吟诵屈原《九章》 ……………… 10
春日微雨中观鸟 ………………… 10
春日寄淮上友人 ………………… 10
西湖畔伫立林逋墓前 …………… 10
虞姬墓怀古 ……………………… 11
渔家傲·鸣泉谷观瀑布 ………… 11
唐多令·登大蜀山 ……………… 11
杏花天·石河子143团访万亩桃园　11
朝中措·卧龙山清晨观云 ……… 12
青玉案·滴水岩森林公园 ……… 12
南乡子·三江夕照 ……………… 12
雨中花令·天目湖湿地公园记事 … 13
寿山曲·登大京山鹅尖峰 ……… 13
南乡一剪梅·书斋绿萝 ………… 13
摊破南乡子·雨后散步 ………… 13
谢池春·读竹山词 ……………… 14

青玉案·令值小满有忆儿时农耕苦况 …………………………………… 14
少年游·庐山碧龙潭…………… 14
谢池春·整理旧稿……………… 15
折丹桂·儿童节读丰子恺漫画有记 15
鹧鸪天·忆故园小院桂花……… 15
行香子·过塔尔寺……………… 15
临江仙·李鸿章故居小姐楼遐思 16
浪淘沙·夜雨晨雾公园赏紫薇花 16
浪淘沙·长夏湖边小坐………… 16
谢池春·读屈原《山鬼》……… 17
十拍子·喀拉峻草原之夜……… 17
渔家傲·听古筝演奏家弹奏《高山流水》………………………… 17
南乡子·读刘禹锡被贬夔州诗作… 17
浪淘沙·有感李纨办诗社……… 18
南乡子·读范仲淹庆州词作《渔家傲》 ………………………………… 18
公园晨步……………………… 18
渔家傲·夜宿巩乃斯大草原牧人家 19
唐多令·观兵团军魂展………… 19
破阵子·博乐故城怀古………… 19
题友人《野水疏竹图》………… 19
苏幕遮·青海倒淌河秋思……… 20
重读《鸿门宴》………………… 20
穹库斯泰观古代岩画…………… 20
秋日艾比湖畔观胡杨…………… 21
秋之韵………………………… 21
重读海明威《老人与海》……… 21
秋日观荻花飞舞………………… 21
初冬向晚开屏湖边散步………… 22
观群鸽放飞…………………… 22
回忆故园秋…………………… 22

踏雪有记……………………… 22
海丰方饭亭谒文宋瑞公石像…… 23
读唐寅《牡丹图》……………… 23

2007年作品 ………………………… 25

读《陶渊明诗文选》…………… 26
观昆剧《牡丹亭》……………… 26
读黄景仁《别老母》诗………… 26
题《矶头独钓图》……………… 26
故园百人小村庄………………… 27
读卞之琳《断章》……………… 27
题友人《雾锁崆峒山图》……… 27
参加五师八十八团老军垦慰问会… 27
雪霁听鸟语…………………… 28
友赠故园太湖石一尊，石上多窟窿，观之若衣衫褴褛之济公，置案左，诗以记之 ……………………………… 28
题友人《雨中新荷》图………… 28
除夕答友……………………… 29
满庭芳·友人发来金陵梅花山赏梅照有复 …………………………… 29
听二胡独奏《姑苏春晓》……… 29
听少儿二胡演奏《赛马》……… 29
凭窗观云层…………………… 30
题友人《八百里烟雨皖江图》… 30
踏莎行·梦…………………… 30
唐多令·答诗友……………… 31
唐多令·梦游西樵山…………… 31
河传·寄啸雨宗弟……………… 31
定风波·游园………………… 31
踏莎行·小园花事观感………… 32
渔家傲·春晨湖上即景………… 32

步友人《秋思》韵兼抒怀………	32
吟诵古人诗章偶感………………	33
读友人《听雨楼诗稿》…………	33
观几老妇少妇摘榆钱……………	33
暮春湖上即景……………………	33
湖心亭独坐………………………	34
塞上初夏即景……………………	34
江城子·读友人《夕阳芳草集》…	34
绮罗香·解花愁…………………	35
望江南·咏云……………………	35
姑苏怀古…………………………	35
湖心亭独坐………………………	36
答侄问……………………………	36
题友人《水乡晚景图》…………	36
重读范仲淹《岳阳楼记》………	36
清晨公园听鸟鸣…………………	37
有感王国维论诗之"无我之境"…	37
为友人紫竹园题照………………	37
题友人《竹林月下摇风图》……	38
听朱昌耀二胡演奏《扬州小调》…	38
牡丹园赏牡丹……………………	38
读李白寓居山东诸诗有作………	38
题友人多景楼晚照………………	39
日暮写怀…………………………	39
向晚公园赏草芙蓉………………	39
题友人水墨《一叶弄春潮》……	39
听古琴弹奏《春江花月夜》……	40
塞上雨霁看夕阳…………………	40
友人以《故园六月清荷图》见赠，诗以复之 ………………………	40
绮罗香·曙色中列车过唐古拉山口	40
湘春夜月·观林芝卡定沟天佛瀑布书感 ………………………………	41

西藏林芝南伊沟风景区写怀………	41
西藏林芝游鲁朗林海并听卓玛天籁之音 …………………………	41
读《渴望读书的"大眼睛"》照片	42
题友人《洞庭秋月仕女图》……	42
于友人书斋吃明前茶……………	42
金缕曲·故园老榕树……………	43
风入松·黄河……………………	43
秋　望……………………………	43
风入松·秋心如水………………	44
喜迁莺·月夜寒汀………………	44
解连环·孤雁……………………	44
一丛花令·夜宿五台山…………	45
一剪梅·观书……………………	45
一剪梅·独坐临流………………	45
天仙子·夜宿周庄………………	45
天仙子·梦游仙女潭瀑布………	46
唐多令·游华清池………………	46
唐多令·北戴河观海……………	46
唐多令·咏骆驼…………………	47
谢池春·游五泉山浚源寺………	47
最高楼·难得糊涂………………	47
破阵子·抒怀……………………	47
唐多令·西安大唐芙蓉苑怀古……	48

2008年作品 …………………… 49

一剪梅·读《苏曼殊本事诗》……	50
观友人游佛山清晖园图片………	50
塞上初春即景……………………	50
雨后望天山………………………	50
夜读老子《道德经》……………	51
晨步漫兴…………………………	51

书斋听雨品茗之一……………… 51	立秋日花市购得绿萝数盆……… 59
书斋听雨品茗之二……………… 51	为友人孤山放鹤亭题照………… 60
塞上观柳………………………… 52	听小提琴演奏《化蝶》………… 60
初春公园观花…………………… 52	秋游庙尔沟……………………… 60
与友踏青后小酌………………… 52	秋雨夜来晨霁…………………… 61
题《天山劲松图》……………… 52	忆故园秋江渔棹………………… 61
读米芾行书《研山铭》………… 53	月夜遐思………………………… 61
春访章华台遗址………………… 53	为友人登云顶山题照…………… 61
晨起临窗遐观…………………… 53	秋日感怀………………………… 62
住院随笔（之一）……………… 53	秋夜听雨………………………… 62
住院随笔（之二）……………… 54	连日秋雨树叶渐黄……………… 62
病房走廊徐步…………………… 54	友邀品茶有记…………………… 62
病房随笔………………………… 54	浪淘沙·晚游秦王湖…………… 63
病愈南郊公园观湖……………… 54	塞上看夕阳……………………… 63
五弟发来故园老宅百年老树照片… 55	踏莎行·探菊…………………… 63
初夏游柴窝堡湿地公园………… 55	夜游宫·庭中盆栽玉兰将谢矣… 64
为友人鹿门山题照……………… 55	望海潮·天柱山纪游…………… 64
书斋烹茶待饮…………………… 55	金菊对芙蓉·庐山西林寺问佛… 64
游三道海子风景区……………… 56	沁园春·书斋闲吟……………… 65
观沙画《塞上春晓》…………… 56	定风波·伯乐叹………………… 65
友人赠《金鳞戏荷图》有复…… 56	抒　怀………………………… 65
雅玛里克山顶拍摄红雁池水库… 56	
儿时故园小满时节忆…………… 57	**2009 年作品**　　　　　　　　67
再读屈原《离骚》……………… 57	
南山松间枕石而卧……………… 57	城南赏梅………………………… 68
夏夜无眠有吟…………………… 57	读韩滉《五牛图》……………… 68
雨霁荷塘赏荷…………………… 58	闲　趣…………………………… 68
伊犁唐布拉峡谷草原乘骏……… 58	萧斋述怀………………………… 68
参观昭苏夏塔古城遗址………… 58	对镜偶感………………………… 69
伊犁65团赏薰衣草……………… 58	偶　感…………………………… 69
车行南山道中…………………… 59	醉眼阅红尘……………………… 69
观一鹤发老者湖边作画………… 59	观天池冰峰倒映………………… 69
傍晚河边散步…………………… 59	读盛唐众家边塞诗二首………… 70

无 题……………………………… 70
暮春湖上荡舟…………………… 70
假日湖上垂钓…………………… 70
打理五尺阳台绿植……………… 71
雨后晨风中漫步………………… 71
题书斋松石盆景………………… 71
柳堤晨步偶拾…………………… 71
令值夏至与友竹林浅斟有记…… 72
棋牌室观下围棋………………… 72
记忆中的故园舒城老街………… 72
夏日黄昏………………………… 72
黄昏遇雨………………………… 73
荷塘晨韵………………………… 73
游头屯河谷森林公园…………… 73
登昌吉大青山…………………… 73
鹧鸪天·观王羲之《兰亭序》… 74
秋 思……………………………… 74
秋过石河子垦区………………… 74
秋日寄友………………………… 74
游五彩湾………………………… 75
雅鲁藏布大峡谷口眺望南迦巴瓦峰补记
 …………………………………… 75
过秦皇古驿道…………………… 75
节值白露于丁香楼饯别友人…… 76
听 秋……………………………… 76
望 月……………………………… 76
雨霁望远………………………… 76
遣 怀……………………………… 77
汉唐秋塞巡礼…………………… 77
往事随风………………………… 77
秋霁禾木观云…………………… 78
线上答友人……………………… 78
友人发来"长淮秋色"视频…… 78

诗 梦……………………………… 78
读友人《故园西庄》诗有复…… 79
临窗邀月………………………… 79
西风颂…………………………… 79
闻友人《园梅披雪图》获奖…… 79
友人发来《太白湖》诗及风光照有复
 …………………………………… 80
月下观残菊……………………… 80
题悬崖老松……………………… 80
读诗有感于渲染之艺术奇效…… 80
为友人深圳蝴蝶谷题照………… 81
观新疆杂技团表演《胡杨魂》… 81
观盐城湿地候鸟飞抵越冬……… 81
冬游鹿邑老君台………………… 82
游中山詹园补记………………… 82

2010年作品……………………… 83

读陈子昂《登幽州台歌》……… 84
读友人《江南风雨集》………… 84
咏 梅……………………………… 84
读于右任诗词选………………… 84
春日感怀………………………… 85
探春慢·月光中游乌镇后与友小酌 85
高山流水·观黄龙五彩池……… 85
一萼红·初春无锡梅园赏梅…… 86
望南云慢·蠡园怀古…………… 86
读诗偶感………………………… 86
一丛花令·闲斋夜读…………… 87
江月·塞上春意………………… 87
春晓凭窗………………………… 87
春日感怀………………………… 87
观落花…………………………… 88

南乡子·攀登博乐美丽其克南山峰 88	2011 年作品 99
赠博州老年大学前辈及诗友 88	
诗人节怀屈子 88	晨 步 100
杂感三首 89	题海浪石 100
题 画 89	读《鲁滨逊漂流记》二绝句 100
河滨公园雨中漫步 89	为友人鹿门山题照二绝句 100
育花感赋 89	哨所雪松赞二绝句 101
游太原晋祠 90	乘晚风游三亚椰梦长廊 101
有感人生解方程 90	月光下踏雪 101
听二胡曲《听松》 90	令值小雪喜见雪飘 102
忆故园老宅桂花树 91	湖畔冬行 102
再游额尔齐斯河 91	观儿童雪地戏雪 102
帕米尔高原白沙湖 91	雨中花慢·丽水龙泉山纪游 102
帕米尔高原金草滩 91	疏影·海南月亮湾 102
中秋寄四弟、五弟 92	杏花天·杭州孤山抒怀 103
偶 感 92	凤池吟·湖光岩纪游 103
读《红楼梦》卷中诗词 92	玉簟凉·天子山览奇 103
秋晚南京话雨亭小坐 93	翠楼吟·问道东西岩 104
喜迁莺·国庆抒怀 93	浪淘沙·巨柏吟 104
读唐诗僧齐己佛禅诗 93	浣溪沙·林泉有约 104
重阳节醉中远眺 94	水龙吟·塞上春雪 105
为友人福建云顶山题照 94	梦横塘·观梨园落蕊 105
为友人亚龙湾海滩题照 94	做客江村补记 105
题五弟《老宅篱边晚菊图》 94	春雨晓霁 106
偶 感 95	船过长江三峡 106
夜吟偶得二绝句 95	一剪梅·再读《苏曼殊诗集》 106
浪淘沙·六十狂吟 95	渔家傲·题友人《飞瀑图》 106
初冬乡道观野鸽子二绝句 95	声声慢·读易安晚期词作 107
月光下踏雪 96	瞻仰皖西革命纪念馆 107
谢池春·忆博鳌海渡 96	颍上八里河纪游 107
浪淘沙·读友人《香山红叶图》 96	文瀛湖纪游 108
少年游·谒碧云寺补记 97	登邢台临城天台山 108
今日早餐有记 97	初春游南京白鹭洲公园 108

解花语·晋中云竹湖孤岛赏桃花…109
吐鲁番参观坎儿井…………………109
读《陶渊明诗集》…………………109
江城子·雨中春色…………………109
探春慢·骊山怀古…………………110
透碧霄·漓江观凤尾竹……………110
水龙吟·忆少年故园夏日晨起割牛草
　　……………………………………110
浣溪沙·咏落花……………………111
雪梅香·叹西施……………………111
凤凰台上忆吹箫·咏貂蝉…………111
望南云慢·咏虞姬…………………112
八宝妆·叹罗敷……………………112
迈陂塘·叹绿珠……………………112
登东湖行吟阁并瞻仰屈原塑像……113
登北固楼远眺有怀…………………113
定风波·夜星西沉…………………113
金明池·卓文君……………………114
过秦楼·上官婉儿…………………114
望海潮·钟山定林寺访刘勰纪念馆 114
绮罗香·读柳永《乐章集》………115
锦堂春慢·读王实甫《西厢记》…115
病愈有作……………………………115
秋访马致远故居补记………………116
扬州梅花岭怀史阁部补记…………116
滴水清音……………………………116
疏影·初游香溪……………………116
夜飞鹊慢·江布拉克纪游…………117
如此江山·奇台一万泉纪游………117
渔家傲·为某官画像………………117
临江仙·梦中荷塘月色……………118
琵琶仙·七星峰瞻仰东北抗日联军烈
　　士纪念碑 ………………………118

醉蓬莱·瑶池飞艇…………………118
登常熟虞山…………………………119
雨中登南京雨花台缅怀先烈………119
游孔雀河……………………………119
念奴娇·赋天山松…………………120
凤凰台上忆吹箫·秋蝉嘶风………120
高山流水·读友人菊画《枝头抱香死》
　　……………………………………120
望南云慢·读友人水墨《折翅之鹰图》
　　……………………………………121
友人赠《兰苑诗草》有复…………121
秋游胡杨林…………………………121
水龙吟·秋日塞上观云……………122
新雁过妆楼·秋日思旧……………122
秋游寒山寺…………………………122
中秋寄故园友人……………………123
友人赠余《山乡柿熟图》有复……123
残　荷………………………………123
秋日杂兴……………………………123
故人邀饮有记………………………124
游开都河……………………………124
题友人《秋晚飞觞醉月图》………124
为友人琅琊山归云洞题照…………125
摸鱼儿·安徽大剧院观韩再芬主演黄
　　梅戏《女驸马》…………………125
念奴娇·塞上行……………………125
八声甘州·过钓矶…………………126
八声甘州·观呼图壁康家石门子岩画
　　赋感………………………………126
透碧霄·秋访白哈巴村……………126
望海潮·贺兰山怀古………………127
桂枝香·登高昌故城………………127
念奴娇·秦淮河畔秋晚抒怀………127

烛影摇红·萧斋寄意⋯⋯⋯⋯⋯ 128
永遇乐·读文天祥《正气歌》⋯⋯ 128
绮罗香·拜谒蒲松龄故居⋯⋯⋯ 128
梦横塘·读友人《黄山九龙瀑水墨图》
　⋯⋯⋯⋯⋯⋯⋯⋯⋯⋯⋯⋯⋯ 129
新雁过妆楼·咏黛玉⋯⋯⋯⋯⋯ 129
八归·过普救寺⋯⋯⋯⋯⋯⋯⋯ 129
沁园春·天山⋯⋯⋯⋯⋯⋯⋯⋯ 130
梦芙蓉·过孟姜女庙⋯⋯⋯⋯⋯ 130
水调歌头·癸巳秋游哈巴河五彩滩 130
水调歌头·海⋯⋯⋯⋯⋯⋯⋯⋯ 131
水调歌头·残荷⋯⋯⋯⋯⋯⋯⋯ 131
水调歌头·暮雨吟秋⋯⋯⋯⋯⋯ 131
庆春宫·过凤阳明皇陵⋯⋯⋯⋯ 131
八归·听雷⋯⋯⋯⋯⋯⋯⋯⋯⋯ 132
金缕曲·再谒杜甫草堂⋯⋯⋯⋯ 132
金缕曲·登北固多景楼怀稼轩⋯⋯ 133

2012 年作品⋯⋯⋯⋯⋯⋯⋯⋯ 135

潇湘逢故人慢·儋州谒东坡书院⋯ 136
双双燕·广东森林公园远眺观音山 136
暮中过团们江⋯⋯⋯⋯⋯⋯⋯⋯ 136
选冠子·暮中船过浔阳江⋯⋯⋯ 137
探春慢·船过嘉陵江⋯⋯⋯⋯⋯ 137
念奴娇·过李鸿章故居⋯⋯⋯⋯ 137
长相思慢·过乌江亭⋯⋯⋯⋯⋯ 138
花发状元红·神农谷纪游⋯⋯⋯ 138
疏影·读《清明上河图》⋯⋯⋯ 138
早春游佛山清晖园补记⋯⋯⋯⋯ 139
登镇海楼⋯⋯⋯⋯⋯⋯⋯⋯⋯⋯ 139
题友人《秋醉美人蕉》水墨图⋯⋯ 139
登武夷山天游峰⋯⋯⋯⋯⋯⋯⋯ 139

武夷山九曲溪行舟补记⋯⋯⋯⋯ 140
玉山枕·宁夏沙坡头高台眺远⋯⋯ 140
新雁过妆楼·谒青海藏教白马寺⋯ 140
探春慢·青海湖向晚鸟岛观鸟⋯⋯ 141
探春慢·青海可可西里于车上远观藏
　羚羊群⋯⋯⋯⋯⋯⋯⋯⋯⋯⋯ 141
探春慢·四川甘孜亚丁眺望神山⋯ 141
登成都天台山⋯⋯⋯⋯⋯⋯⋯⋯ 142
春游青城山天师洞⋯⋯⋯⋯⋯⋯ 142
与友人同游琅琊山⋯⋯⋯⋯⋯⋯ 142
望南云慢·广东德庆盘龙峡纪游⋯ 143
瑶花慢·英德市宝晶宫纪游⋯⋯ 143
玉山枕·武当山观古建筑群⋯⋯ 143
霜花腴·孤舟穿越神农溪⋯⋯⋯ 144
念奴娇·黄陂木兰山纪游⋯⋯⋯ 144
水龙吟·石堰市房县野人洞纪游⋯ 144
恩施大峡谷乘缆车观景遇雨⋯⋯ 145
登荆州古城怀关羽⋯⋯⋯⋯⋯⋯ 145
登黄石东方山怀东方朔⋯⋯⋯⋯ 145
过黄帝故里⋯⋯⋯⋯⋯⋯⋯⋯⋯ 146
香山湖纪游⋯⋯⋯⋯⋯⋯⋯⋯⋯ 146
登许昌春秋楼怀关羽⋯⋯⋯⋯⋯ 146
铜川玉华宫遗址怀古⋯⋯⋯⋯⋯ 146
玉簟凉·过月山寺⋯⋯⋯⋯⋯⋯ 147
玉簟凉·泛舟青天河遥观漫山野花 147
八归·过西夏王陵⋯⋯⋯⋯⋯⋯ 147
锦堂春慢·银川鸣翠湖纪游⋯⋯ 148
探春慢·游龙潭大峡谷⋯⋯⋯⋯ 148
霜花腴·南阳石门湖纪游⋯⋯⋯ 148
水调歌头·安丘青云湖向晚放舟⋯ 149
游安丘老子文化园走笔⋯⋯⋯⋯ 149
天山新月⋯⋯⋯⋯⋯⋯⋯⋯⋯⋯ 149
满江红·再谒中山陵⋯⋯⋯⋯⋯ 150

青海丹葛尔古城怀古……………… 150
水龙吟·登三关口明长城………… 150
锦堂春慢·景泰黄河石林………… 150
三姝媚·题云崖寺古柏…………… 151
濯水古镇印象……………………… 151
濯水古镇八贤堂前留照戏题……… 151
红河谷森林公园纪游……………… 152
游商南金丝大峡谷………………… 152
观翠华山摩崖石刻………………… 152
陕西法门寺瞻仰合十舍利塔……… 153
游大明宫遗址公园有记…………… 153
西安碑林读《曹全碑》有记……… 153
登西安钟鼓楼有记………………… 153
游览重庆武隆天生三桥有记……… 154
巫山小三峡舟行记游……………… 154
暮中船过乌江酉阳段百里画廊…… 154
有感天道吟怀……………………… 155
题白鹤梁…………………………… 155
题白云洞…………………………… 155
谒蓬莱水师府（戚继光纪念馆）… 155
观泰山石刻………………………… 156
登南京浦口点将台………………… 156
坝上草原纵马得句………………… 156
登清远楼抒怀……………………… 157
秋登鸡鸣山………………………… 157
野三坡百里峡纪游………………… 157
秋游邢台峡谷群…………………… 157
过秦楼·观丽江玉龙雪山………… 158
高阳台·过大理古城……………… 158
瑶花慢·游九乡卧龙洞…………… 158
百宜娇·昆明黑龙潭公园纪游…… 159
绮罗香·昆明滇池纪游…………… 159

凤凰台上忆吹箫·雨霁晨游昆明世博园
………………………………………… 159
庆春宫·游昆明西山龙门抒怀…… 160
解连环·龙吟峡遥望十八峰……… 160
观广元千佛崖……………………… 160
秋登广元天曌山…………………… 161
读庄子《逍遥游》《齐物论》《养
    生主》…………………………… 161
夜飞鹊慢·登兰州五泉山有记…… 161
水调歌头·次韵辛弃疾《长恨复长恨》
………………………………………… 162
水调歌头·秋日偶作……………… 162
水调歌头·秋晚故园情…………… 162
忆旧游·塞上观雪………………… 163
凤凰台上忆吹箫·细数流年……… 163
长相思慢·故园儿童时节冬日塑雪漫忆
………………………………………… 163
高山流水·读陆游《钗头凤》…… 164
夜飞鹊慢·临安太湖源潭………… 164
喜迁莺·青狮潭舟中……………… 164
一萼红·登双峰山………………… 165
锦堂春慢·读宋初诗人潘阆《酒泉子》
    十首赋感………………………… 165
望南云慢·临沂拜谒王羲之故居… 165
暮中往钱塘源沿齐溪道中………… 166
丙申冬月游太真洞有记…………… 166

2013 年作品……………………… 167

岁首抒怀…………………………… 168
读诗偶感…………………………… 168
锦堂春慢·读友人水墨长卷《庐山云
    雾图》…………………………… 168

长相思慢·何园纪游……168	再游万佛湖……177
游彭祖园抒怀……169	壶口观瀑……178
徐州凤凰山下瞻仰淮海战役烈士纪念塔	天津大悲禅院观殿外汉柏写怀……178
……169	雨中游岱山湖……178
晚登岳阳楼……169	访庐江庆复寺听敲木鱼写感……178
癸巳春登泰山有记……170	访合肥明教寺……179
瑶花慢·终南山纪游……170	参观合肥城郊三国新城遗址……179
早春游洪泽湖湿地公园……170	访北京万寿寺写怀……179
危阑独倚……171	谒北京天坛……179
访黄公望旧居……171	观圆明园遗址……180
登番禺莲花山……171	雨中花慢·西双版纳景洪傣族村寨观舞
过秦楼·从化温泉写意……171	……180
瑶花慢·深圳小梅沙纪游……172	瑞鹤仙·读《苏曼殊诗集》……180
长相思慢·向晚登深圳红树林观鸟亭	如此江山·武陵源观云海遇雨……181
……172	绮罗香·秋晚登湘阴远浦楼……181
夜飞鹊慢·珠海白藤湖纪游……173	游梅关……181
夜合花·过洪秀全故居……173	雨中花慢·莆田九鲤湖纪游……182
念奴娇·香港海洋公园观龙鱼……173	雨中花慢·初春微雨中游瘦西湖……182
水调歌头·香港南丫岛天虹酒楼品海	秋晚游天津塘沽外滩补记……182
鲜并观海……174	天津参谒霍元甲纪念馆……182
过香港铜锣湾……174	参观平津战役纪念馆……183
香港九龙旺角与友小酌……174	向晚游天塔湖……183
澳门竹湾海滩纪游……174	水调歌头·开封怀古……183
澳门林则徐纪念馆纪游……175	水调歌头·杨柳青观剪纸艺术展……184
踏莎行·塞上春行……175	过秦楼·舟过九江市忆白居易……184
武夷山二曲溪畔遥望玉女峰……175	郴州读秦观《踏莎行》并遥观苏仙岭
云竹湖竞舟……175	……184
拜谒奉节长龙山天仙观……176	婺源思溪村小住别友……185
过夔州古城……176	陪友人访白鹿洞书院……185
奉节九盘河乘竹排漂流有纪……176	陪友人参观阆中汉城遗址……185
参观肇东八里城遗址并览相关史料……176	与友探访纯阳洞写感……185
过焦裕禄烈士陵园……177	阆中黄花山瞻仰革命烈士纪念碑……186
晋州访魏征故里……177	广灵壶山参谒水神堂……186

山西灵丘桃花山纪游 ………… 186	过泰州桃园 ………………… 196
观花垣大龙洞瀑布 …………… 187	白水湖放舟补记 ……………… 196
七夕偶得 ……………………… 187	观央视扎龙鹤 ………………… 196
读岳武穆《满江红》 ………… 187	汉王镇观拔剑泉怀古 ………… 197
望海潮·太湖畔陆巷古村小酌 …… 188	车过米脂无定河 ……………… 197
瑶花慢·东山启园纪游 ……… 188	
庆春宫·汉后宫咏叹调之卫子夫 …… 188	**2014年作品** ……………… 199
夜合花·武陵源观石峰遐思 …… 189	
庆春宫·观武陵源天桥遗墩 …… 189	观看央视《记住乡愁》 ……… 200
喜迁莺·登栖霞岭怀岳鹏举 …… 189	江城子·抒怀 ………………… 200
念奴娇·杭州紫云洞品茶 …… 190	破阵子·忆雨中丁香 ………… 200
玉簟凉·观龙华八仙山大佛 …… 190	闲弹古曲 ……………………… 200
绮罗香·楚纪南故城怀古 …… 190	登涿州古城怀赵匡胤 ………… 201
秋日傍晚溪边观柳 …………… 191	霜叶飞·落叶祭 ……………… 201
秋日独酌 ……………………… 191	莲塘秋韵 ……………………… 201
中秋晚余弟微信发来三潭印月等照片	遣闲寄韵 ……………………… 201
……………………………… 191	读《诗经·邶风·式微》 …… 202
洞庭秋月 ……………………… 192	谒谢晋元将军故居 …………… 202
蝶恋花·东篱问菊 …………… 192	浣溪沙·临屏读诗 …………… 202
鹧鸪天·与友玉屏阁小酌 …… 192	曲游春·春过西湖抒怀 ……… 202
折丹桂·丁酉秋日与淮上友人钱别 192	浣溪沙·咏塞上梨花 ………… 203
唐多令·秋山抱月 …………… 193	瑶华慢·题友人《白荷月光图》…… 203
鹧鸪天·圣天湖纪游 ………… 193	西子妆慢·读王维《辋川集·孟城坳》
题友人《泉边秋兰图》 ……… 193	……………………………… 203
行香子·燕子 ………………… 193	早梅芳慢·春日漓江泛舟 …… 203
鹧鸪天·登红山眺望 ………… 194	西江月慢·拟雪致梅 ………… 204
鹊桥仙·过古都西安抒怀 …… 194	探春慢·登罗浮山飞云顶补记 …… 204
题友人《柳浪闻莺图》 ……… 194	望海潮·青白江赏桃花补记 …… 205
登岘山有怀孟浩然 …………… 194	玲珑四犯·登鹿门山 ………… 205
石门涧 ………………………… 195	塞上春雪 ……………………… 205
谒湘妃祠 ……………………… 195	琵琶仙·登玉门关感怀 ……… 205
登镇海楼 ……………………… 195	高阳台·边塞生涯四十年感怀 …… 206
巴陵怀古 ……………………… 196	渝游感怀 ……………………… 206

抒　怀…………………………206
高台独酌……………………207
定风波………………………207
菩萨蛮·题友人《月下红梅抱雪图》
　　…………………………207
摊破浣溪沙·题峭岩苍松……207
醉花阴·观大别山彩虹瀑布…208
桂枝香·车过雁门关…………208
苏幕遮·题友人《瓶梅图》…208
从友人学画白梅……………208
晨起观草尖露珠……………209
夜读《田横传》……………209
子规声声二绝句……………209
攀枝花观凤凰花……………209
车过黄河小浪底水库………210
东洞庭湖夕照船中写意……210
星云湖傍晚印象……………210
过明朝兵部尚书刘大夏墓…210
龙感湖傍晚…………………211
衡水湖渔亭小坐……………211
过富春江……………………211
梦横塘·飞云湖纪游…………211
水调歌头·游月牙泉…………212
金菊对芙蓉·庐山西林寺问佛…212
凭栏远眺……………………212
小亭听雨至新霁……………212
秋登函谷关怀古……………213
谒皖南事变烈士陵园………213
缅怀航天之父钱学森………213
喜迁莺·秋谒滑县庄子墓……213
念奴娇·登临海桃渚古城……214
凤凰台上忆吹箫·汴西湖傍晚飞舟…214
探春慢·戊戌仲秋谒宁武雷鸣寺…214

沁园春·戊戌秋开封纪游……215
澡兰香·观央视《国家记忆·中国援建坦赞铁路》后作…………215
琐窗寒·秋窗守雨……………215
喜迁莺·登松门山岛观鄱阳湖…216
唐多令·题友人水墨《春风一夜上梨花》………………………216
唐多令·深秋观雁阵…………216
翻阅二十年前今日游苏州虎丘老照片
　　…………………………217
观央视《海峡两岸》…………217
醉蓬莱·张家界过天门洞……217
读唐女诗人李冶《八至》诗及其他诸诗二绝句……………………218
南乡子·橘子洲头观木芙蓉…218
望江东·谒朱熹武夷精舍……218
苏幕遮·观央视直播红碱淖湿地迎来迁徙白天鹅暂栖…………………219
虞美人·重读余十年前散文集《秋雨》
　　…………………………219
谢池春·读王维《山居秋暝》…219
秋日登崂山狮子峰补记……219
题潮音洞……………………220
登白云山……………………220
蝶恋花·题友人《双燕图》…220

大美新疆诗词特辑…………221

新疆胡杨……………………222
参观北庭都护府遗址………223
八归·昆仑……………………224
集贤宾·楼兰畅想曲…………225
绮罗香·大漠夕阳……………226

浪淘沙·格登碑…………… 227
桂枝香·登高昌故城………… 227
乌伦古湖…………………… 228
锦堂春慢·罗布泊白龙堆雅丹地貌写意
………………………… 229
庚子秋登交河故城………… 231
浪淘沙·伊雷木湖…………… 231
谢池春·车过库尔德宁……… 232
青玉案·神秘的夏尔希里…… 233
重访喀纳斯湖遇雨………… 234
渔家傲·阿吾斯奇双湖写意… 235
渔家傲·夜宿巩乃斯大草原牧人家 236
破阵子·老风口忆老军垦…… 237
浪淘沙·登塔城巴尔鲁克山… 238
再游克孜尔千佛洞………… 239
三姝媚·喀什香妃墓………… 240
微醉中与友人同登八卦城古楼… 241
游乌拉泊故城……………… 242
水调歌头·秋游哈巴河五彩滩… 243
天山神木园………………… 244
天山赋……………………… 246

读诗札记选…………… 249

读诗札记之一……………… 250
读诗札记之二……………… 251
读诗札记之三……………… 251
读诗札记之四……………… 252
读诗札记之五……………… 253
读诗札记之六……………… 254
读诗札记之七……………… 255
读诗札记之八……………… 255
读诗札记之九……………… 256

读诗札记之十……………… 256
读诗札记之十一…………… 257
读诗札记之十二…………… 258
读诗札记之十三…………… 259
读诗札记之十四…………… 260
读诗札记之十五…………… 261
读诗札记之十六…………… 261
读诗札记之十七…………… 262
读诗札记之十八…………… 263
读诗札记之十九…………… 264
读诗札记之二十…………… 265
读诗札记之二十一………… 266
读诗札记之二十二………… 267
读诗札记之二十三………… 268
读诗札记之二十四………… 269
读诗札记之二十五………… 270
读诗札记之二十六………… 271
读诗札记之二十七………… 271
读诗札记之二十八………… 272
读诗札记之二十九………… 273
读诗札记之三十…………… 274
读诗札记之三十一………… 275
读诗札记之三十二………… 276

众家集评薛维敏诗词选粹…… 277

（一）《小楼周刊·每周试玉》嘉宾
集评………………………… 278
清平乐·湘西墨戎苗寨采橘… 278
夜宿江都遇旧友小酌于客栈…… 278
破阵子·听小提琴演奏《泰伊斯沉
思曲》……………………… 278
书斋闲坐…………………… 279

泡菊花茶有记……279
农历腊月与胞弟老五视频……280
晨步初遇新至燕子……280
金秋抒怀……280
初夏蓝光湖畔独步……281
夏夜无眠有吟……281
听于红梅二胡演奏《茉莉花》……282
时值清明回忆父亲烹泥鳅鱼佐村醪 282
（二）新疆诗词评论家魏建浩点评 283
读郑板桥《墨竹图》……283
驾车与同学赏南山秋光……283
再游额尔齐斯河……283
秋晚听小提琴曲《远去的芳华》……284
咏落叶……284
观电影《长津湖》……284
霜降寄怀……285
雪霁望天山二绝句……285
冬日观云二绝句……286
胞弟发来故园老宅前百年老榆树照片
……286
读晏殊《珠玉词》……286

题友人《画桥春晓》图……287
友自故园捎来太湖石一尊，石上多窟
　窿，观之若衣衫褴褛之济公，置案
　左，诗以记之……287
题友人《雨中新荷》图……288
读《山海经·精卫填海》……288
走进石人沟……288
床头闲读……289
千载胡杨……289
夕阳亭独坐……289
遣　怀……290
秋日观云……290
题友人《紫竹吟凤图》……290
临窗听雪……291
观友人游佛山清晖园图片有复……291
酬友人《冬登沧浪亭》诗……291
观央视播报全国麦收消息……292
过伊犁将军府……292
登黄崖关长城……293

后　记……294

2006 年作品

参谒禅宗祖师达摩

红尘路上总娑婆,来事禅宗近达摩。
面壁今传佛家少,造神空叹世间多。
诗书未得身先富,欲念须防心入魔。
犹自虔诚三叩拜,但听风雨化长歌。

2006 年 1 月 2 日

夜听檐滴

坐断风踪雨迹深,悄然孤对暗低吟。
未经允许声先到,不待商量心已淋。
往事如烟忘彼此,轻愁似梦记浮沉。
天公一曲檐边奏,滴处悠悠正抚琴。

2006 年 1 月 4 日

余晖中观凌霄花

莫问冲霄路几程,金钟倒挂悄然生。
只为藤上香能久,不叹人间道不平。
缱绻何关求热宠,娉婷岂在弄虚名。
澄心恰值黄昏静,漫拨余晖试锦筝。

2006 年 1 月 7 日

书斋品茶

斋外莺声斋内茶,时空凝结邈天涯。
乍开心陌通颜巷,相约溪山到紫砂。

日照无妨居士梦，云腾不掩谪仙家。
陶然似听春江曲，散澹浮生共落霞。

2006年1月9日

时　光

莺语常呼柳上春，月圆月缺岂由人。
一生得失情怀淡，万物荣枯世态新。
松竹犹存唐代色，云霞不染宋时尘。
朱颜绿鬓今何在，襟抱依然赤子真。

2006年1月11日

临江仙·船过瞿塘峡

山外烟霞无际，水中望彻云峦。湖开云水月初圆。晚星沉碧水，渔火出江天。

占得瞿塘胜迹，文华孕育千年。诗仙诗圣挂诗鞭。夔门怀子美，白帝忆青莲。

2006年1月14日

定风波·橘子洲头恭读《沁园春·长沙》诗碑

独立寒秋禹域惊，来听激越大江声。自是风华舒妙笔。堪忆。湘波浩渺举帆轻。

刻石雄词成绝景。谁省？中华崛起启新程。指点江山今又是。矢志。长空万里起鲲鹏。

2006年1月16日

占春芳·岁末写梅

冰蕾破,银豪醉,径自占春芳。梦断孤山疏影,蓦然韵透诗行。岁月岂相忘。似佳人、陪伴身旁。砚冰初写幽怀处,瑶曲华章。

2006 年 1 月 19 日

潇湘神二首·题虾画

游碧波,游碧波,未期藻上记痕多。欲止欲行随意兴,闲云移得梦婆娑。

风雨蓑,风雨蓑,蟹横八爪竟如何?岂识膏黄肥众口,都因心气不平和。

2006 年 1 月 23 日

小重山·寄友人

诗赋长留岁月痕,临风舒两袖、绝纤尘。乐天乐地乐清贫。潇湘苑、深浅自宜人。

全性养天真。疏帘铺淡月、写丰神。一壶浊酒注昆仑。松为骨、朗朗似朝暾。

2006 年 1 月 27 日

望仙门·题画《秋思》

一弯新月小帘钩,自悠悠。深深桂影掩层楼。待谁收?
空朗清如洗,芸芸草木知秋。小池风息数星投。数星投,犹识伴浮鸥。

2006 年 2 月 6 日

一剪梅·忆江南

一叶江南梦里飞,新柳依依,芳草萋萋。桃林杏苑压虹霓,孩捉田鸡,燕啄新泥。

鸟语修篁接翠微,早与云齐,暮揽云低。春娘倩影任君追,雨浥花肥,风暖莺啼。

2006 年 2 月 11 日

东坡引·江淮柳

绿绦撩晓雾。翩跹与风舞。轻烟笼罩江淮路。东风初嫁娶。

莺声婉转,情思万缕。念妆洗、春水流处。娉婷引得夭桃妒。游人多眷顾。

2006 年 2 月 15 日

凤衔杯·剑门关凭吊

势吞天地赋雄浑,对夕阳、怀揽风云。浩浩大河声咽、吊英魂。斟曲酒、祭江滨。

追往事,奋三军。激狂涛、来洗乾坤。今看泪流江水泣人神,绮梦化朝暾。

2006 年 2 月 19 日

元宵节次日春雪中吟啸

信是东君送好春,顿开气象一番新。
地无丘壑凭驰意,心有方圆舍问津。

劳足风云三昧少，投怀羽翼几分真。

回阳起蛰等闲处，吟啸雪中舒倦身。

2006 年 2 月 22 日

散天花·徒有高怀映碧霞

徒有高怀映碧霞。诗心追李杜，走龙蛇。秦筝湘瑟咏梅花。平生来去路、自横斜。

鸿志拿云信可嘉。高天犹不测，付琵琶。人生漫享一杯茶。不堪思往事、听寒鸦。

2006 年 2 月 26 日

散天花·西湖柳影

西子湖边柳影长。波平天一色，燕低翔。孤山为扮紫霞妆。清风随意取、映晴光。

知是多情易感伤。苏堤春晓日，著霓裳。丝绦底事到秋黄。不堪梳冷雨、剩彷徨。

2006 年 3 月 2 日

小重山·山石赞

沉睡云岗亿万年，春秋惊大梦、出深山。凌云冲斗化城垣。甘铺路、一任说愚顽。

入世未消闲。无言堪大用、压舱磐。斯人有志赴时艰。粉身骨、平仄岂盘桓？

2006 年 3 月 6 日

朝玉阶·余弟微信发来故园梅花初放照片

惊喜屏传几玉葩。霎时疏影动,化明霞。山溪流水照丰华。风寒春暗度、驾轻车。

谢他神韵寄天涯。幽幽香远至,胜杯茶。春光今向此边赊。未辞千里路、越龙沙。

2006 年 3 月 10 日

寿山曲·春雪

寒林仰接银屑,梨蕊频开朔风。
冰释大河封锁,云垂天麓帘栊。
纡徐岸柳摇绿,次第桃花散红。
呼唤煦和晓日,骞腾浩荡东风。
暗香一缕徐动,意趣孤山正浓。

2006 年 3 月 15 日

瑞鹧鸪·忆淮上听抚琴

丝弦撩动是孤怀,相逢一醉在江淮。暮雨初收,月色凉如水,梁祝翩翩化蝶来。

纤尘不染心方净,星晖笼处蓬莱。琴声尚共云飞,谁记南朝事、没尘埃。暂借焦桐作别裁。

2006 年 3 月 19 日

芳草渡·酉阳伏羲洞忆游

禅光百丈照幽溪。缘钟乳,探深闺。琼花玉树复何疑?听韶乐,观水墨，立丹墀。

烟霞境，险幽奇。小桥时伴泉飞。桃源世外待吾归。抛岁月，躲风雨，醉微微。

2006 年 3 月 22 日

一剪梅·孤山放鹤亭晚坐

独坐空亭竹苑西，一份悠闲，一份清奇。湖山恰与晚阴宜，鹤也难回，梅也难追。

风袭寒花感物机，几缕烟岚，几缕斜晖。横秋雁阵共云垂，有识盈亏，无怪衰微。

2006 年 3 月 26 日

南乡子·友自海南发来阳台春光照

杏眼媚争先。输却桃腮靓水湾。芳草几时频秀韵，悠闲。无限风光正可餐。

风漾柳梳鬟。欲待春心共曲阑。缕缕碧绦临水处，清欢。摄得春魂作美篇。

2006 年 3 月 29 日

读龚自珍《己亥杂诗》

吟章己亥震寰中，浩荡忧思感落红。
俭岁多闻非孝道，儒林少见是雄风。
酒当酣处语犹壮，情到浓时诗自工。
今欲复求龙象力，陈词一扫韵无穷。

2006 年 3 月 31 日

连日春雪飘飘

九霄相约荡悠悠，既扫阴霾又扫愁。
梅报南枝春信早，豪情挥洒亦温柔。

2006 年 4 月 2 日

登神女湖观景台

二山浓翠拱长虹，神女安详旧梦中。
三叠碧波如柳岸，七分丹色似秋枫。
霞飞数片明青霭，岫出千寻混紫穹。
今觉临台生羽翼，不疑此际入仙宫。

2006 年 4 月 9 日

唐多令·登神女湖观景台

静卧水天孤，云山醉玉壶。沐晨曦、回碧流朱。莫叹仙人施妙法，斑斓色、抹成图。

气魄撼三吴，沧波及海都。借星槎、一往天衢。环顾虹桥拖远梦，越万载、竟须臾。

2006 年 4 月 13 日

游长阳清江画廊

漫撑竹棹荡悠悠，杉木森森翠欲浮。
云寨长街连浩宇，石桥古月照清秋。
风回暂遏生崖岫，梦去犹摇泊岸舟。
还是土家多眼福，临窗俯瞰大江流。

2006 年 4 月 18 日

吟诵屈原《九章》

昊天终古色苍苍，恭听灵均诵楚章。

悬艾孰知山鬼意，浴兰余嗅美人香。

泪垂《哀郢》三回首，曲谱《离骚》九断肠。

月里诗魂应可鉴，年年角黍祭端阳。

2006 年 5 月 2 日

春日微雨中观鸟

三番起落已愁予，依柳回旋恋碧裾。

淡水云心由此识，舒眉低语对君初。

2006 年 5 月 6 日

春日寄淮上友人

塞上梅开几树花，山川作意渐清嘉。

于今谁肯青门外，汗洒东陵学种瓜。

注：秦时东陵侯邵平，秦亡后在青门外种瓜谋生。

2006 年 5 月 11 日

西湖畔伫立林逋墓前

眼前仍是旧庭台，林木森森鹤不来。

春酒纵因和靖熟，古梅难为宅男开。

心闲好载江湖梦，世乱谁怜经纬才。

若待补天多守候，岂如谈笑尽余杯。

2006 年 5 月 15 日

虞姬墓怀古

草木丰腴没玉碑,美人千载蹙蛾眉。
须知黎庶期明主,莫问江山属阿谁。
缱绻幽怀难割舍,温馨旧梦不曾移。
画图纵有遗容在,花褪残红未可医。

2006 年 5 月 22 日

渔家傲·鸣泉谷观瀑布

震谷回风生浩气。军声十万风云会。碎骨粉身无所畏。联长袂,奔流到海谈何易。

抛却烟霞终不悔。倩谁来揾英雄泪。四壁苍山开雨霁。摇征旆,一声长啸云端里。

2006 年 5 月 30 日

唐多令·登大蜀山

石怪景多奇,悠然登紫墀。两融融、峰峭云低。何用矫情称傲世,天地阔、孕幽微。

履险识天规,命途多不齐。俯层峦、一扫凄迷。足立蜀山非蜀地,名与实、不须追。

2006 年 6 月 2 日

杏花天·石河子 143 团访万亩桃园

芳菲载梦丹霞吐,浑认作、凤凰飞鬻。缤纷彩蝶花间舞。优雅西施犹妒。

摇倩影、凭谁呵护？忆往昔、风沙频顾。如今笑靥花千树。笑到家家致富。

2006 年 6 月 7 日

朝中措·卧龙山清晨观云

卧龙山上入望迷，林表白云飞。斗笔龙游广岭，墨池方映朝晖。

喧嚣岁月，一经濡染，倏尔忘机。才喜长笺待赋，又来漫举霞杯。

2006 年 6 月 11 日

青玉案·滴水岩森林公园

紫霞匀布飘衣袂。起绛帐、开祥瑞。绿树葱茏风细细。耳盈天籁，目明松翠。身带风云气。

浮生品得千般味。人在江湖岂儿戏。且让风尘抛此际。曲吟梁甫，觞倾微醉。一片悠然意。

2006 年 6 月 15 日

南乡子·三江夕照

浩浩共云生。春日随波万里晴。游目夕晖飞雪浪，初惊。奇树繁花夹岸明。

澄宇坠龙庭。落水闲闲几粒星。绿蚁不斟消块垒，谁听？欲共三江竞一鸣。

2006 年 6 月 19 日

雨中花令·天目湖湿地公园记事

如碧如瑶清冽，鸥鹭翻飞浮雪。片片轻帆，婷婷荷影，美食烹鱼鳖。雨霁紫霞峰染血，湖外稻花香彻。但期骋诗狂，来赊月色，当与红尘别。

2006 年 6 月 22 日

寿山曲·登大京山鹅尖峰

风生足底天近，云散鹅尖骨清。
移杖渐开迷局，飞泉长拨瑶筝。
寻章陋室难就，抚梦奇松易成。
身托险峰胜境，心游昊宇闲庭。
欲藏满腹山水，莫笑僧家苦行。

2006 年 7 月 2 日

南乡一剪梅·书斋绿萝

柔嫩少枝柯。四季无花趣亦多。碧影吞云尘垢远，晨也婆娑。暮也婆娑。

眉黛似娇娥。默对衰年两鬓皤。日日清风催绿韵，她也呵呵。吾也呵呵。

2006 年 7 月 6 日

摊破南乡子·雨后散步

山托夕阳红。更惬意、扑面清风。广宇尘销新雨后，莺声娇嫩，水声粗犷，大美殊同。

绝巘挂飞虹。种烟霞、雨迹云踪。白沙接水连芳草，天心不老，诗情常在，进退从容。

2006 年 7 月 10 日

谢池春·读竹山词

清俊悲凉，谁解此中愁绪。路途艰、生涯铩羽。寒烟冷雨，叹一怀今古。托清吟、剪裁芳谱。

西风瑟瑟，自有烟霞吞吐。视功名、皆同腐鼠。词开新境，大旗迎风舞。把长卷、品其甘苦。

2006 年 7 月 14 日

青玉案·令值小满有忆儿时农耕苦况

清和入序犹无暑。柳烟外、娇莺舞。大麦灌浆粮待补。韶华虽逝，烟霞可主。次第新梅雨。

几家老幼耕南亩。历册翻黄贯今古。采摘蚕桑姑与妇。谁知稼穑，几多辛苦。风雨皆无阻。

2006 年 7 月 18 日

少年游·庐山碧龙潭

潭闲日冷水清清，自有白云横。梦入冰壶，心涵碧宇，肝胆向天明。

只今谁识陈三立，濯水洗长缨。玉女临虚，巨龙腾雾，俯仰一身轻。

2006 年 7 月 26 日

谢池春·整理旧稿

滚滚风云，搅动日星明灭。力精殚、初心未折。兰朋竹友，负几多迂拙。笑搜肠、废芜饶舌。

清泉漱石，漫向古今披阅。可寻踪、风霜雨雪。陶然醉处，听啼莺清越。会心时、调多凄绝。

2006 年 7 月 30 日

折丹桂·儿童节读丰子恺漫画有记

郎骑竹马桥东畔。同捉蝶、人同花粲。呼朋三五采青莲，取荷叶、来遮她面。

学归游戏深深院。踢毽子、又丢手绢。丢完手绢跳皮筋，偷牵手、新娘她扮。

2006 年 8 月 7 日

鹧鸪天·忆故园小院桂花

早岁木樨亲手栽，卜居何必在兰台。黄金点点风含韵，翠叶层层月入怀。

香染院，影临阶。身姿曼妙蕴诗才。广寒仙子痴心处，也伴秋声入梦来。

2006 年 8 月 11 日

行香子·过塔尔寺

供案酥油，打坐娇娃。绝红尘、一袭袈裟。日亲众佛，不识桑麻。忆达摩祖，确坚赞，喀宗巴。

春秋几度，人间万劫，岂逍遥、僧侣生涯？披红着紫，古寺清家。伴木犀草，菩提树，格桑花

2006 年 8 月 15 日

临江仙·李鸿章故居小姐楼遐思

藻井堆愁惹恨，韶光过眼成空。朱扉偏锁月朦胧。絮飘云付梦，花落水流东。

荏苒衫肥人瘦，依稀柳绿桃红。倚阑听笛意千重。雕梁双燕去，绣屐叩秋风。

2006 年 8 月 19 日

浪淘沙·夜雨晨霁公园赏紫薇花

浥露灿如霞，小苑清嘉。灵台相映共禅茶。恰似销魂歌奏处，拨断琵琶。

杨柳罩轻纱，偶露芳华。不施粉黛胜娇娃。最是童真童趣里，一段奇葩。

2006 年 8 月 22 日

浪淘沙·长夏湖边小坐

长夏守斯隅，柳影当庐。聊将迂阔纳澄湖。天外浮云轻似梦，直驾三吴。

半卷读残书，云淡空如。情怀疏散尽如初。识得波间鸥鹭趣，一往何孤？

2006 年 8 月 26 日

谢池春·读屈原《山鬼》

峰壑昂藏，影入帔霞纱霭。诧初逢、如知百载。袖间清气，落松间云外。立崚嶒、有谁能逮。

沧桑几度，不意独尊三界。数妖娆、青眉绿黛。陶然醉处，听流泉松籁。会心时、调多超迈。

2006 年 8 月 31 日

十拍子·喀拉峻草原之夜

未待繁星竞渡，漫随隼翅浮航。雨洗莽原花更艳，夜笼青烟蹄正狂。姑娘追尔康。

不虑春风地僻，敢挥妙笔天长。扑面清风添雅韵，惠我衣襟一夜香。无为认朔方。

2006 年 9 月 11 日

渔家傲·听古筝演奏家弹奏《高山流水》

一曲古筝谁解语？高山流水越千古。我耳君筝真尔汝。风从虎，云从龙爪凭吞吐。

独立精神开国度。沧溟浩瀚鲲鹏举。放棹江湖云水处。隔烟树，心旌猎猎随风舞。

2006 年 9 月 19 日

南乡子·读刘禹锡被贬夔州诗作

阮籍哭途穷。无限殷忧满目空。难比贬官刘梦得，从容。赢得诗豪百代雄。

长啸自生风。采撷烟光露半浓。一曲竹枝传四海，寻踪。只种真情沃土中。

2006 年 9 月 27 日

浪淘沙·有感李纨办诗社

力护一盆兰，勤灌诗园。但将胸底曲轻弹。一自设坛开俊赏，岂止寻欢？

得愿弄琅玕，绝胜天然。敢从污秽救沦仙。最是海棠花正好，美醉瑶篇。

2006 年 10 月 2 日

南乡子·读范仲淹庆州词作《渔家傲》

壮曲破时空，弥漫凄凉塞下风。非是庆州无利器，弯弓。当射天狼一代雄。

衰草接苍穹。宋帝辽皇两败中。月坠戍楼三五夜，谁同？梦阻关山九万重。

2006 年 10 月 6 日

公园晨步

春看丰华夏听声，枝头婉转几啼莺。
流光不作残花忆，佳境长宜好句成。
别去当存芳草意，得来应惜美人情。
历经尘路诸多暗，倍觉园中景色明。

2006 年 10 月 14 日

渔家傲·夜宿巩乃斯大草原牧人家

八月草原消溽暑。夕阳艳逊牧人女。怀抱雪峰连碧宇。云吞吐。无边风月凭谁取？

灯影摇红人起舞。还将奶酒平头举。一派风流花楚楚。能文武。草原任尔呼风雨。

2006 年 10 月 22 日

唐多令·观兵团军魂展

精武筑神台，战旗沐日辉。忆当年、万里风雷。试听风声传鼓角，明大义、壮军威。

头断志何亏，阵坚孰可催。破洪荒、铸剑为犁。累卧荒原君莫笑，奇功著、动云霓。

2006 年 10 月 26 日

破阵子·博乐故城怀古

昔日三唐都府，今朝碎瓦残垣。襟带双河形胜地，丝路驼铃皓月悬。逶迤到眼前。

环顾张班遗迹，轻车驰骛楼兰。盛世中华人未老，共唱龙兴国梦圆。再书不剌篇。

注：不剌，博乐故城旧称"不剌城"。

2006 年 10 月 30 日

题友人《野水疏竹图》

临水疏疏几竹孤，平生偃蹇未当途。
清风岸上低声咏，明月影中凉露濡。

搦管凤仪诚有节，持心龙胆不为奴。

缘随情性刚还韧，笔落苍穹出壮图。

2006 年 11 月 3 日

苏幕遮·青海倒淌河秋思

乱云飞，斜日暮。西向蜿蜒，身外千重树。东望乡关思万缕。千载长吟，寄调清如许。

咽寒蝉，伤冷雨。一脉清波，知是心安处。西海苍凉何却步。婉转低回，未与秋归去。

2006 年 11 月 7 日

重读《鸿门宴》

咸阳破后宴鸿门，两较权谋酒尚温。

项羽无韬擒猛虎，刘邦有计筑昆仑。

一朝楚汉春秋易，五载烽烟日月昏。

旷代枭雄犹寂寞，人间正道自乾坤。

2006 年 11 月 11 日

穹库斯泰观古代岩画

日隔寒山暑渐销，金风起处化春潮。

晨曦千载肩头过，漫染边天一片娇。

2006 年 11 月 16 日

秋日艾比湖畔观胡杨

清容久慕染酡颜，独占风光水一湾。
不老雄心开虎帐，长留剑气镇西关。
狂飙肃杀身何惜，枯叶凋零性亦顽。
最是胡杨秋色好，烟霞吞吐意闲闲。

2006年11月20日

秋之韵

何妨菊酒退尘嚣，莫道秋深多寂寥。
疏木含烟因律变，白云拖水可时邀。
霞升霜落盈清气，日照枫红起赤潮。
明月杯中堪为伴，神驰桂殿听箫韶。

2006年11月27日

重读海明威《老人与海》

百年醒世一何深，石击波澜起壮音。
躯体于君犹可灭，独留雄魄自森森。

2006年11月29日

秋日观荻花飞舞

曼妙仙姿出蓼洲，心怀绮梦作云游。
牵情忽忽三千翅，醉我翩翩半叶舟。
沙渚丛中鸥鹭老，孤蓬影里晚风柔。
光年十万都吹落，始见绵绵一岸秋。

2006年12月3日

初冬向晚开屏湖边散步

沉醉未知何处身，层林叶落气清新。
风翻鹰隼水浮影，寒困鱼龙谁问津。
忧乐心存明彼善，荣枯梦化悟斯真。
勾留独爱冬湖境，一敞虚怀不染尘。

2006 年 12 月 5 日

观群鸽放飞

风翻箭影影翻风，结阵西来复向东。
银羽翩跹堪许梦，紫毫峭哨好书空。
涛生秋水云烟外，气撼关山夕照中。
六合苍茫连太极，羡它拍翅射长虹。

2006 年 12 月 7 日

回忆故园秋

故园红叶染金秋，景物依稀入眼眸。
日落孤村烟袅袅，笛横牛背曲悠悠。
林边鸟宿重峦静，月下人归小径幽。
万斛明珠霜露白，清风摇梦动乡愁。

2006 年 12 月 10 日

踏雪有记

琼花朵朵落瑶台，犹似白梅连夜开。
方趁冰心催玉蕊，但余清气扫尘埃。

千重箭戟飞龙窟，万丈衣冠覆九垓。
虽有豪情舒未得，寻芳引我画中来。

2006 年 12 月 15 日

海丰方饭亭谒文宋瑞公石像

人去青山在，沧桑一叹中。
不堪悲往事，长袖拂天风。

2006 年 12 月 19 日

读唐寅《牡丹图》

雍容追大雅，妙笔染晴晖。
允我斟春酒，为谁作嫁衣。
风标传墨语，举止效明妃。
世相由来诡，无心说是非。

2006 年 12 月 23 日

2007 年作品

读《陶渊明诗文选》

几间茅屋柳依依,小醉篱边送夕晖。
俯仰陶然难尽述,何关显达共卑微。

2007 年 1 月 4 日

观昆剧《牡丹亭》

亲花素袂久留香,小憩园中愁绪长。
纵许寒梅为艳首,岂知木芍冠群芳。
有情当悔南安守,无药能医杜丽娘。
春锁深闺多害命,相思石上说凄惶。

2007 年 1 月 7 日

读黄景仁《别老母》诗

雪拥关山恨别离,飘摇草屋北风吹。
难承菽水愧人子,未卜前途问路谁。
雁唳寒云天向晚,蝉吟秋树调成悲。
吾今衣食无忧虑,欲报亲慈岂有期。

2007 年 1 月 10 日

题《矶头独钓图》

水面泱泱波暂平,唯余一叶小舟横。
风来不遏收云梦,浪去犹留拍岸声。
昨忆江南烟雨暗,今传塞北雪霜明。
争如矶壁封流势,足镇狂涛敢掣鲸。

2007 年 1 月 13 日

故园百人小村庄

后山开合映前塘,碧水涟漪乳鸭黄。
几处闻鸡中饭熟,一家蒸肉满村香。
汗滋五谷含千味,茶煮三春饮万方。
总是年年频入梦,儿时那个百人庄。

2007 年 1 月 16 日

读卞之琳《断章》

闲闲着墨几疏条,浪拍胸襟起大潮。
少去江东乡念久,愁听关外马蹄遥。
百年灯火辉天地,一寸光阴点坐标。
化境风来堪酿酒,世间无处不妖娆。

2007 年 1 月 20 日

题友人《雾锁崆峒山图》

八百秦川宜纵眸,孤峰浮岛自风流。
听涛泾左情空往,望驾山前迹尚留。
霞载樵歌徒仰慕,云携帆影莫予愁。
心香三炷一尊酒,养晦韬光九万秋。

2007 年 1 月 30 日

参加五师八十八团老军垦慰问会

连队砖房团部楼,几多汗水铸春秋。
野营旧址新橱档,干垒残椽老镜头。

揽月豪情封峻岭，倚天利剑垦田畴。

生机最数无名草，长抱边关绿不休。

2007 年 2 月 2 日

雪霁听鸟语

丛林梨蕊绽芳菲，树树霞妆复缟衣。

尺素铺时谁着墨，寸心安处鸟知归。

啼鸣雪后声何乐，翔集云边枝正肥。

听取似曾相识客，眼前历历已忘机。

2007 年 2 月 6 日

友赠故园太湖石一尊，石上多窟窿，观之若衣衫褴褛之济公，置案左，诗以记之

敝衫褴褛两相宜，坐对神交乐不疲。

君或补天身已老，吾曾许国梦难追。

旧年常恨波间险，今日竟居斋侧奇。

观物大千多类聚，石顽如我我如谁？

2007 年 2 月 10 日

题友人《雨中新荷》图

墨点闲抛泪点多，清圆出水怎消磨？

目临仙影神思远，时值芳时淑气和。

惊蛰岂无风料峭，堆烟自有柳婆娑。

潇潇懒顾青衫湿，任尔浮生雨一蓑。

2007 年 2 月 14 日

除夕答友

多少枯蓬化碧云，嘘嗟大匠一挥斤。
纤徐绿鬓繁霜染，次第东风百草薰。
笔润江湖方澹荡，情牵竹菊自清芬。
乡愁几许割难断，微信今宵报与君。

2007 年 2 月 18 日

满庭芳·友人发来金陵梅花山赏梅照有复

钟麓栖痕，秦淮投影，羡君阆苑徜徉。胭脂玉蝶，相约赶花场。不是寻常闺阁，幽深处、齐靓华妆。味神韵，几经霜雪，赢得此辉煌。

人标高格调，君偏采撷，一段春光。旧曾谙，今牵诗绪飞扬。塞北江南一线，浮绮梦、新谱宫商。传梅讯，屏中玉照，陈案共书香。

2007 年 2 月 20 日

听二胡独奏《姑苏春晓》

云收雨霁放烟津，柳辫垂河漫涤尘。
南浦霞裳融碧水，北坡桃苑靓红唇。
径通拙政追唐宋，帆举沧浪溯汉秦。
弦外楼台游冶处，不须更觅武陵春。

2007 年 2 月 23 日

听少儿二胡演奏《赛马》

似隙年光弦上过，狂蹄踏碎梦中歌。
风摇落木嘶天马，瀑理鸣簧激玉波。

朝露洇红桃妩媚，春霖染绿柳婆娑。
乍聆雏凤清音亮，如酌新醅感慨多。

2007 年 2 月 25 日

凭窗观云层

欲向神山仙界登，凭窗眺望透云层。
茫茫一体乾坤合，凡俗皆抛入大乘。

2007 年 3 月 1 日

题友人《八百里烟雨皖江图》

天也悠悠地也遥，无垠狂浪泻云霄。
曾经大梦谁为解，所在浓芳莫许凋。
澹澹西连三峡水，茫茫东接海门潮。
春光不负辛勤种，烟雨轻柔处处娇。

2007 年 3 月 13 日

踏莎行·梦

北斗逡巡，织牛睥睨。长风款款飘衣袂。复从帝苑采凌霄，芬芳弥漫人犹醉。

桂殿云闲，天河星碎。此来引得河中水。源源不断溉诗丛，文澜喷涌思无废。

2007 年 3 月 15 日

唐多令·答诗友

吟唱玉鸣渠,诗名徒有虚。论质材、难比庄樗。长叹余年逢盛世,携云侣、笑骑驴。

淡饭佐新蔬,清风问旧书。算沉浮、感遇欷歔。蝶逸蜂忙都不管,走我路、一如初。

2007 年 3 月 18 日

唐多令·梦游西樵山

古木影分寒,层林雨纠缠。足踏云、收尽奇观。地断西南曾碧海,浮日月、变桑田。

石峭老松盘,雾沉古寺眠。似群鱼、何是归渊?犹怕就中难放浪,化鹏鸟、骜云烟。

2007 年 3 月 22 日

河传·寄啸雨宗弟

尚记。儿戏。操兵无畏。连阵前行。鸣金进退。谁识苦旅征程?风声杂雨声。

如烟往事都吹散。风霜面。梦里儿时伴。待凭栏千里,对明月清风。想君容。

2007 年 3 月 25 日

定风波·游园

迟日群芳入眼明,小池荷叶映波清。晓梦初回歌一串。不见。柳烟深处听啼莺。

恰是春风知我意。沉醉。同来苑下对花盟。暂学渔樵开野曲。断续。诗情不绝似潮生。

2007 年 3 月 28 日

踏莎行·小园花事观感

雪映梅红,春风渐醒。小园一瞥梨花影。莺声啭破柳林荫,杏花开罢桃花盛。

花事凋零,芳菲售罄。青丝无觅慵看镜。杜鹃啼月一声声,深情呼唤春何应!

2007 年 4 月 3 日

渔家傲·春晨湖上即景

宿雨初收风料峭。湖边已有人垂钓。天气澄和风物好。花腔调。柳烟浮水莺声早。

一叶悠悠初试棹。形骸放浪疑年少。胜却遣忧开老窖。思渺渺。人生天地谁能盗。

2007 年 4 月 6 日

步友人《秋思》韵兼抒怀

叶已枯时思未枯,衡阳雁信怅江湖。
密云过月翻天浪,游子凭栏听暮乌。
入世情怀成玉玦,谋生手段困冰壶。
初衷不改同君话,莫笑乾坤一腐儒。

2007 年 4 月 9 日

吟诵古人诗章偶感

独坐寒斋诵韵声,好诗多是气凝成。

每因秋菊叹元亮,常对春兰忆屈平。

天道人心相契合,古今藻思略通鸣。

胸无雪落霜飞域,难掩青衫热泪盈。

2007 年 4 月 12 日

读友人《听雨楼诗稿》

十年诗路岂无凭,自取孤心持作灯。

语利常抽三尺剑,思清久蓄一壶冰。

卷收贤俊赓千韵,身占高楼第几层。

总羡君怀秋海月,来眸磅礴起鲲鹏。

2007 年 4 月 15 日

观几老妇少妇摘榆钱

半是铢钱半是春,腰缠万贯藐财神。

枝枝累叠娇儿味,片片丰盈罗曼身。

瘦体时能充美食,思乡日可作鲈莼。

天公有备灾荒岁,串串帑藏权济贫。

2007 年 4 月 20 日

暮春湖上即景

轻烟柳影共云低,宿雨新晴莺乱啼。

旭日一轮升阁外,疏星几点坠湖西。

风吹已报花颜老,露洇闲观荷叶齐。
莫道春归无觅处,碧波千顷草萋萋。

2007 年 4 月 26 日

湖心亭独坐

柳蘸清波涨碧痕,弦歌落处尚牵神。
笛声不逊莺声脆,魔性常输灵性真。
莲在湖心方浴夏,节从谷雨便无春。
相安万物命之本,托体何能世外人。

2007 年 5 月 3 日

塞上初夏即景

望处丛林朝露晞,春花落尽叶初肥。
紫藤攀架似云鬟,青杏缀枝如碧玑。
荏苒时光来有据,温馨芳草去无依。
杜鹃声里斜阳外,迢递重峦障四围。

2007 年 5 月 6 日

江城子·读友人《夕阳芳草集》

夕阳临照满庭芳。逐飞光。布琳琅。振藻扬葩、美韵佐流觞。日暮何须长抱恨,霞铺地,月盈床。

心宽世态少炎凉。诵华章。识刚肠。笔触无尘、引我步禅廊。纵使更深残梦枕,风骚事,自难忘。

2007 年 5 月 8 日

绮罗香·解花愁

风过蔷薇,幽香些许,石上流光谁觉?瘦尽春华,难再绽红如灼。曾次第、妖冶香浓、空惆怅、丰姿时削。委尘埃、骀荡风来,匆匆难把玉魂索。

前缘当有未了,飞絮翩跹若梦,未填沟壑。落个逍遥,踪迹坠铺城郭。信轮回、梦醒枝头,恋枝雀、凭谁戏谑。最相宜、一片殷红,绮罗添锦作。

2007 年 5 月 10 日

望江南·咏云

时为岫,如水荡微风。舒卷长销谈笑里,纡徐来去有无中,张锦自天工。

驰梦远,斗胆戏游龙。千壑收藏堆白雪,万峰缭绕挂长松,风度自从容。

2007 年 5 月 12 日

姑苏怀古

鸥鹭闲闲水上漂,晚风拂去旧笙箫。
环湾尚辨桃花渡,斜郭不存乌鹊桥。
碧草长阶沾玉露,夷门关树锁尘嚣。
乾坤朗朗今非昔,柳巷凝烟破寂寥。

2007 年 5 月 15 日

湖心亭独坐

余身何意此淹留，如影随形有鹭鸥。
摇曳荷风香槛侧，迂回荇草醉云头。
明途当惜少知进，俗务堪悲老未休。
细数汀兰千百点，只今谁与伴芳洲。

2007 年 5 月 17 日

答侄问

职场为客苦周旋，何道诗文不值钱。
无怪下僚多懒政，可能上司是庸员。
蓑衣钓雪江河老，盛德禳灾福寿全。
吾意古今皆尔尔，莫因宵旰负华年。

2007 年 5 月 20 日

题友人《水乡晚景图》

轻舟晚渡没荷花，水巷幽幽梦里家。
寂寂廊桥听野史，弯弯石槛倚残霞。
竹篱深院三支曲，明月小楼几盏茶。
总是乡愁流不尽，一蓑风雨任横斜。

2007 年 5 月 22 日

重读范仲淹《岳阳楼记》

忧乐纷纭社稷心，凭君抚槛助长吟。
狂澜十万来天地，胜状三千耀古今。

声挟风雷无得失,势排山岳有晴阴。
谁知大浪淘沙后,尚听余涛化作琴。

2007 年 5 月 24 日

清晨公园听鸟鸣

每朝相约接晨曦,迷入清音化古诗。
人自林间分野趣,意由叶底聚神奇。
沉沉醉梦花无影,脉脉深情鬓有丝。
万事都成身外物,而今一任笑吾痴。

2007 年 5 月 26 日

有感王国维论诗之"无我之境"

轻舟搏海浪飞奔,峭壁连云沾石根。
得意东君花自美,生凉秋雨日犹昏。
风摇玉露无寻处,帘卷华堂仅入门。
莫道残红人踏尽,柳眉燕剪是春魂。

2007 年 5 月 30 日

为友人紫竹园题照

一别江城时日催,徒教紫竹伴寒梅。
疑听十二楼中笛,扶醉凭栏谁作陪?

2007 年 6 月 1 日

题友人《竹林月下摇风图》

已惯云山挺此身,萧萧岂是说风尘。
闲来偶作登仙客,听得深箐近月轮。

2007 年 6 月 3 日

听朱昌耀二胡演奏《扬州小调》

琴弦二尺溯流光,廿四桥横晚照长。
古寺今宵钟磬远,难期几盏问炎凉。

2007 年 6 月 7 日

牡丹园赏牡丹

疑是洛川神女来,韶光岂负牡丹开。
霞裾玉佩栏余梦,别院幽香风做媒。
解与言诗敲绮韵,思因对酒慰灵苔。
传闻姚魏多黄紫,我劝花前莫费猜。

2007 年 6 月 10 日

读李白寓居山东诸诗有作

吟鞭东指壮怀开,痛饮狂歌震玉台。
剑影沙丘谙逸趣,秋波泗水绝尘埃。
风行大汶犹翻转,醉别聊城不复回。
胆气悠悠沧海阔,诗潮百丈正雄哉。

2007 年 6 月 16 日

题友人多景楼晚照

吴楚江涛破石矶,迢遥万里暮云飞。
等闲钓得仙家味,西对金焦看落晖。

2007 年 6 月 21 日

日暮写怀

风兴柳末水潺潺,天际流云落苇湾。
日暮何销纷扰事,孤怀不碍纳尘寰。

2007 年 6 月 23 日

向晚公园赏草芙蓉

几分温婉透清奇,久立园中更待谁。
云梦何曾栖野水,孤芳不屑占高枝。
尔伸茎叶张文采,吾酌烟霞满酒卮。
娇媚风姿迷晚景,淡妆浓抹总相宜。

2007 年 6 月 26 日

题友人水墨《一叶弄春潮》

江南又值好风吹,一叶轻舟绕石矶。
浦外渔歌天底老,滩头苇笋水中肥。
远飘疑向帝庭去,沉醉似从龙殿归。
骋目春潮帆举处,波牵紫塞两依依。

2007 年 7 月 3 日

听古琴弹奏《春江花月夜》

一江潮水漫天来，月白风清花正开。

平海沧茫归碧宇，入胸浩瀚绝尘埃。

参差客梦虽堪许，迢递钟声不可回。

无奈山川愁夜色，相思人倚几楼台。

2007 年 7 月 9 日

塞上雨霁看夕阳

雨霁高台送夕阳，盈盈一捧坠苍茫。

晚霞烘热林间霭，余火烧红山脊梁。

倾酒岂能消块垒，读经犹可烛行藏。

明朝不改鸡声早，九派横流破大荒。

2007 年 7 月 12 日

友人以《故园六月清荷图》见赠，诗以复之

十里荷塘天一方，清圆滴露两汪汪。

半池承雨芙蓉秀，几处凌波芸梦香。

出水青衫才入目，连云翠盖忽牵肠。

别裁罗袂知君意，解我朝朝思故乡。

2007 年 7 月 15 日

绮罗香·曙色中列车过唐古拉山口

百丈冰川，千寻旷谷，未阻长龙冲浪。白水沱沱，翻作牧歌飘荡。回眸处、当曲滔滔，有草甸、白云堪赏。忆往昔、成吉思汗，山前喟

叹对银蟒。

云含曦色似幌。正峰回路转，天地收放。绝地山川，遥眺玉峰驰象。随阔步、无限风光，来次第、倩谁名状？星光淡、听藏羚羊，一鸣成绝唱。

2007 年 7 月 18 日

湘春夜月·观林芝卡定沟天佛瀑布书感

势凌霄，玉龙飞裹云残。直挟绝壁松风，飞舞共雕盘。试听放吟低诉，只溅珠轻薄，不解安澜。念佛身隐现，穿今越古，谁共骑鸾？

长天弄影，经幡不语，星月遐观。识得菩提，唯静处、晓输昏送，嚣燥能安。穿云破雾，信有时、袭雨持竿。这偌大，笑尘寰俗辈、蝇营狗苟，几近疯癫。

2007 年 7 月 24 日

西藏林芝南伊沟风景区写怀

曲水浮花梦里开，青山叠叠秀成堆。
清风唤取千秋士，今日登临百尺台。
那马那牛无魏晋，此情此景有蓬莱。
任他世相多虚幻，自与流云物外裁。

2007 年 7 月 26 日

西藏林芝游鲁朗林海并听卓玛天籁之音

谁泼丹青写物华，轴开百里见清嘉。
来斟鲁朗龙宫酒，犹就王维《鹿柴》茶。

芳草甸头凝雨露，瑶松岭上卧烟霞。

春风卓玛新天路，迷听蛟螭奏玉笳。

2007 年 7 月 28 日

读《渴望读书的"大眼睛"》照片

依然忧郁透清纯，十七年来那眼神。

知识打开新世界，灵魂扫却旧埃尘。

待时何惧机缘浅，励志须防才气贫。

今刷明眸三五夜，苏家有女已成人。

2007 年 7 月 30 日

题友人《洞庭秋月仕女图》

清晖熠熠影团团，浩瀚波间独倚栏。

海市空迷云邈邈，星槎暗渡水漫漫。

几回蝶梦君山瘦，一夜瑶筝玉指寒。

谁似风怀洞庭月，此宵温润可同看。

2007 年 8 月 6 日

于友人书斋吃明前茶

石径蜿蜒柳洒阴，春光半露我来寻。

九天惠赐分灵物，五脏轻浇洗寸忱。

如梦三生凭水逝，养神一盏作诗吟。

清幽莫叹蓬壶邈，微醉之间见古心。

2007 年 8 月 12 日

金缕曲·故园老榕树

禀性堪豪迈,阅千年、罡风海雨,撑天如盖。千载沧桑存风骨,儒雅彬彬仪态。洒一片、清凉世界。怀纳春秋寒与暑,把炎凉、参透抛襟外。叶瑟瑟,心常泰。

冥冥还我诗文债。也分明、行间字里,平添英迈。观照无穷遐思起,别有吟边感慨。影浓淡、无时不在。叶茂根深年年翠,问禅机、故土春如海。山水碧,听欸乃。

2007 年 8 月 24 日

风入松·黄河

黄河一泻势腾龙,涉险横空。紫云生处盘苍鹘,足抹云岚拟长虹。岁月沧桑不计,风光络绎无穷。

云涛朝旭伴霞红,走谷穿峰。天开图画知多少,芳菲细数几多重?欲问烟霞奇景,风光就在途中。

2007 年 8 月 30 日

秋 望

寒水明如镜,枫林乍识秋。
雁巡吴越地,月照古今楼。
怪石犹知趣,危崖似献愁。
有梯堪入碧,何必苦行舟。

2007 年 9 月 6 日

风入松·秋心如水

心如圃菊为秋开，好句方裁。天清地肃添诗韵，翅拍苍冥雁飞来。往昔风华虽尽，心屏未染尘埃。

三潭秋月映高怀，岂不悠哉。染霜小草柔如水，粼粼清波碧如苔。明月清风无价。心游碧宇天街。

2007 年 9 月 8 日

喜迁莺·月夜寒汀

晚风凉月。正蛩琴夜奏，清秋时节。默对姮娥，澄波素影，恰似风吹如雪。步碾光风何恨，质比柳绵谁洁？唯鸥鹭，只余闲，何必番番作别。

休说。凉与热；影恋澄江，谁比斯情切。朗朗银河，个中只合，长榻为君铺设。千古悲秋文字，时至今犹可歇。都休问，等精灵飘尽，剩些黄叶。

2007 年 9 月 22 日

解连环·孤雁

四围空晚。觑芦花落雪，水寒烟软。自顾影、身渺寒塘，恨菰米难寻，去程天远。写不成章，莫笑我、命途多舛。已因循误了，霁月光风，柳浪芳甸。

谁怜旧游不眷。又何须弹泪，沾衣生怨。且倒泻、秋水明湖，寄胸臆缠绵，自作消遣。更看江枫，也似昨、春红初剪。未愁他、影单梦老，落晖水畔。

2007 年 9 月 28 日

一丛花令·夜宿五台山

喜他暮雨作安排,峰影透云来。江陵碧色三春雨,怎比这、八面风来。午夜钟声,空山宿雨,松柏翠高台。

云山雨洗绝尘埃,幽涧水声乖。身居幽缈禅何在?弭浮躁、心驻蓬莱。不羡丹炉,红红火火,枉费许多柴。

2007 年 10 月 5 日

一剪梅·观书

书海书山散古香,舍得钱囊,耐得凄凉。书斋深处寄行藏。秋伴枫红,冬伴松苍。

开卷始知翰墨香,笑傲诸侯,笑傲君王。绿杨荫里草铺床,对话羲皇,对话冯唐。

2007 年 10 月 12 日

一剪梅·独坐临流

荻叶风摇动碧纱,水木清华,鸥鹭平沙。闲来频顾四时花,碧水横斜,深树藏鸦。

流水潺湲奏晚筎,滋润桑麻,呈境清嘉。流连影共夕阳斜,静守忘家,坐赏烟霞。

2007 年 10 月 16 日

天仙子·夜宿周庄

灯影桨声摇醉态,夜枕双桥听水濑。无边玉露滴清阶,山远黛,开清界,似对明眸新揭盖。

古柏修篁浮晚籁，秀色权当看酒菜。清风明月入怀来，宽袂带，荷香在，夜寐仙乡摇梦快。

2007 年 10 月 20 日

天仙子·梦游仙女潭瀑布

游梦醒来情未醒，飞瀑声声犹记省。魂牵大美费追寻，开碧镜，云丝影。绿透身心方酩酊。

庭外苍苔铺满径，长髻簪花犹对镜。柔丝飘落雨纷纷，仙面冷，难邀请，未许伊人为我等。

2007 年 10 月 24 日

唐多令·游华清池

何处认春光，花情逐帝乡。玉泉丰、日夜浪浪。雾绕云遮如梦幻，清池水、尚流香。

歌舞载荒唐，九天痴梦长。美人魂、枉断斜阳。多少缠绵多少恨，观蝶舞、看蜂忙。

2007 年 11 月 9 日

唐多令·北戴河观海

仰首向无垠，鲸波浩气存。化简繁、万象烟云。浪拍心随天地转，震寰宇、捧朝暾。

桑海梦无痕，溟濛天地昏。转星河、浪激雄浑。千古风流人已去，留佳句、正宜温。

2007 年 11 月 12 日

唐多令·咏骆驼

蹄破夕阳残,双峰抱月寒。足留痕、大漠奇观。瀚海敢呈龙虎气,负荷重、道艰难。

结队壮边关,此生不汗颜。亦堪歌、向未盘桓。不是边天无事扰,心如海、意闲闲。

2007 年 11 月 17 日

谢池春·游五泉山浚源寺

雾隐山痕,石态翠皴生冷。水潺湲、梅花已醒。佛光金顶,照遥岑愈静。想骠姚昔时驰骋。

葱茏古木,几度荣枯斯永。到如今、炉香日盛。浮生有幸,品仙家珍茗。感神灵几分心净。

2007 年 11 月 26 日

最高楼·难得糊涂

世情难辨,难得是糊涂。期笔墨、小斋孤。提壶沉醉三人月,乐竿纶钓半江图。走龙蛇,吟心曲,赏诗书。

莫相问、官场谁显达;莫相问、商场谁暴发。还自我、莫为奴。炎凉惯看心常泰,利名两忘意欣如。九天云,来复往,有还无。

2007 年 12 月 6 日

破阵子·抒怀

雪暗寒弥大野,风凄云掩秋山。漫道围城无缺处,心路通天自等闲,悠然钓水湾。

紫塞长风奔马，昆仑古雪齐天。苦雨几多何所惧，鸿雁高翔眼界宽，开怀纳大千。

2007 年 12 月 17 日

唐多令·西安大唐芙蓉苑怀古

自古帝王州，废兴感不休。曳裙裾、多少春秋。浅渚蛙鸣声似鼓，芙蓉影、怨幽幽。

翠柳映红楼，烟波没钓舟。雨丝中、鹭起汀洲。百亩园林风雨后，芙蓉泪、亦风流。

2007 年 12 月 22 日

2008 年作品

一剪梅·读《苏曼殊本事诗》

闲坐孤山观晚潮。起浪摩霄，擂鼓腾蛟。身居物外自逍遥。守护今朝，笑傲今朝。

渺渺烟波曲曲桥。岁首风骚，岁尾风骚。袈裟赌酒说妖娆。醉也陶陶，醒也陶陶。

2008 年 1 月 4 日

观友人游佛山清晖园图片

数九寒天不见寒，乍临仙境好盘桓。
羡君今有闲情在，且共清晖倚曲栏。

2008 年 1 月 6 日

塞上初春即景

水渐粼粼草渐青，惠风阡陌助农耕。
依依杨柳连云起，灼灼桃花照眼明。
广有春霖滋碛漠，更因时代唤精英。
转场达坂牧群过，试听粗豪塞上声。

2008 年 3 月 4 日

雨后望天山

淡云缥缈染晨曦，雨后天山景愈奇。
望尔犹如屯戍者，绿衣一袭有威仪。

2008 年 3 月 9 日

夜读老子《道德经》

风云参透可乘流，万物相生竞自由。
大道吾今观大略，羡他谈笑骋青牛。

2008 年 3 月 12 日

晨步漫兴

溪桥独步水淙淙，如约曦光醒晓钟。
露浥夭桃争妩媚，风牵细柳秀从容。
人情慎戒迷三界，鸟翼何能抵九重。
天道无为常示警，高山时被白云封。

2008 年 3 月 18 日

书斋听雨品茗之一

逝却流光且任之，一杯清茗雨丝丝。
韶华为学终成倦，老大图功业已迟。
静落沙沙听浩渺，何须酽酽作醲醨。
权当自导红尘梦，好养身心在此时。

2008 年 3 月 20 日

书斋听雨品茗之二

细密斜风似薄纱，酿成清韵漫天涯。
流光掳去浮生梦，雨幕收回紫陌霞。
身寄孤斋常谢客，神游八极总因茶。
今朝但享闲闲意，可比躬耕五柳家。

2008 年 3 月 28 日

塞上观柳

轻风抚处舞婆娑,晓听莺鸣意若何。
才涌春潮声未尽,又拖夏景影厮磨。
神来笔蘸三江水,韵放天惊万首歌。
客里光阴逝多少,年年辜负楚山河。

2008 年 4 月 2 日

初春公园观花

摇风浥露各争妍,塞上春迟四月天。
笑对新腔翻古调,谁书翰藻自年年。

2008 年 4 月 5 日

与友踏青后小酌

斜枝鸟语众芳妍,一日逍遥各做仙。
龙剑眉扬犹似昨,文思笔落尚如泉。
兴来自可云头走,醉去何妨花下眠。
襟外春风杯底岫,心潮已共蝶翩跹。

2008 年 4 月 15 日

题《天山劲松图》

布阵森森若虎贲,立身西北建殊勋。
倾怀未尽绵绵意,且向深山卧白云。

2008 年 4 月 17 日

读米芾行书《研山铭》

笔力千钧颢气屯,风标一体自乾坤。

腾云青宇九龙跃,破雾长川万马奔。

惯向蚓蛇寻妙境,每凭筋骨诉精魂。

银钩铁画皆成趣,淡柳清梅不着痕。

2008 年 4 月 19 日

春访章华台遗址

江抱章台对碧霄,蕙风依旧动春潮。

琼楼今作千年土,故国谁怀一代骄。

饮马黄河曾问鼎,迷情红女滥征徭。

史家评说兴亡事,空叹灵王好细腰。

2008 年 4 月 22 日

晨起临窗遐观

半露星光半露晴,远林涂翠近花明。

才收物象心神爽,又触灵机诗意生。

山隐云岚非诡谲,天藏雨雪岂经营。

开窗诸事眼中淡,但取唇边香气清。

2008 年 4 月 26 日

住院随笔(之一)

肌体原天应自由,可随人愿勿闲愁。

临窗幸有羲和至,燕子飞飞造小楼。

2008 年 4 月 28 日

住院随笔（之二）

辞罢簧堂拜杏林，老来应弃是师心。
降魔亏有囊中药，浴火全凭手上针。
休问赚来钱几吊，须知救得命千金。
白衣若不行仁术，辱没岐黄罪孽深。

2008 年 5 月 3 日

病房走廊徐步

蝶梦浮生幻亦真，谁知病榻寄存身。
杏林安步寻佳构，妙句赊来也养神。

2008 年 5 月 7 日

病房随笔

两鬓斑斑未返青，当年倜傥已清零。
心安不记沧桑事，次第风来作乐听。

2008 年 5 月 11 日

病愈南郊公园观湖

半湖花影半湖烟，笼翠涵虚纳玉泉。
已有春声苏古木，敢斟杯酒待清莲。
任他苍宇风云促，凭我澄心蝶梦绵。
不老情怀堪比此，庚将六秩病初痊。

2008 年 5 月 14 日

五弟发来故园老宅百年老树照片

百岁身家体未弓，沧桑不计是孤衷。
每怜黄雀枝头闹，尤喜清姿月下融。
庇子浓阴俱有份，敞怀赤胆自随风。
宅西峰影嵯峨甚，一派生机向碧空。

2008 年 5 月 17 日

初夏游柴窝堡湿地公园

衔得烟波亦壮哉，漫将潋滟洗胸来。
苍鹰击水携云去，马鹿腾空负日回。
眼底群鸥栖蓼渚，湖中雪岭筑瑶台。
深闺未被风尘染，直把芳心许九陔。

2008 年 5 月 20 日

为友人鹿门山题照

四月薰风吹鹿门，江涛拍水动云根。
我猜归处趁余兴，安坐襄阳尽几樽。

2008 年 5 月 23 日

书斋烹茶待饮

几片藏云气，氤氲透日华。
沉浮清水面，舒卷碧山霞。
露润千秋骨，春萌半寸芽。
素怀何所似，浓淡一杯茶。

2008 年 5 月 25 日

游三道海子风景区

目也迷离心也痴，身居何处在何时？
青峰突兀连霄际，玉带蜿蜒傍水湄。
云托苍鹰波里翥，天涵花海镜中窥。
蓬莱只合仙人住，胜地无须俗客知。

2008 年 5 月 29 日

观沙画《塞上春晓》

笼翠和烟入画图，指间藏此小蓬壶。
沙盘三尺观春晓，塞上韶光天地殊。

2008 年 6 月 4 日

友人赠《金鳞戏荷图》有复

塘袅青烟水面开，似游蓬岛久徘徊。
赖君濡上三分墨，一段云天任意裁。

2008 年 6 月 6 日

雅玛里克山顶拍摄红雁池水库

雨霁晴光物态新，天开巨画雁池滨。
云堤环绕三千里，烟水沉浮九域春。
波借薰风争亮眼，景凭长镜破遥津。
江山胜状今追捕，大气浑茫直到身。

2008 年 6 月 8 日

儿时故园小满时节忆

风来陇亩透天香,望处青禾半灌浆。
入梦千回登小熟,观村几户闹饥荒。
那堪故里灾年景,每忆艰时野菜汤。
禹甸而今仓廪满,尚期侪辈惜余粮。

注:今江南称夏收为小熟,主要指小麦。

2008 年 6 月 11 日

再读屈原《离骚》

满卷风云究莫如,含英胜读十年书。
伤哉爱国情无已,叹矣哀民心似初。
世道沉沦多诇诡,精神不倒尚踌躇。
千秋过后忠魂在,更有《离骚》享盛誉。

2008 年 6 月 19 日

南山松间枕石而卧

炎夏此间权结庐,听风胜读古人书。
天开一线鸿蒙象,思入三分太极墟。
已醉清音泉漱石,更兼松籁玉鸣渠。
蝇头蜗角全抛却,救赎身心始信如。

2008 年 6 月 24 日

夏夜无眠有吟

仲夏疏怀与夜深,卧听风触作鸣琴。
已归俗物非初愿,欲访仙家守素心。

湾外荻菰天底老，楼头星月水边沉。
长宵空向阑前立，翅绪无端越古今。

2008 年 6 月 28 日

雨霁荷塘赏荷

洗尽枝柯掸去尘，接天莲叶一时新。
居趋竹苑市嚣远，吟向荷塘韵味真。
撷取花前香馥郁，来添腹内意清淳。
若能许我三分地，开凿方池作近邻。

2008 年 7 月 6 日

伊犁唐布拉峡谷草原乘骏

碧浪千重峡谷藏，敞开怀抱纳苍茫。
得闲莫让等闲度，分付长鞭一抖缰。

2008 年 7 月 13 日

参观昭苏夏塔古城遗址

面对残垣化永恒，时空转换剩啼莺。
烽烟扫尽荣边草，山自苍苍水自清。

2008 年 7 月 21 日

伊犁 65 团赏薰衣草

一抹青峦影壁围，几多香气直薰衣。
伊人暂共春红瘦，玉露频催宫紫肥。

撷韵花间呼未应，牵怀梦里唤同归。
华光绛染路边草，更挟霓虹落照飞。

2008 年 7 月 30 日

车行南山道中

白云片片挂山门，眺望岩崖一线痕。
闻道南来无捷径，此行方向指朝暾。

2008 年 8 月 2 日

观一鹤发老者湖边作画

未知形影共澄湖，笼翠和烟入画图。
洗尽铅华留淡雅，灵台碧透待轻濡。

2008 年 8 月 4 日

傍晚河边散步

鱼戏红荷柳秀鬟，浮生但享此时闲。
悠悠往事青苹末，浩浩天风白日间。
诗笔未追商海热，芒鞋岂惧世途艰。
纵横有道三千界，山一弯兮水一湾。

2008 年 8 月 6 日

立秋日花市购得绿萝数盆

翠浮如现碧溪云，权向秋边购此春。
蕙质彬彬欲亲我，丰姿郁郁不沾尘。

数盆丛浅通灵性,一寸心丹藏率真。
许是时宜终未合,今朝独爱这清纯。

2008 年 8 月 8 日

为友人孤山放鹤亭题照

闲倚台亭入画图,时光错落一山孤。
波涛淡淡水云远,鹤影翩翩天地殊。
修竹萧疏迷魏野,小园清静睡林逋。
高风在抱屏中看,今日开怀得醉无?

2008 年 8 月 16 日

听小提琴演奏《化蝶》

如梦醒来始觉痴,琴声化蝶永无期。
何须更下青衫泪,一局红尘未及悲。

2008 年 8 月 20 日

秋游庙尔沟

水自灵光云自闲,老犹不改性愚顽。
日悬翠嶂峰千叠,溪下深沟路几弯。
九陌黄尘迷古道,一川红叶暖寒山。
清秋还是此中好,别样铅华敷美颜。

2008 年 8 月 24 日

秋雨夜来晨霁

窗外霏霏润五更，一场豪爽费经营。
沉沉似带江湖梦，脉脉攸关黎庶声。
北国余身常倦怠，东篱吐蕊每清明。
苍原翠减征鸿去，天道兴衰岂可争。

2008 年 8 月 26 日

忆故园秋江渔棹

往事萦怀逝已遥，寒江鱼汛逐秋潮。
鸥衔苇影舷边掠，蓼引歌声屿畔飘。
小棹轻移抛碧浪，远山淡蹙混青霄。
此时回首真如梦，物态人情各寂寥。

2008 年 8 月 28 日

月夜遐思

璀璨天街过斗牛，星河如浪月如舟。
姮娥舞袖翩翩处，光泻山川别样幽。

2008 年 8 月 30 日

为友人登云顶山题照

一脉龙泉耸九肩，危崖晓旭照流烟。
韩滩古渡方投镜，云海晴岚别有天。
山水常肥复常瘦，时空相隔亦相连。
周遭美景由屏递，更待高才馈玉篇。

2008 年 9 月 3 日

秋日感怀

已惯炎凉噪暮鸦,流光检点去浮华。
问穷名利南柯梦,淘尽人生大浪沙。
不叹斜阳近禺谷,但将余热化明霞。
灵魂有翅巡苍宇,守得云开泛古槎。

2008 年 9 月 10 日

秋夜听雨

半入帘栊半入愁,寒蝉残梦暗中收。
漫披黄卷鸡三唱,静守青灯风一楼。
鸿雁行踪因此断,梧桐落叶为谁秋?
山川无奈消沉久,欲把心声趁夜留。

2008 年 9 月 16 日

连日秋雨树叶渐黄

几番秋雨到芸窗,勤晤萧斋夜未央。
来去无依如怵惕,沉浮甫定似张狂。
原知月满终还缺,岂料情深竟是伤。
谁识千枝簪露叶,其中一半已飞黄。

2008 年 9 月 19 日

友邀品茶有记

秋月承邀丹桂香,闲庭竹椅共斜阳。
高情只合雅人解,淡水何须俗客详。

酒结狐朋无直道，茶交君子有衷肠。

此生风雨成追忆，腾雾犹遮两鬓霜。

2008 年 9 月 23 日

浪淘沙·晚游秦王湖

奇绝此湖山，小歇征鞍。放舟直欲趁微澜。翠嶂青屏皆静卧，高峡流泉。

何必梦桃源，睡美青莲。一壶浊酒共陶然。洒落星光窥宝镜，水碧云闲。

2008 年 9 月 30 日

塞上看夕阳

瀚海连云接浩茫，晚霞交映焕奇装。

书空一点天为幕，入梦孤峰石作床。

今别穹旻宿禹谷，明成紫旭耀东方。

龙堆不老秋颜好，更有豪情立夕阳。

2008 年 10 月 7 日

踏莎行·探菊

已谢黄梅，初红樱果，香分九畹同春播。不期窈窕女儿腰，一襄风雨从容过。

莳草封泥，篱头兀坐，每天岂是闲功课。端详眉鬓挂寒霜，一秋昏晓来陪我。

2008 年 10 月 10 日

夜游宫·庭中盆栽玉兰将谢矣

花不堪持忍顾。也曾共、闲庭对语。忆昔仙姿靓几许。一襟冰，一裾云，皆楚楚。

未悔红尘旅。素笺上、凭谁题句。褪却幽香觅何所？冀明年，约汝来，君知否？

2008 年 10 月 18 日

望海潮·天柱山纪游

山川名脉，霞飞云涌，道家天洞仙桥。悬壁咬松，云崖叠翠，幽兰独放花娇。天柱拄云霄。漫天海雾卷，北斗浮杓。谁弃丹湖，半床寒簟起云涛？

奇峰揽日争高。更龙潭浴晚，三祖禅朝。风竹奏弦，松涛擂鼓，一时掀起心潮。不复问逍遥。苍茫凭尔问，独领风骚。汉武登临遗事，一任话渔樵。

2008 年 11 月 26 日

金菊对芙蓉·庐山西林寺问佛

古木云廊，涧流琴韵，小桥斜跨溪湄。恰松风千叠，翠嶂三围。山多坎坷云安慰，笑俗人、蚁附丸泥。欲除龟迹，披云生翼，扶杖高低。

碧落六合相依，信禅中谶语，老少无欺，对天人无外，自守芳菲。不知春色藏多少，看苍山、四季无奇。机缘自握，胸藏山水，穷达同归。

2008 年 12 月 2 日

沁园春·书斋闲吟

百尺高楼,七尺书斋,五尺案台。叹方圆项脊,堪罗今古;乾坤襟袖,可处幽怀。笔落惊风,杯邀醉月,琴韵松涛款款来。天涯外,看晴窗晓旭,遥岭云栽。

吾生不识悲哀,犹自许、心灵捐细埃。喜读唐吟宋,音传天籁;填词布韵,足印寰垓。雪月风花,交由后主,啸傲长风何快哉。邀吟侣,令稼轩必到,清照相偕。

2008 年 12 月 6 日

定风波·伯乐叹

岂有群中好马空,谁携伊吕钓耕翁?往昔冯唐愁易老,多少。茅庐三顾起潜龙。

李广功多徒见惯。空叹。天台雾障总朦胧。莫笑萧曹刀笔吏。未弃。刘三慧眼识英雄。

2008 年 12 月 12 日

抒 怀

欲向清流彻浣衣,西山暮合敛余晖。
自怜纵使同金琬,众毁何能剩玉玑。
酒醉婵娟情切切,心融浩渺雨霏霏。
小斋养性无他念,诗思芳丛作蝶飞。

2008 年 12 月 26 日

2009年作品

城南赏梅

料峭风停酒亦消，小城南阙踏琼瑶。
不愁寒气砭肌骨，因醉红梅雪里娇。

2009 年 2 月 9 日

读韩滉《五牛图》

负轭艰辛孰与侔，耕耘华夏竭春秋。
一川烟雨新苗秀，几处田园旧梦留。
驷马辕边悲钝足，将军项上作兜鍪。
时移世易虽无憾，可叹凭谁问喘牛。

2009 年 2 月 12 日

闲　趣

世事淡如烟，闲居不计年。
遣愁宵梦远，莳卉四时妍。
月挂窗前树，云舒雨后天。
聆莺收韵美，裁调入长笺。

2009 年 3 月 21 日

萧斋述怀

半丈书斋接浩茫，怡情不待借觥觞。
穷通未改心机鲁，狂放能移世味凉。
九折芦湾孤棹远，三千吟梦岁时香。
诗仙向我频私语，裁韵高歌宗汉唐。

2009 年 4 月 1 日

对镜偶感

浮生似梦叹无常，已报衰颜两鬓霜。
去若流川时不予，来如奔骏意偏长。
醒吟紫塞诗千首，醉约淮朋酒一觞。
还喜闲情差可慰，余波逝尽续黄粱。

2009 年 4 月 4 日

偶　感

人生吟未足，掷笔独凭栏。
云岭藏形易，衰躯换骨难。
屈伸休着意，宠辱莫兴叹。
应学东篱菊，苍松傲岁寒。

2009 年 4 月 8 日

醉眼阅红尘

弄墨耽文笑此身，惯从醉眼阅红尘。
昆仑雪煮江南绿，拙笔情钟漠北春。
际遇已然归逝水，炎凉岂可困诗人。
环堤垂钓多清韵，半亩荷塘觅本真。

2009 年 4 月 12 日

观天池冰峰倒映

冰峰倒映入琉璃，信有仙源焕景奇。
岁月不消龙虎气，寒光拭剑影参差。

2009 年 4 月 18 日

读盛唐众家边塞诗二首

冰河饮马雪飞寒,美酒葡萄未离鞍。
毳帐犹歌闻鼓角,弓刀起处斩楼兰。

莫怨琵琶和泪弹,朔风吹送角声寒。
驼铃摇落关山月,翘首家园几梦残。

2009 年 4 月 20 日

无 题

对景流连望九秋,昆仑横亘压边陬。
淡怀谁似天山月,千载清辉照古州。

2009 年 4 月 23 日

暮春湖上荡舟

花红柳绿展娇颜,旖旎风光一水湾。
昨夜春湖经雨涨,轻摇短棹似云闲。

2009 年 5 月 8 日

假日湖上垂钓

柳蘸清波荻万丛,青衫混在翠光中。
簧门久负山川趣,暂许汀湖属钓翁。

2009 年 5 月 26 日

打理五尺阳台绿植

绿叶红花香满盆，碧簪摇动四时春。
与兰为友岂无意，同竹共籨当有因。
裁就素笺多入韵，凝成正气倍含辛。
不求燕市黄金屋，犄角旮旯犹出尘。

2009 年 6 月 2 日

雨后晨风中漫步

风自逍遥心自舒，翩然往复竟何如。
纷纭世事几经淡，桀骜情怀一似初。
身外关山奔野马，袖边杨柳结云庐。
浮生不作城南梦，来伴青莲向水书。

2009 年 6 月 6 日

题书斋松石盆景

青埂移来感遇逢，萧斋镇日对虬龙。
清吟呼唤真灵性，座上倾谈有老松。

2009 年 6 月 8 日

柳堤晨步偶拾

柳陌清幽隐小桥，沙堤踱出几逍遥。
花如唱喏风云散，水似吆呼胆气销。
早岁堪悲添画足，晚年无望付承蜩。
任他世相多虚幻，漫步人生暮复朝。

2009 年 6 月 12 日

令值夏至与友竹林浅斟有记

岁月周轮炙烈阳，岂知时序一阴长。
炎凉多是浮名累，莫若竹丛支吊床。

2009 年 6 月 21 日

棋牌室观下围棋

但看眉边云卷舒，拈枚落地意何如。
或嫌无趣三时伴，未许多贫一嘴初。
虽有前招藏险恶，终凭后手算乘除。
纵横捭阖真君子，四面楚歌能解纡。

2009 年 6 月 23 日

记忆中的故园舒城老街

深院幽幽梦幻牵，城锥指向白云边。
风光最是撩人处，学馆南楼拂晓天。

2009 年 6 月 25 日

夏日黄昏

霞光片片日西沉，天地风波欲畅吟。
树借清江争画影，人凭暮景脱尘心。
漫穿荷岸留香久，独步溪桥逸兴深。
岂惧乌云遮暮宇，斜晖一抹艳层林。

2009 年 6 月 27 日

黄昏遇雨

漫祛暑气布浓云,半露山峦抹墨痕。
已见苍龙腾莽野,任凭风雨近黄昏。
一从流景随波逝,百感浮生向梦温。
九陌尘消清古道,晴空可待起朝暾。

2009 年 6 月 29 日

荷塘晨韵

寥落晨星入碧池,风光偏爱此清奇。
妖娆贵在平凡处,静好情怀易得诗。

2009 年 7 月 18 日

游头屯河谷森林公园

佳木森森云作堆,幽香时伴野苔莓。
耳聆松籁鸣心曲,手捧甘泉胜玉醅。
瀑落千寻犹可视,溪流一瞬不能回。
愈深愈觉尘嚣淡,更染烟霞在水隈。

2009 年 7 月 21 日

登昌吉大青山

赴目群峦碧落中,一时吐雾似腾龙。
天风浩荡鬓如絮,未料吾身成险峰。

2009 年 7 月 24 日

鹧鸪天·观王羲之《兰亭序》

一卷兰亭等凤毛，千年书苑壮风骚。法书挥洒凌云笔，旷古丰碑拱碧霄。

风起舞，卷波涛，坐花醉月涌心潮，书文大雅谁堪匹，把酒沉吟破寂寥。

2009 年 8 月 3 日

秋 思

秋色秋思随雁翔，竹帘幽梦感微凉。
空潭当印一轮月，只木孤撑半壁墙。
丹写枫林霏北岭，诗敲暮雨忆南塘。
儿时玩伴今何在，且酌流霞醉夕阳。

2009 年 8 月 16 日

秋过石河子垦区

浮云扫净过征鸿，五色琳琅天地融。
金浪千重知稻熟，银波万叠话棉丰。
思追旧梦犁和剑，开拓新潮汗与功。
灵境因谁长护守，飘香瓜果醉秋风。

2009 年 8 月 19 日

秋日寄友

一叶落知天下秋，襟披晚照暮云幽。
韶华已共光阴老，吟兴偏同雪鬓稠。

每戒浮名伤淡泊，常因逆境识风流。
黄花恰补荷香缺，谁伴东篱赏玉钩。

2009 年 8 月 24 日

游五彩湾

不负芳名五彩张，翩翩相载入微茫。
好风云涌临三界，丽影魂惊诱四方。
老井偏呈新气象，温泉总有热心肠。
诗人意绪何须问，杯溢流霞兴未央。

2009 年 8 月 30 日

雅鲁藏布大峡谷口眺望南迦巴瓦峰补记

孤峦远眺马蹄惊，奔赴重洋万里程。
列阵回峰存霸气，响涛拍岸寄豪情。
婆娑纵使隐星子，落拓何曾付酒兵。
清浊未从渔父语，自抽长剑向天横。

注：娑婆，此处谓佛教名词，娑婆世界，意为"堪忍"。

2009 年 9 月 1 日

过秦皇古驿道

古道通衢西望秦，风云荡去八千春。
寒花漫洒行香子，秋水尽如虞美人。
车引龙旌同史老，牛耕禹甸与时新。
光阴信是丹青手，一轴山川眼底陈。

2009 年 9 月 5 日

节值白露于丁香楼饯别友人

别后丁香两度开,饯君畅叙此楼台。
曾观晓辙驰风远,今听晚蛩偎壁哀。
笛脆云边飞古月,露清柳下涤尘埃。
悲欢离合皆常态,人在途中亦快哉。

2009 年 9 月 7 日

听　秋

谁道闲愁待酒浇,试听窗外竹萧萧。
寒蛩暮霭犹留韵,雁舰霜天亦赶潮。
云淡蓼洲平野默,风和苇岸荻花飘。
西江月色无人管,一派秋声扫寂寥。

2009 年 9 月 22 日

望　月

轮转山阳复水阴,将圆月又到天心。
宜携笔底波澜起,莫让胸中意气沉。
绿鬓七分披暮雪,柔肠三匝绾商参。
星云落纸归风雅,不负今宵不负吟。

2009 年 9 月 26 日

雨霁望远

树瘦林清四野空,寒山远在有无中。
云来纵使遮晴日,雨去依然现彩虹。

岁月纷繁双鬓黯，风霜芜杂一襟融。
豪情胜却诗人笔，点亮秋光看岭枫。

2009 年 9 月 28 日

遣　怀

日月轮回复尔周，时光未息大江流。
风云纵使天无恙，成败焉能人不愁。
常值杯盈思旧友，岂因叶落恨清秋。
腔中所剩唯肝胆，来伴夕阳和玉钩。

2009 年 9 月 30 日

汉唐秋塞巡礼

瀚海曾经血染红，八荒秋色黯雕弓。
马嘶绝域戍楼月，雁踏胡沙紫塞风。
掬饮冰川味何苦，守望孺妇梦成空。
边关故事凭谁问，天麓巍巍出世雄。

2009 年 10 月 2 日

往事随风

当时抚柳小桥东，曲径迂回总梦中。
每忆荷塘陪月色，常留足迹伴秋虫。
何堪对酒三杯绿，忍顾惊心一地红。
眼底沧桑胸底事，萦怀过往已随风。

2009 年 10 月 6 日

秋霁禾木观云

好风摇梦与天齐,三万轻帆济海时。
乍识轩辕金戟地,复疑王母白纱帷。
谁描淡墨广寒阙,吾醉青霞岫峪墀。
物象纷呈真似幻,徜徉浩宇已舒眉。

2009 年 10 月 9 日

线上答友人

推人以物坦胸襟,心逐五弦余味深。
景作丹青无败笔,调融山水有清音。
漏舟偏向涛间纵,满盏何妨醉后斟。
坐拥湖烟三万顷,今宵线上与君吟。

2009 年 10 月 11 日

友人发来"长淮秋色"视频

满屏传送故园秋,暂向长淮放远眸。
水幻仙云逐鱼浪,波翻荇蓼系兰舟。
平湖恰与寒烟淡,雁阵渐随晚霭收。
惊喜之余还怅怅,何时把酒畅西楼。

2009 年 10 月 13 日

诗　梦

杖回空谷水淙淙,来阅诗山十二峰。
过尽浮云千万片,繁霜一枕对疏钟。

2009 年 10 月 15 日

读友人《故园西庄》诗有复

塘沉碧落现浮鹅,不见当年小二哥。
系犬时同鸡蹀躞,炊烟共与柳婆娑。
青春既已初张翼,老迈何悲空逐波。
往日光阴东逝水,管他人事两蹉跎。

2009 年 10 月 18 日

临窗邀月

枫丹露白已深秋,月魄穿梭到小楼。
半舍清辉分案侧,一壶星宿洒云头。
身经荣辱知三昧,世及兴衰辨九流。
万丈红尘今不扰,开窗帘幕挂银钩。

2009 年 10 月 21 日

西风颂

宛然嘹唳过征鸿,扫却浮云净碧空。
出手如拳明缓急,持心若水一卑崇。
天开万象苍茫外,物竞川原萧瑟中。
华夏正须清冷气,西风切莫似春风。

2009 年 10 月 24 日

闻友人《园梅披雪图》获奖

天涯过客自何来?雪影风声枉度猜。
多少闲情归一轴,丹青问鼎小园梅。

2009 年 10 月 28 日

友人发来《太白湖》诗及风光照有复

裁云功力一何殊，眸醉烟霞入画图。
水蕴禅心君不语，风乘客梦我将扶。
晴晖直认青衫影，逸兴偏添白玉壶。
胜境如今屏里看，波光潋滟拥斯儒。

2009 年 11 月 2 日

月下观残菊

渐紧西风满地霜，雁声凄厉遁衡阳。
几分萧瑟堪醒脑，一片从容足慰肠。
枝上但惊花不谢，怀中欲诉月同殇。
明蟾岂是无情物，来照篱边秋梦长。

2009 年 11 月 6 日

题悬崖老松

背负高崖云气屯，流岚总爱绕嶙峋。
心虽一寸连东岳，梦可千回御北辰。
莫向斜阳叹禹谷，宜从铁骨看精神。
襟怀尽纳苍山韵，雪雨风霜色永新。

2009 年 11 月 20 日

读诗有感于渲染之艺术奇效

欲擒故纵自从容，皆喜梨花带露浓。
翠幕帘纱垂远影，红楼笛韵听潆淙。

半湖澄镜衬云水，一树新梅伴老松。
毫染山川晴晓雾，轻轻为我点奇峰。

2009 年 12 月 1 日

为友人深圳蝴蝶谷题照

万木葱茏景异常，隆冬犹与蝶徜徉。
痴迷深圳红衫女，羡煞庭州白发郎。
霞映清泉飞彩练，花开幽谷作乔妆。
神游仙境流连久，始觉凡身不可翔。

2009 年 12 月 10 日

观新疆杂技团表演《胡杨魂》

铁臂摩霄岁月长，羡他千古立洪荒。
虬身抚定龙沙固，宿志凝成稻米香。
梦化烟霞心与共，情耽雁碛足来量。
劫波历尽精神在，抖落风尘慨尔慷。

2009 年 12 月 17 日

观盐城湿地候鸟飞抵越冬

袅袅云烟晓翅轻，相依相伴秀和鸣。
守真未被风尘染，牵梦还同苇絮萦。
浅水融天开一鉴，寒光照影历千程。
陶然忘却身为客，盐渎群栖享太平。

2009 年 12 月 19 日

冬游鹿邑老君台

犹龙遗迹老君台，古柏森森天地开。
道法自然通九宇，吾遵石级拜三垓。
晴光日射朔风息，大野云流寒气颓。
放目峰峦似青牯，当年李耳许重来。

2009 年 12 月 22 日

游中山詹园补记

孝道成全此洞天，一山一石一池莲。
须知恭顺在亲侧，胜却虔诚于佛前。
露泽云光浮有极，春晖寸草报无边。
镜头留下慈恩迹，好向吾家儿女传。

2009 年 12 月 30 日

2010 年作品

读陈子昂《登幽州台歌》

黄金台筑贮奇葩,罗织英才聚一家。
良骏嘶风追古月,明珠出椟耀光华。
扶轮志士开新局,经国文章壮锦霞。
时运难回悲且泣,几多俊杰老天涯。

2010 年 2 月 2 日

读友人《江南风雨集》

出岫清泉石上惊,敲金戛玉动斯诚。
求知可自书中得,格物难从方外行。
常与谈锋诗作对,每将点键帖酬赓。
今收长卷临窗读,听取江南风雨声。

2010 年 2 月 16 日

咏 梅

春风又欲破寒天,小院梅开百卉先。
疏影浮香和靖醉,娇姿带雪赴吟笺。

2010 年 2 月 25 日

读于右任诗词选

无私天地起惊雷,万里江山酒一杯。
不让华年皆付水,怎容青史尽成灰。
阴晴故国何能忘,贵贱精神岂可摧。
大雅犹存松竹韵,拨开龙雾问寒梅。

2010 年 3 月 6 日

春日感怀

莺啼绿柳百花开，沃日雷霆动九垓。

昨夜星辰成梦幻，前庭桃李没尘埃。

少时朋辈今何在，锦瑟年华空自哀。

憾极始知风物异，依然曲径独徘徊。

2010 年 3 月 12 日

探春慢·月光中游乌镇后与友小酌

　　鉴水空明，东山远点，澄波初见沉玦。水巷凝烟，小桥移影，轻棹追风骋鬣。欸乃清光里，漫拾得、瑶台仙阕。弥弥轻浪开云，婆娑蟾影摹雪。

　　星斗波中几斛，风摇酒家旗，杯盘新设。榭雅灯迷，荷香风过，看取红楼明灭。吴楚千秋事，问陈鼎、此间谁说！都注杯中，醉同乌镇明月。

2010 年 3 月 17 日

高山流水·观黄龙五彩池

　　画廊十里壮云天。梦蛾眉、敷黛涂胭。初露美琼瑶，飞霞暗落池边。裁云锦、五彩斑斓。风吹皱，新束何遵旧带，出水青莲。似秋波守望，妙管点香荃。

　　流烟。遥知有神笔，摩九寨、五彩新研。兰蕙毓襟怀，叠玉簇锦嫣然。著霓裳、露媚藏禅。伴星月，时听仙娥至此，一洗华铅。自风流也，万般韵、醉山川。

2010 年 3 月 20 日

一萼红·初春无锡梅园赏梅

访三吴。正春寒料峭,红萼亮枝疏。玉蝶初飞,朱砂漫染,墨韵几处新濡。看老干、虬龙劲挺,伴寒竹、形影亦何孤?香染林泉,神清明月,握瑾怀瑜。

石上风生雾绕,梦湘云楚水,奇幻衣裾。傲骨苍苍,幽香蔼蔼,何叹薄暮啼乌。记曾共、芬芳翰墨,和冷蕊、泼墨漫操觚。待到春归阆苑,芳魄霞铺。

2010 年 3 月 24 日

望南云慢·蠡园怀古

曲水亭台,乍雨歇风轻,新柳流苏。抛梭越女,正浣纱晚照,飘逸裙裾。亲植园中竹,隐退日、闲闲一隅。卧薪尝胆,雪耻图强,十载平吴。

呜呼。一代枭雄,风云际会,功成退避烟湖。垂竿一棹,叹风浪阴晴,早觉迷途。百代侯王谢,念古今、青衣巷乌。墨痕谁点?影绰苍山,漫染霞图。

2010 年 3 月 29 日

读诗偶感

诗因独见气方雄,闭室吟哦未必工。
鹰亦低飞宁是雀,金无足赤断非铜。
闲愁不解青衫瘦,古镜还嗔烛影红。
隔岸花明景尤美,棹歌声远意朦胧。

2010 年 4 月 5 日

一丛花令·闲斋夜读

寒灯一卷伴清宵,游目拾琼瑶。珠玑慧我还成我,浑一个、书海渔樵。文翰解愁,书山寻梦,谁似我逍遥。

方塘半亩涌春潮,庸去赶时髦。群书研读弥知味,闻鸟语、又是新朝。杞国梦回,青山云树,心海化狂涛。

2010 年 4 月 12 日

江月·塞上春意

雨浥南湖新柳,风扶北阙桃花。春来塞上看朱华,楚楚蛾眉待嫁。

万盒胭脂点树,一弯流水披霞。曲桥三五看娇娃,正值青春无价。

2010 年 4 月 19 日

春晓凭窗

时雨流酥日,南窗景色新。
娇莺依柳俏,桃李向阳春。
叶绿风情野,花开意气真。
韶光凭趣得,袅袅可通神。

2010 年 4 月 22 日

春日感怀

桃红欲万枝,风物喜芳时。
聊看闲花草,姑为无味诗。
鸟声惊夜梦,竹笛逗乡思。
起坐吟唐句,真情只自知。

2010 年 4 月 26 日

观落花

花落枝头尚有痕，几枚青果沐朝暾。
韶光逝水何须叹，权作经年旧事存。

2010 年 5 月 2 日

南乡子·攀登博乐美丽其克南山峰

徐步羡云轻，溪水流长伴落英。纵是山深仍有道，啼莺，雾卷霞飞一路行。

高处有泉声，更喜云收雨复晴。直上险峰奇绝处，心惊，抖擞精神步不停。

2010 年 5 月 8 日

赠博州老年大学前辈及诗友

落墨操觚发凤鸣，玉关杨柳总牵情。
银丝尚挽春心在，珍惜余晖唱太平。

2010 年 5 月 21 日

诗人节怀屈子

角黍端阳近，骚诗百代吟。
争光同皎日，哀郢见孤忱。
沾溉泽无尽，汨罗波自深。
年年怀屈子，吾辈泪涔涔。

2010 年 6 月 12 日

杂感三首

溪桥疏柳易生风，野水轻寒接晚空。
幽境自由心会领，碧霄深处数征鸿。

憎命文章白屋寒，浮生坎坷曲如栏。
匆匆岁月添秋色，梦破三更觉被单。

文章一箧散西风，往事低回付梦中。
放眼长天烟水阔，四时景物总葱茏。

2010 年 6 月 21 日

题 画

潇潇竹影一竿竿，柳色清溪秀可餐。
荡漾春风柔似锦，黄鹂声脆画何难。

2010 年 7 月 5 日

河滨公园雨中漫步

柳展丝绦舞晚风，流红滴翠水连空。
谁知我觅童真趣，尽在长堤细雨中。

2010 年 7 月 24 日

育花感赋

旦夕浇培久，春来遍著花。
丰姿盈绿叶，明媚映红霞。

袅袅添吟兴，绵绵对饮茶。
陶然浑忘我，清曲咏奇葩。

2010 年 8 月 11 日

游太原晋祠

晋水之阿起晋祠，背依悬瓮擅雄奇。
文华郁勃藏金壁，丹翰琳琅耸玉碑。
两柏犹阴青史鉴，一泉难老素人期。
煌煌古迹名天地，胜景兑成千首诗。

2010 年 8 月 29 日

有感人生解方程

人生几近解方程，等式两边时变更。
有限才能求破立，无穷事业待经营。
长桥构架虽辛苦，困局突围非枉行。
最是权衡筹妙策，一朝赢得地天平。

2010 年 9 月 1 日

听二胡曲《听松》

味若清泉载月华，声声跌宕邈无涯。
松间听瀑入青梦，雾径寻幽披白纱。
曲雅宜仙不宜俗，心闲堪酒亦堪茶。
满弓浩浩汤汤水，流作云台一片霞。

2010 年 9 月 3 日

忆故园老宅桂花树

遥忆儿时金桂香,几经云梦不相忘。
含苞未着鲛绡紫,吮月催成小菊黄。
庭院有花同酒醉,尘嚣无碍共茶尝。
从今漫漫秋风路,何日重逢在故乡。

2010 年 9 月 7 日

再游额尔齐斯河

西去汤汤出国门,冲天一啸动乾坤。
敞怀能纳亚欧广,飞足甘为世纪奔。
浮梦瑶池披暮雨,牵情昆麓起朝暾。
吾今嘱尔常思祖,树茂千寻自有根。

2010 年 9 月 11 日

帕米尔高原白沙湖

云岫屏藩碧水湾,隼抟苍宇俯人寰。
沙流万丈无他扰,浪卷千秋笑我闲。
思与烟霞临峻峭,忍随踪迹踏斑斓。
滩头喜借玲珑镜,除却风霜共鬓斑。

2010 年 9 月 13 日

帕米尔高原金草滩

美醉秋来金草滩,高云漠漠共缠绵。
晶莹香露才凝玉,绮丽繁花欲饰天。

同驾长风犹励策，但挥浓墨未知年。
人生得此清凉界，一梦悠悠胜作仙。

2010 年 9 月 16 日

中秋寄四弟、五弟

月到中秋分外明，三杯老酒对黄英。
驰风未扫故园绪，振翅尤珍雁序情。
恨昨江湖初异棹，喜今心气尚同声。
更怜蟾魄陪夤夜，唯有乡愁梦不成。

2010 年 9 月 21 日

偶 感

雁叫声中独倚楼，云移月魄又如钩。
风凄粉蝶潜形早，圃静黄英向晚幽。
不悔青丝成暮景，犹从白鬓挽春秋。
诗心剑胆应常在，寂寞情怀付水流。

2010 年 9 月 24 日

读《红楼梦》卷中诗词

悦目琳琅出自然，珠玑字字和丝弦。
动将顽石琢成器，静把清波化作莲。
娇色凝光融玉盏，丽姿流韵奉华筵。
更思好了谁能解，竟可开篇还结篇。

2010 年 9 月 26 日

秋晚南京话雨亭小坐

白鹭洲头话雨亭,一湖寒水满天星。
桥边柳老观犹绿,鬓角霜多染未青。
前事追思风灭迹,余途振羽雁冲翎。
蓬莱阁近纵登览,排闼栖霞总不经。

2010 年 9 月 28 日

喜迁莺·国庆抒怀

　　九州同庆。正时值清秋,风酾菊影。万马奔驰,千帆竞发,华夏蒸蒸奇景。六十一年弹指,圆梦小康使命。举旗帜,指征途漫漫,众扛九鼎。

　　诗家争歌咏。想我禹甸,历经沧桑境。凤阙龙楼,霓光霞气,尽与青史彪炳。莫为弦歌陶醉,旗鼓而今重整。叹今古,看世界同仰,雄狮已醒。

2010 年 10 月 1 日

读唐诗僧齐己佛禅诗

身世归禅两忘之,不容纤物玷心池。
抛开雨雪无头绪,怜惜星云有味诗。
茧缚春蚕温蝶梦,情空秋月悟天时。
门前一径疏林去,既觉何忧绿白眉。

2010 年 10 月 7 日

重阳节醉中远眺

诗家清景是清秋,酒熟重阳醉小楼。
落木萧萧花露冷,晴空湛湛月轮柔。
韶华莫叹匆如鲫,世味无惊薄似绸。
红叶一林峰愈静,尘嚣远隔胜瀛洲。

2010 年 10 月 14 日

为友人福建云顶山题照

笼翠浮岚三界碑,千秋瞬息紫霞飞。
江天万里寻诗去,想必光华满相机。

2010 年 10 月 21 日

为友人亚龙湾海滩题照

雪浪连天入画图,销魂最是漫抛珠。
观涛方丈与谁共,君晤仙家惠及吾。

2010 年 10 月 30 日

题五弟《老宅篱边晚菊图》

老宅谁呼旧日花,恍然一梦璨云霞。
冷妃霜浴梳妆晚,陶令毫飞写卉嘉。
印象篱边犹活脱,余痕往事尚横斜。
面笺尘外无凭寄,独对寒宵独沏茶。

2010 年 11 月 2 日

偶 感

人生一叶也风流，碧水长天荡晚秋。
眼底烟波翻浩渺，为他再弄十年舟。

2010 年 11 月 6 日

夜吟偶得二绝句

诗情纵把梦魂牵，腹内空空也枉然。
一夜春风绿三界，行歌日久可通玄。

应是南郊入梦深，孤灯伴我听甘霖。
明朝料有霓虹挂，堪幸风声可助吟。

2010 年 11 月 8 日

浪淘沙·六十狂吟

　　莫谓我轻狂，别样肝肠，闲斋一醉梦难央。岁月蹉跎天赐我，两鬓苍苍。

　　烟雨又重阳，啸傲南窗。看空尘世几沧桑。闻道庭州多寿考，六十如郎。

2010 年 11 月 10 日

初冬乡道观野鸽子二绝句

乡道偶逢无戒心，君为觅食出丛林。
我来此处观冬景，一帧微藏人共禽。

晴空雪霁扫残云,起落悠悠未散群。
饥鼠道边多恍惚,冲霄翅拍动听闻。

2010 年 11 月 14 日

月光下踏雪

此境消融两鬓霜,禅心一片入琳琅。
几分萧瑟何关我,独占琼瑶共月光。

2010 年 11 月 19 日

谢池春·忆博鳌海渡

浩荡长风,岂效放翁归棹。起烟涛、扶之既倒。云翻醉墨,正东方催晓。更披霞、浪冲云表。

溟濛莫问,自握横天玄妙。驾鲲鹏、云张大纛。何愁风雨,劈狂澜如扫。笑鸥鹭、听余长啸。

2010 年 11 月 26 日

浪淘沙·读友人《香山红叶图》

烂漫向和阳,意蕴悠长,漫书一卷旧潇湘。已是春浓生眼底,引梦横塘。

岭是九回肠,叶是梅妆。尘寰夙愿化春香。莫问几番寒料峭,一例能狂。

2010 年 12 月 5 日

少年游·谒碧云寺补记

西山余脉落寒云,暮霭混乾坤。佛口无言,凡夫有愿,香火老禅门。守护精神总不易,炼狱折灵根。归去无由,一遭回首,看破几红尘。

2010 年 12 月 13 日

今日早餐有记

些许茯茶文火烹,一杯鲜奶几调羹。
就他半拉酥油饼,笑傲王侯共九卿。

2010 年 12 月 28 日

2011年作品

晨 步

水色泠泠山色空，晓来清爽不关风。
身心骤得曦光满，轻跨溪桥曲径通。

2011 年 1 月 6 日

题海浪石

浪涌千寻昼欲昏，声飞浩宇动天闻。
百重风影含三象，万道剑光摧九军。
踪迹去来多洒脱，烟霞聚散几纷纭。
惊涛毅魄今凝固，铸就雄豪旷世文。

2011 年 1 月 8 日

读《鲁滨逊漂流记》二绝句

孤岛漂流三十秋，几人堪忍此间愁。
至今慨叹鲁滨逊，独对狂涛踏浪头。

孤身最应面孤危，可贵迷途志不亏。
其实吾生多遇此，自家命运指望谁。

2011 年 1 月 10 日

为友人鹿门山题照二绝句

傲帝山高望眼空，何妨绝顶会天公。
相携庞德斟佳酿，醉在襄阳鹿户中。

君近鹿门无采薇，逍遥骤得白云衣。
后人不记前朝事，吟向崚嶒披落晖。

2011 年 1 月 12 日

哨所雪松赞二绝句

雪亮霜锋刺九霄，晴晖漫染亦妖娆。
扎根岩隙身披素，紫隼回旋慰寂寥。

豪气满怀慷慨歌，风凄雪压挺坚柯。
纵然迷彩难攀比，敢效军人奉献多。

2011 年 1 月 14 日

乘晚风游三亚椰梦长廊

椰梦长廊赋梦长，风轻趁晚好飞翔。
乾坤在抱今宵事，任我诗心醉一场。

2011 年 1 月 16 日

月光下踏雪

此境消融两鬓霜，禅心一片入琳琅。
几分萧瑟何关我，独占琼瑶共月光。

2011 年 1 月 18 日

令值小雪喜见雪飘

北斗西沉小雪归,楼头灯影照飞飞。
轻盈飘逸真欢也,不意之间闯入帏。

2011 年 1 月 22 日

湖畔冬行

浑似琉璃磨镜新,朔风难起是粼粼。
闲云不到空清寂,聊作行吟世外人。

2011 年 1 月 24 日

观儿童雪地戏雪

攻守双方火力开,雪团散处尽皑皑。
阵前纷乱几身影,一例垂髫到紫腮。

2011 年 1 月 26 日

雨中花慢·丽水龙泉山纪游

潭水观云舒卷,旷世龙泉,越壁惊鸿。叱咤玉龙天降,虎虎生风。霞罩青崖,岚封石径,壁矗云空。翠竹雨露润,根盘绝峭,叶展天篷。
环湾碧水,浮鸥轻棹,自是野趣融融。听晚籁、暗云飘雨,任意西东。芦笛悠悠邈邈,方知曲贵由衷。几丝云淡,一舷幽梦,妙谛其中。

2011 年 1 月 30 日

疏影·海南月亮湾

水环玉玦。正晚风鼓浪,万马扬鬣。波湛涵星,境阔容天,朔晦无牵圆缺。万泉东结龙蟠势，联素袂、飘飘如雪。丽人弹、弦上流云，千载方成奇阕。

长醉悠悠一梦，韵飘浮、响震龙窟鳌鳖。浪息风清，霞蔚云蒸，夜夜得赊弦月。莫惊襟袖涵沧海，回首处、星河明灭。论沧桑、不改琼宫，蟾桂夜明时节。

2011年2月2日

杏花天·杭州孤山抒怀

孤山灵秀萦怀切，放鹤亭边梅傲雪。湖烟山霭时明灭。何叹当年志折。

高闲气度同云接，不慕浮云追日月。夕阳俏抹长湖血，纵有诗情谁说？

2011年2月5日

凤池吟·湖光岩纪游

俯仰琼瑶，火山遗迹，化作碧水氤氲。会春花带雨，红装掩翠，一抹朝暾。入眼烟涛，一湖翡翠集长云。青山蓄内，流烟湖外，细浪粼粼。

龙鱼野鹤无语，得晤沙水渚，默默难分。驾苇舟横渡，玉霄迥溯，搏浪鳌鲲。把酒临风，欲从诗海觅龙鳞。身犹许，一浮鸥、不再逡巡。

2011年2月8日

玉簟凉·天子山览奇

仙苑深藏，自碧落晚霞，翠点霓裳。原来天子地，尽俯仰文章。虹桥神女欲渡，料抱月、夜夜眠香。应有待，有客来千里，亲拜遐方。

青苍。层峦叠嶂，闲岫漫回，云里石笋新篁。光阴流水逝，瞩漠漠云长。何思甲子魏晋，慰此去、百感沧桑。吹柳笛，滤俗尘、还滤风霜。

2011 年 2 月 10 日

翠楼吟·问道东西岩

赭壁青峰，云翁问道，山溪逐风吟调。高台凝目处，竹松远、争相奇峤。云翻孤岛。鹿洞遇渔樵，烟霞多少。齐云表。雾开晴翠，乍腾云豹。

森森。山水春秋，坐得禅心后，豁胸云灏。一声长啸毕，任天地、徜徉怀抱。临矶垂钓。万顷碧涛中，鱼梭兰藻。无昏晓。涧琴松籁，鬓斑眉皓。

2011 年 2 月 13 日

浪淘沙·巨柏吟

立地自森森，一片浓荫，风摇枝叶雨沾襟。一榻清幽留鸟梦，气度云深。

岁月费沉吟，酒共谁斟？千秋松竹是知音。不为浮云迷乱处，剑胆琴心。

2011 年 2 月 16 日

浣溪沙·林泉有约

久约林泉似故知，春花秋月未邀迟。山川湖海贮情丝。

陶令篱边花灿灿，醉翁亭畔柳丝丝。悠然坐看白云时。

2011 年 2 月 20 日

水龙吟·塞上春雪

绿杨初吐新芽,关河万里芳菲酿。凭谁漫展,素兰梨蕊,明花潮涨。琼塞风生,瑶池波起,银莺弥望。看天公摇翰,绘新春稿,都铺在、云笺上。

长卷春光若漾。溯冰河、暗流低唱。萦回几处,迎春小草,摇旗叶放。信是初春,多情飞雪,不同凡响。藉琪花一剪,东君梦底,满庭香荡。

2011 年 2 月 24 日

梦横塘·观梨园落蕊

雨迷烟树,春色含羞,苑中才报芳信。未泯童心,酿绮梦、奇葩添韵。千树堆瑶,万枝浮素,影移华鬓。听莺声燕语,柳笛牵风,红尘客、谁相问?

殊姿逸态孤芳,无招蜂引蝶,百雀犹遁。梦醒天涯,重抖擞、吐芳何吝。柳绦绿、芳菲一季,碧杏红桃亦何逊?唤得春回,染红敷翠,任风飘零尽。

2011 年 3 月 1 日

做客江村补记

江花照影柳荫堤,一抹残霞与水齐。
疏密栅栏枝上月,高低草屋笼中鸡。
棹歌欸乃归渔父,巢语呢喃落燕泥。
偶遇他乡湖海客,推杯换盏醉扶藜。

2011 年 3 月 6 日

春雨晓霁

山泉声咽水盈溪,小草扬身柳拂堤。
香吐轻烟金梦绕,枝摇芳影晓莺啼。
桃红不倚刘郎种,树碧犹招苏子迷。
待得春江花月夜,迂徐何惧两鞋泥。

2011 年 3 月 15 日

船过长江三峡

阅尽巫山十二峰,横江坝矗水融融。
千峦剑势开新宇,万壑松涛动远空。
神女当惊风物异,襄王遗恨大荒穷。
虽吾未识青云路,踏浪牵霞步彩虹。

2011 年 3 月 17 日

一剪梅·再读《苏曼殊诗集》

闲坐孤山观晚潮。起浪摩霄,擂鼓腾蛟。身居物外自逍遥。守护今朝,笑傲今朝。

渺渺烟波曲曲桥。岁首风骚,岁尾风骚。袈裟赌酒说妖娆。醉也陶陶,醒也陶陶。

2011 年 3 月 20 日

渔家傲·题友人《飞瀑图》

直泼松烟腾白雾。悬泉飞瀑泠泠处。百丈游龙今动怒。如脱兔。悠悠天地凭吞吐。

神定乾坤千百度。挟云直下无回顾。勇往前行朝与暮。观有悟。冲关克险人生路。

2011 年 3 月 23 日

声声慢·读易安晚期词作

箜篌弦断，裁句灯迟，秋深冷暖谁恤。几许泪痕，独自不堪听笛。冷清月光满地，守着窗、一脸愁色。几流转，叹关河迢递，晚风催急。

但恐柔情似水，栏杆冷、依稀梦中肩比。金石无存，何处问君踪迹。纵赊一蹊晚照，任霜枝、零落无觅。白云过，不敢询，鱼雁消息。

2011 年 3 月 25 日

瞻仰皖西革命纪念馆

群山环抱白云封，欲接青冥望古松。
铁甲三千骧大纛，军声十万起苍龙。
魂招华夏凝新鼎，剑指蛮夷觅旧踪。
跌宕清溪犹溯本，鞠躬还奠酒盈钟。

2011 年 3 月 27 日

颍上八里河纪游

一串明珠八里长，青莲濯水舞云裳。
百龙亭下风堪喜，九瀑帘前雨渐狂。
三两舟楂帆正顺，万千荇带梦犹香。
襟怀虽淡名和利，难却鲈鱼就满舫。

2011 年 3 月 29 日

文瀛湖纪游

巽水烟波画境开,谁研翠墨醉灵台。

汾河渡晚舟中曲,烈石流泉手上杯。

鳌背朝驮红旭至,岗峦暮化碧鸡来。

文峰双塔两支笔,独占陈王八斗才。

2011 年 4 月 2 日

登邢台临城天台山

太乙真人下碧空,祥云四起显神工。

九尖岩上松含韵,五谷仓前瀑裹风。

十八层峦连石磴,三千叠嶂铸黄铜。

峭崖难锁心幡动,还看杜鹃燃火红。

注:邢台临城天台山岩石是由石英砂岩组成的丹霞地貌。

2011 年 4 月 4 日

初春游南京白鹭洲公园

画船载酒柳烟堆,芦荻环湾白鹭回。

红杏凝妆丰宿雨,新荷出水绝尘埃。

朝昏逦迤千帆过,日月沉浮九派来。

正是东园花醒处,缤纷物象胜瑶台。

注:白鹭洲公园历史上曾称东园。

2011 年 4 月 6 日

解花语·晋中云竹湖孤岛赏桃花

湖开碧玉，雨洗新枝，临水新妆俏。蝶环蜂绕。驾乌篷、登上桃花孤岛。春风弄巧。呈烂漫、粉妆多少。醉几回、一任余光，此处陪花老。

崔护一去杳杳。岁岁空守候，著花含笑。随波云杪。软风来、投向涟漪怀抱。轻舟举棹。放烟水、殷情留照。化作诗、字里行间，助我抛烦恼。

2011 年 4 月 9 日

吐鲁番参观坎儿井

惊识长怀碧水幽，深藏不露亦风流。
暗湍溉处生青梦，荒漠吮时呈绿洲。
一路花光辉宅院，千层草色牧羊牛。
勤劳智慧维吾尔，首创精神孰可俦。

2011 年 4 月 11 日

读《陶渊明诗集》

南山种豆复归来，大济苍生一叹哉。
鸾凤翩然虽不至，但观五柳倚云栽。

2011 年 4 月 14 日

江城子·雨中春色

鲜花滴翠树连空，水淙淙。草茸茸。春雨潇潇，柳浪展朦胧。又见新葩红陌上，春正好，画难工。

蹁跹紫燕舞微风。若闲翁。点芳丛。一片生机，雨后日瞳瞳。满目丹霞成紫雾，轻勒马，驻游踪。

2011年4月17日

探春慢·骊山怀古

极目长天，秋风送雁，渔樵三五闲话。世事沧桑，人文物异，吹散狼烟铁马。褒笑幽王殁，但留得、秦皇车驾。史湮千里香尘，华清宫外骑跨。

足踏青鞋布袜，嬴氓辈魂牵，老聃无诈。庶众贫疲，独夫杀戮，直叫皇权归罢。即在九天外，也会被、天风吹下。谁是英雄，时间能辨真假。

2011年4月19日

透碧霄·漓江观凤尾竹

送行舟，岸边芳竹立悠悠。水光照影，清风摇尾，似凤啾啾。神清思远，纤徐一管，挥洒春秋。百姿生、云鬟明眸。几处翩翩舞，陶陶然也，漫展风流。

恰清波荡漾，春江花月，身向水云浮。隐钓台、栖高士，除却块垒闲愁。几重缱绻，云蒸霞蔚，纤柳眉头。溢清芬、知为谁留？命长篙慢点，身共婆娑，韵采轻柔。

2011年4月21日

水龙吟·忆少年故园夏日晨起割牛草

绿镶地尾葱茏，露华几处流清气。柳梢挂月，晨风徐起，草翻青翠。几粒晨星，几分无赖，指尖游戏。待霞光烂漫，蜻蜓款款，谁知我，风光里。

阡陌晴烟细细。步姗姗,满筐欣喜。身沾泥土,轻歌载路,心凝露水。垄上奋蹄,耕天犁地,岁时无计。梦槽头,有草充饥,奋轭能将贫洗。

2011 年 4 月 24 日

浣溪沙·咏落花

心似啼鹃带血飞,身如落絮感多违。飘零踪迹是耶非?
昔日迷途凭色相,身抛业海作红妃。何须红瘦泪沾衣。

2011 年 4 月 28 日

雪梅香·叹西施

叹千古,西施美色竟沉鱼。馆娃宫中梦,乱兵直捣姑苏。诸暨江清浣纱女,苎罗山小可吞吴。莫方比,美色幽魂,西子当诛。

呜呼。雪吴耻,范蠡多谋,一自糊涂。四海飘零,美缘葬送亡途。一自明珠起贪欲,玉宫银兔觅何徂?供谁忆,价值连城,绝命珍珠!

2011 年 5 月 2 日

凤凰台上忆吹箫·咏貂蝉

方启朱唇,卓沉迷恋,凤仪亭上匀春。笑帝王幽梦,倒魄颠魂。都是司徒妙算,迷惑那、乱国奸臣。谁知晓,红裙有志,岂止还恩。

堪珍。有容闭月,忧四海生灵,死不逡巡。念几多奇女,时代风云。能致元凶之命,行拜月、纤手乾坤。惊鸿影,拼将玉身,再转芳芬。

2011 年 5 月 5 日

望南云慢·咏虞姬

绝世容颜,舞处漫云舒,杨柳风前。才情色艺,欲问之造物,姬许能专?骓逝追风疾,力拔处、天翻地旋。北征南战,际遇衰时,比翼双骈。

拳拳。动地悲歌,千秋绝唱,锋刀顿化香荃。寒光皓月,奈江畔残霞,染泪长川。饮剑江头处,有杜鹃、年年自妍。雨凄宵黯,四面悲风,感泣人寰。

2011 年 5 月 9 日

八宝妆·叹罗敷

千古罗敷,采桑阡陌,款款弄云姿态。风蝶翩翩迷倩影,旭染青裙眉黛。空翻花絮,王者休事风流,天香金玉焉能买?身葬一潭清水,遗音天籁。

潇潇暮雨江天,感天动地,叹嗟人世真爱。壮千古、邯郸美女,广传颂、英名常在。睹琴剑、长川紫塞。一声鸣笛天涯外。俚曲赋婵娟,黄河浪起听澎湃。

2011 年 5 月 14 日

迈陂塘·叹绿珠

美韶华、去亲摇玉,辇来金谷园圃。绿珠妩媚承欢日,时作惊鸿轻舞。瑶笛谱。遏九宇、星疏月淡流光楚。蓬壶堪数。任锦幕张天,珍珠藉地,欲向青霄翥。

堪悲处,梦断金闺云步。珍珠竟把身误。红尘滚滚珠无泪,玉殒香消谁诉?叹败絮。对流水、杨花飘尽成虚雾。却为情苦。便魂魄升天,姮娥觑着，倩影恐生妒。

2011 年 5 月 18 日

登东湖行吟阁并瞻仰屈原塑像

峻阁巍巍立昊穹，天低吴楚一望中。

神来笔荡三江水，韵放诗开万古风。

怒视权奸如粪土，笑将碧血染长虹。

人间正道沧桑渡，但看湖涛捧日红。

2011 年 5 月 22 日

登北固楼远眺有怀

登临极目尽苍梧，北固亭高九宇孤。

槛外烟霞升白日，滩头云水缀青芦。

桑榆不废东隅梦，岁月长新南国图。

功盖三分成旧事，莫凭甘露笑孙吴。

2011 年 5 月 26 日

定风波·夜星西沉

海色迢迢玉影低，林深乍听子规啼。欲上青云登帝所，谁与？图将华彩与天齐。

玉黛廊桥明岸柳，坚守。东方欲晓一声鸡。秋梦蜿蜒催雁阵，犹恨。疏星三五渐沉西。

2011 年 6 月 5 日

金明池·卓文君

有凤求凰，倾听爱慕，直把身家相委。夜奔后、当垆卖酒，更无一点攀富贵。任炎凉、暮暮朝朝，风雨尽、浪漫琴台难废。叹司马当时，家书无字，更叹文君明义。

世有高情怀绿绮。览绿鬓朱颜，镜中难系。烟霞散、芳菲老去，惟明月、常悬心里。章台梦、月下鸣琴，可遏九天云，几人能会？纵岁月无情，瑶琴弦断，未涸情天澄水。

2011年6月10日

过秦楼·上官婉儿

世代名门，闲闲优雅，素妆人美如仙。正值风华日，武后重才思，凤翥云天。一管韵悠然。赋长吟、引领时贤。正簪花人作，宗师量士，时谓玑璇。

武曌时动怒、题创处，有梅妆弄俏，謦者娟娟。山水清音妙，看霞窗月满，涧户云烟。危步下霜蹊，畅襟怀、出水清莲。盛唐山水派，犹出先河，渐壮长川。

注：相传婉儿将生时，其母郑氏梦见一巨人，给她一秤道："持此称量天下士。"

2011年6月16日

望海潮·钟山定林寺访刘勰纪念馆

寄身兰若，清贫竭蹶，定林成就斯书。熔裁璧联，鸿篇巨制，含风树骨相扶。出语尽玑珠。善彰匡文弊，析理条疏，卓荦干云，神通万应出天枢。

清泉汩汩流酥。看烁今震古，一道虹弧。神与物游，衔华佩实，别开一轴新图。真宰泻蓬壶。落拓官场外，不悔穷途。有待雕龙云翥，一杵荡钟疏。

2011 年 6 月 21 日

绮罗香·读柳永《乐章集》

楚馆秦楼,红尘紫陌,宿柳眠花由说。一枕清宵,唯剩玉歌残阕。寒蝉泣、凄紧霜风,夕照里、几经离别?叹蝶恋、吴会风流,风帘翠幕叠星月。

唯将豪气暂撇。对潇潇暮雨,谁解情结?一曲销魂,低唱浅斟时节。和绮梦、轻棹云湖,鹏翅举、九重飞越。高浑处、一啸寒空,遏云惊玉阙。

注:郑文焯在论柳永词称,"高浑处不减清真,长调尤能以沉雄之魄,清劲之气,写奇丽之情,做浑绰之声。"

2011 年 6 月 25 日

锦堂春慢·读王实甫《西厢记》

妙笔春风,红尘旧事,扬芬振雅关情。一曲西厢压卷,柳暗花明。也似和风梳柳,也似霹雳天惊。叹西风北雁,漫染霜林,布境先声。

语无牵强外假,事源其本色,负重如轻。十八重天铁鼓,电闪雷鸣。宋雨唐风一度,岁月悠、山水千程。市井缤纷色相,携入勾栏,舍却浮名。

2011 年 7 月 2 日

病愈有作

早岁谁期作壮游,长风万里到边陬。
醉亲皓月销壅块,醒近云涛友鹭鸥。
尚有岐黄扶病骨,未从蓼渚泊孤舟。
天涯芳草年年绿,疗就创痕散却忧。

2011 年 7 月 6 日

秋访马致远故居补记

老马秋风九转肠,小桥如耳守萱堂。
由来心系云鹏远,总是情怀海岳荒。
病树有形皆故事,田园无处不华章。
主人偃蹇当归晚,让与乱鸦涂夕阳。

2011 年 7 月 9 日

扬州梅花岭怀史阁部补记

板荡山河付劫灰,忍观黎庶血涂埃。
长风过处千帆过,细雨回时九派来。
岭上红霞惊梦醒,江边绿树拨云开。
衣冠一冢留青史,浩气犹存数点梅。

2011 年 7 月 11 日

滴水清音

千年涓水滴清音,一脉相陈贯古今。
笔下情怀长激荡,毂边盘石渐消沉。
生逢绝处歌犹在,楫击中流酒漫斟。
不许盈盈空落泪,玉壶倾倒醉诗心。

2011 年 7 月 15 日

疏影·初游香溪

　　群山秀髻。看香溪婉转,仙姿摇曳。一世风流,凝露含芳,清波追梦云际。昭君体态轻盈处,似梦长、雨犹初霁。想佩环、月夜归来,化作桃花鱼美。

　　霄汉沉沉共醉。滚涛天籁响,过耳风细。溢美流香,奔赴荆门,一路何曾小憩。烘云托月惊天地,浑不怕、澄波流睇。正斯时、重觅幽香,一袭素襟长袂。

2011 年 7 月 18 日

夜飞鹊慢·江布拉克纪游

　　刀挑岭销雪,圣水之源。疏勒古堡遗篇。晴空一抹轻云淡,氧吧百里陶然。浮生半如梦,似风前花草,顿作胡旋。春秋几度,叹沧桑、不改坤乾。

　　谁忆石城关隘,烽火逐烟飞,销骨残垣。虎气龙威犹在,丰碑不倒,苍隼翔天。峰峦绵起,美田畴、麦秀花妍。挽缰绳崖壁,高台酹酒,朔漠长烟。

2011 年 7 月 27 日

如此江山·奇台一万泉纪游

　　万泉峰下红尘外,来睹雪山倩影。情侣临河,神仙泼水,胜迹为吾久等。花丛品茗。叹凤彩龙章,白云摹顶。浅草摇风,松涛泉韵似清磬。

　　林荫桦树丛内,有成群马鹿,来约丰盛。万亩如云,麦田迢递,直向蓝天呼应。盛情才领。正党参花开,更添佳境。醉倒山翁,不愁成酩酊。

2011 年 8 月 3 日

渔家傲·为某官画像

　　酒肉乾坤昏又晓。峥嵘岁月徒催老。求得丰薪频点卯。除纱帽,事关黎庶谁知道?

唯识枕边风日好。犹愁情海销年少。不惜千金酬一笑。真气恼。官场此辈何时了!

2011 年 8 月 6 日

临江仙·梦中荷塘月色

镂玉流光筛月色,风荷碧浪氤氲。塘中枕梦湿香云。闪眸温旧句,诗思借丰神。

榻上骊珠谁采得?绿帘开处难亲。心头自有气芳芬。青衫虽未浣,化却俗间尘。

2011 年 8 月 11 日

琵琶仙·七星峰瞻仰东北抗日联军烈士纪念碑

溪水潺潺,七星耸、利剑抽来天接。奇石如佛如仙,千山奋鬌鬣。看白桦、飞金焕彩,觅禽兽、目追天阙。朗朗乾坤,烽烟岁月,何惧冰雪。

密林里、多少男儿,为民族、刀锋斩倭灭。东北抗联声震,看千军如铁。丧敌胆、全民抗战,怒吼声、七秩何歇!莫忘当日艰危,七星铭血。

2011 年 8 月 13 日

醉蓬莱·瑶池飞艇

览浮空天镜,击水瑶台,飞舟犁雪。欲破青霄,恰龙驰天阙。骐骥追云,博峰象阵,把乾坤披阅。周穆西来,恭承王母,照临星月。

定海神针,达摩禅洞,守候千秋,遁逃蛇蝎。水静山幽,引靓仙偷瞥。

南浦黄龙，西岸青鳄，俯三湾遥接。逸韵高标，风流古事，听涛徐说。

2011 年 8 月 17 日

登常熟虞山

一脉虞山献翠微，城垣绵亘照斜晖。
青牛裹雾藏身影，古寺浮云露碧矶。
石绕长藤如网络，峰标霜树似芳菲。
昭明太子读书处，听有余音不忍归。

2011 年 8 月 21 日

雨中登南京雨花台缅怀先烈

秋雨潇潇动地吟，青松翠柏自森森。
神州板荡英雄气，沧海横流赤子心。
剑啸龙城歌水调，骨埋枫岭醉花阴。
野云眠鹤苍凉处，不尽哀思寄满斟。

2011 年 8 月 24 日

游孔雀河

夕照流金逐逝波，翩如孔雀壮如歌。
班超饮马犹遗迹，汉将弯弓竞止戈。
商贸观今连铁轨，丝绸忆昔载铜驼。
前程纵有登天路，志向弥坚永不磨。

2011 年 8 月 28 日

念奴娇·赋天山松

云开雾遁,看虬龙起处,残阳如血。对酌流霞邀桂魄,幽梦一帘崖阙。春去秋来,星移斗转,瘦干何曾折?披云分岫,直教鹰隼偷瞥。

影落崖壁清奇,一生襟抱,惯同云和月。合是天公知我意,共把春秋披阅。根咬悬崖,身梳风雨,筋骨坚如铁。风光无限,个中甘苦谁说?

2011 年 8 月 30 日

凤凰台上忆吹箫·秋蝉嘶风

低咽嘶风,不成吟调,越今穿古悠悠。泣雨凄风冷,月已成钩。拈得鸣尤古韵,装饰语、欲说还休。身长隐,逡巡一穴,卧老春秋。

幽幽。曲中发怨,声竭已无凭,尚自难收。念孑遗孤影,谁许清流?唯自华年虚掷,无大雅、难叙优酬。聆听处,犹乘晚风,断续沉浮。

2011 年 9 月 2 日

高山流水·读友人菊画《枝头抱香死》

露凝冷蕊夜成霜。借东篱、来写诗肠。情韵似潮生,花收万点残阳。低眉处、冷对炎凉。千千结,犹领风骚不露,扫尽彷徨。数风花雪月,百感向苍茫。

徜徉。悠然对风雨,谁识得、曲尽宫商。兰蕙满襟怀,蕊老不失幽香。爱篱边、内敛沧桑。看尘世,多是风趋水逐,信手涂黄。自风流也,抱香死、亦流芳。

2011 年 9 月 4 日

望南云慢·读友人水墨《折翅之鹰图》

落日西斜,正远度关山,初振雄风。谁期翅折,恰坠崖壁畔,凄唳声洪。时舔淋漓血,再拍翅、扶摇化虹。梦追千里,再击云天,笑傲苍穹。

长空。望断层云,苍山万点,回眸已过瀛蓬。天台晓旭,似春殿新妆,熠熠青铜。昔日湖山在,独往还、青冥几重。任它风雨,翅折翎抽,有志无穷。

2011 年 9 月 6 日

友人赠《兰苑诗草》有复

老病浑忘笔未休,沧桑不改识良俦。
耽情阆苑成洵美,裁句蓝田化玉柔。
窗外风清移月影,壶边夜静放诗舟。
但将深谊擎于手,顿觉年华减十秋。

2011 年 9 月 8 日

秋游胡杨林

豪饮千杯一醉秋,撑天铁骨拱边陬。
宽怀若碛横空远,坚毅如钢使鬼愁。
揽尽风霜犹挺脊,拨穷云雾始回眸。
历经沧海桑田后,浩气凝成冲斗牛。

2011 年 9 月 11 日

水龙吟·秋日塞上观云

　　边天千里清秋,波涛涵澹昆仑处。登高举目,卷舒寥廓,万群归暮。鹰击长空,氤氲潮涌,缤纷翔鹜。惹遐思无限,云帆浮海,未须识,青云路。

　　时有羽裳起舞,任纵横、轻鸥无数。流泉万叠,鱼龙照影,关山飞度。物外徜徉,烟霞度外,渔樵闲趣。问今来古往,谁人可许,逸闲云步!

2011 年 9 月 13 日

新雁过妆楼·秋日思旧

　　雨滴秋桐。萧瑟夜、谁启寂寞尘封?曲岸芳茵,漫忆惜别行踪。水自东流山自耸,新秋似听一江风。怅云空。一壶浊酒,人各西东。

　　忍看长天雁去,梦初逢倩影,俏丽春红。一腔思绪,都在败壁哀蛩。寒江夜枫瑟瑟,怎留得思题吐曲衷。天高远,料当年人在,月下秋丛。

2011 年 9 月 15 日

秋游寒山寺

　　桂花着意动芳菲,八月枫桥歇紫薇。
　　若是人间无困厄,焉生古寺有清辉。
　　斜阳影重寒山倚,乔木枝繁倦鸟归。
　　忽听钟声传晚籁,情随秋水逐潮飞。

2011 年 9 月 17 日

中秋寄故园友人

逢秋桂魄两望新，本是舒州治下民。
冷月窗临归几梦，寒斋诗就寄何人。
当铭牛背牧歌辣，最忆家乡菊酒醇。
发小知交分四海，心中自有白云邻。

2011 年 9 月 19 日

友人赠余《山乡柿熟图》有复

晓雾烟收现美林，秋山柿熟压枝沉。
何须赤墨洇红叶，自有橙黄染紫岑。
笺上相逢思旧雨，笔端如醉识澄心。
霜浓示此三分艳，别具诗怀亦胜金。

2011 年 9 月 21 日

残 荷

幽梦一帘逃绿萍，寒塘寂寂叹伶仃。
妖娆态度今无影，褴褛衣衫谁式型。
箫韵千回存月魄，兰台百尺贮魂灵。
夜阑星斗渐寥落，尚有衰蓬守冷汀。

2011 年 9 月 23 日

秋日杂兴

行旅尘间气自扬，鬓丝世味两无妨。
吟章但写东篱意，呼友只邀明月舫。

身寄三椽遮雨屋，心甘一辈打工郎。
秋高不诵登楼赋，杯酒开怀纳大荒。

2011 年 9 月 26 日

故人邀饮有记

碧水小桥烟柳斜，放歌行酒故人家。
闲身应约宜飞盏，野菊当秋自著花。
槛外风微移月影，壶边夜静话桑麻。
西窗今宿不须睡，步罢清辉复问茶。

2011 年 9 月 29 日

游开都河

白水西来骏马奔，云端拍浪到天门。
掠奇人向晒经岛，观美驾移栖鸟村。
万勇孙行降鬼怪，千辛玄奘立乾坤。
开都河阔盛秋月，大漠悠悠抹绿痕。

2011 年 10 月 3 日

题友人《秋晚飞觞醉月图》

把盏频斟夜欲央，醺醺桂影卧星床。
冰壶蓄玉非关老，瘦骨生津未觉凉。
九域神驰祛五梦，半笺诗就入三唐。
思帆远出烟波外，抛却尘嚣逐月光。

2011 年 10 月 7 日

为友人琅琊山归云洞题照

初入幽深雾起纱,久观犹自蓄云霞。
冷风扑面堪醒脑,仙气沾身欲出家。
天外星辰轻似梦,洞中岁月淡如茶。
清诗秘笈此间贮,永叔六题呈玉华。

2011 年 10 月 11 日

摸鱼儿·安徽大剧院观韩再芬主演黄梅戏《女驸马》

泪成涓、韵回悠远,行腔流转高雅。含辛茹苦终如愿,无赖状元身价。真共假。观古剧、佳人才子风流杀。剧情多诈。叹梦笔生花,动人心魄,钗朵充郎嫁。

倾城色,竟配罗裙潇洒。蛾眉铮骨同讶。一张龙椅多生恶,好歹任由君话。谁不怕!笑含泪、悲摧时代终归罢。出神入化。卓荦仰高华,黄梅绝唱,一曲震华夏。

2011 年 10 月 15 日

念奴娇·塞上行

纵驹西走,仰苍穹如盖,残阳如血。瀚海胡杨千载矗,马背汉唐明月。白草云连,黄沙浪涌,绵亘冰山雪。江天闲揽,一时多少奇绝。

遥想西靖胡尘,弓刀雪满,青史铭英杰。勒石功碑今尚在,千古精神何灭。剑亮青霜,云书华翰,再捉东洋鳖。清笳齐奏,漫将妖雾撕裂。

2011 年 10 月 17 日

八声甘州·过钓矶

伴云天,吴楚水中浮,山势压江流。看狂涛鼓浪,苍穹湿透,碧注心头。纵写沧桑谁会,湖海羡沙鸥。回首尘寰事,欲语无由。

竿钓星辰三万,正苍茫岁月,白发春秋。叹几番萧瑟,依旧放孤舟。想烟霞、都封清梦,梦醒时、雁叫一声秋。风过处、一江银燕,天地悠悠。

2011 年 10 月 19 日

八声甘州·观呼图壁康家石门子岩画赋感

恨江天未改易春秋,白首未能逢。叹醉沉初醒,天真无忌,挥洒从容。演绎婆娑绮梦,体沐快哉风。无意蓬莱爽,秋月春丛。

许是飞天遗韵,会羲和芳野,大雅归同。想雉鸡柴犬,野菊与芙蓉。去俗尘、铅华洗尽,饮沧桑、千古忽相通。云崖寂、斯人长隐,月挂苍穹。

2011 年 10 月 22 日

透碧霄·秋访白哈巴村

碧云低,绝尘芳草走轻骑。傍山倚水,青峰如黛,翠氅霞衣。哈巴河水,千年唱彻,图瓦欢悲。写春秋、铁马扬威。叱咤风雷激,田畴阡陌,戴月迎曦。

指云边雁影,长弓犹试,豪语响惊雷。第一村、坚前哨,何止一镇安危?坐乘"马的",黄金白桦,和乐清溪,叹此时、宾至如归。石崖金秋菊,天籁松涛,浑与天齐。

注:"马的",专为来访客人准备的马车。

2011 年 10 月 25 日

望海潮·贺兰山怀古

风云藏险,横空出世,千年驰纵征鞍。碑垒戍楼,依稀可辨,曾钳百二秦关。龙战血犹殷。历风云变灭,时见雕盘。两宋三唐晓月,犹作玉弓弯。

驼铃羌管其间,共随河汉转,骤兴长叹。千里戍边,精忠报国,同抛骸骨冈峦。长伴朔风寒。霜雪青松翠,为设高坛。招取英魂毅魄,酹酒贺兰山。

2011 年 10 月 29 日

桂枝香·登高昌故城

时迁物异。纵碛上云残,驼铃犹脆。度尽沧桑尚剩,断垣残垒。金猴铁扇降魔焰,遁身形,但余炎地。铁鞭长剑,月边羌笛,耳边眸底。

念往昔、烟霞万里。仰玄奘高僧,甘苦何计!眺尽城头落日,晚风吹袂。阴晴总入天山梦,产琼瑶、天下流佩。人间正道,大河奔逝,尽销天际。

2011 年 11 月 2 日

念奴娇·秦淮河畔秋晚抒怀

大江声远,正钟山浮桂,秦淮沉玦。岸柳拂风藏妙谛,犁浪轻舟摩雪。弦管翻飞,流光荡尽,一并黄金阙。晚风无力,懒将宫史披阅。

芳草犹自含情,此间容我,羽化翔澄澈。不借稗官供笑语,静听急流呜咽。身处江湖,心游物外,九域驰神飚。不捎云去,一词留别江月。

2011 年 11 月 4 日

烛影摇红·萧斋寄意

云物三秋,欲裁藻绘冰霜老。懒争春色任天寒,孤隼翔云表。总是牵情缈缈。对苍穹、阴晴谁料?茶烟几缕,些许闲愁,一时袅袅。

独坐萧斋,磨穿铁砚情何了?三更寻句烛灯迟,吟案无昏晓。不计生花笔少。怅黄昏,菊花谢早。痴情莫笑,一架焦桐,十年诗稿。

2011 年 11 月 6 日

永遇乐·读文天祥《正气歌》

重读文山,歌传正气,雾崩云裂。鬼泣神惊,零丁洋怒,肝胆光天阙。残阳烧尽,雨凄风冷,拼却一腔热血。开长卷、灯前兀坐,三番四复披阅。

巍巍华夏,昭昭青史,留得几多英杰。断舌常山,睢阳抉齿,慷慨吞胡羯。长空万里,金声玉振,歌动堪惊明月。照千古、浩然正气,凛然气节。

2011 年 11 月 10 日

绮罗香·拜谒蒲松龄故居

汩汩清流,和风习习,也作时空穿越。一部《聊斋》,天下巷谈街说。高人处、狐鬼群妖,运曲笔、揭皮蛇蝎。誉海内、深巷寒门,烟波不掩柳泉咽。

临窗分日继月。对萧萧落木,科举三折。坐馆残秋,忧愤欲同谁说。哀瘦骨、长坂盐车,徒感慨、仕途无辙。临泉柳、岁岁枝繁,著文千片叶。

2011 年 11 月 13 日

梦横塘·读友人《黄山九龙瀑水墨图》

九龙飞逝，林下惊风，裂云撕雾山震。袅袅轻烟，出岫处、遥岑深隐。空远深幽，乍生松籁，耳盈天韵。听疏钟一杵，雪浪千重，英姿远、声闻近。

撑天壁下龙禅，看云阳石屋，雾绕梅讯。雨霁虹霓，遥望处、九龙相混。翠峰叠、天人合一，古往今来莫相问。滚滚红尘，此时初断，笑吾人疲奔。

注：九龙瀑峡谷中有两处人文景观，一处是龙禅院，一处梅林书屋遗址。龙禅院相传是黄帝派云阳先生在此养龙所筑一所石屋。

2011 年 11 月 15 日

新雁过妆楼·咏黛玉

秋水芙蓉。三分梦、玄机寂寂尘封。翠微波来，应是侍者行踪。翠盖琪花相比瘦，赋情更苦似秋浓。裂芳丛。晓昏鬐篆，未醒怡红。

神瑛绛珠聚首，木石金锁困，潇馆楼空。戚戚闺闱，愁听败壁衰虿。寒江莲零露冷，任流作题情肠断红。行渐远，料支离人在，月桂香中。

2011 年 11 月 18 日

八归·过普救寺

森森古木，钟声凝训，星月走过多少？听残昨夜风和雨，都说落红无迹，是谁清扫？北院叶凋风易冷，剩水面琵琶凄调。最可恨、月老红绳，却付猛鹰爪。

萧瑟梨花院里，苍苔绵意，割罢红尘烦恼。几丝云梦，一帘星眼，月色轻筛波淼。感西厢待月，唱彻蟾圆共花好。人间事、自由人定，莫要因循，时时询月老。

2011 年 11 月 21 日

沁园春·天山

云隐崚嶒，脉走西东，地老天荒。看黄沙大漠，天遗圭璧：重峦叠嶂，雪毓芬芳。月卧冰峰，风吟旷谷，飞瀑栖霞射紫光。梦初醒，正翩跹起舞，抖尽苍凉。

惯看尘世沧桑，崎岖路，千秋荡回肠。忆仙人联袂，云蒸凤渚；瑶池饮客，酒泻龙乡。锷刺苍穹，宝锋未老，独领山川美素装。壮华夏，看风流今日，再谱华章。

2011 年 11 月 24 日

梦芙蓉·过孟姜女庙

幽魂悲梦灭。忆鹦嘤紫陌，月残断阙。泪流潮起，悲作死生别。朔风王蘗裂。拼溅腔内鲜血。嘹唳哀鸿，和秋风瑟瑟，犹对昊空咽。

怨海千年不竭。应料今朝，傲菊妍霜雪。水环山抱，犹汉塞秦月。脉承何断绝？煌煌史揭新页。一庙横天，奈芳魂未识，和乐解眉结！

2011 年 12 月 4 日

水调歌头·癸巳秋游哈巴河五彩滩

深得烟霞意，漫笔浅深中。扶疏花影，寄梦犹可放心虹。落照闲牵树影，应是梢头随想，步入九霄东。不惮芳颜老，襟纳洞庭风。

峨眉月，壶口瀑，玉皇松。只今欲把，幽曲心事付秋鸿。许是名川有待，怜尔微忱依旧，遥赠绿芙蓉。未得青山唤，不敢上巅峰。

2011 年 12 月 7 日

水调歌头·海

日月任吞吐,绮梦化霞红。风云翻卷无数,时岁有无中。旱涝千年不觉,阅尽炎凉无怨,听沸五洲同。繁星寄余事,浩气贯长虹。

风雷态,君子度,汇西东。吾生如寄,尚愿朝夕脉相通。醉后当眠鲸浪,醒后当凭舟楫,来去自从容。且做钓鳌客,劈浪御长风。

2011 年 12 月 9 日

水调歌头·残荷

褪尽铅华色,寥落委残阳。岂知泥里秋藕,犹不怯风霜。蝶影翩跹有梦,池畔琼裾无觅,清瘦对蟾光。甘苦输莲子,引客思怀长。

秋风老,闲孤鹤,送清凉。寸丹未改、消得墨客,赋华章。物外禅心方静,白玉灵台犹在,依旧散芬芳。老酒倾壶醉,物我两微茫。

2011 年 12 月 12 日

水调歌头·暮雨吟秋

萧瑟经几许,寥落叹黄花。流光渐显衰景,更况雁行斜。书剑远离名利,身世漫抛园圃,心倦厌浮华。雨歇凭栏处,待晓醉流霞。

题红叶,邀素影,伴天涯。归期虽误,几缕魂梦已还家。拙笔喃喃倾愫,瘦菊疏疏解语,胜却听清笳。暮雨轻吟后,冷月照黄沙。

2011 年 12 月 15 日

庆春宫·过凤阳明皇陵

云暗龙墙,风凄凤廓,古松犹自苍苍。一穴青烟,两行石马,无端陪尽沧桑。幻云消长,亦不老、淮河古桑。云山斜笏,幽水敷霞,终是浮光。

凤阳花鼓铿锵。一段春秋，一段昂藏。日月升沉，心中有主，等闲水复山长。暑寒难废，力稼穑、乾坤担当。有谁思忖，沉寂皇陵，鲜活乡场。

2011 年 12 月 17 日

八归·听雷
——读《周易·震卦》卦词，有所感而赋之

雷惊电掣，犹如长剑，犀利亘古穿越。苍天痛极风云怒，威震八川湖海，未惩鳌鳖。月色浮沉翻血色，浸血雨腥风书页。最惋惜，一片江山，百世践蹄铁。

人世纷争未歇，青梅斟酒，却话曹刘豪杰。暗谋商鼎，苦争蝇利，欲念何时能灭！想天公已为，小小寰球欲悲绝。居尘外，静心禅内，逸处松筠，熙熙闲看月。

2011 年 12 月 19 日

金缕曲·再谒杜甫草堂

何处寻诗圣。草堂中、莫兴长叹，斯人方醒。深信成君同尧舜，狐鬼满朝谁应！终铸就，史诗彪炳。广厦先忧秋雨夜，正深宵、屋漏凄凉境。挺瘦骨，飘萧影。

时空回转花蹊径。正沉吟，敝袍苍髻，盘空语硬。三吏诸诗惊风雨，千仞夔门肃敬。令禹甸、苍生泪迸。千古遗风垂宇宙，立师宗、北斗星横柄。踪先范，永无竟。

2011 年 12 月 24 日

金缕曲·登北固多景楼怀稼轩

吴楚呈芳甸。一何长,大江东去,倩谁回转。多景楼前萧萧竹,吟尽愁长绪远。渐隐了,稼轩命舛。遥想登临无限意,拍栏杆十二和愁怨。望九域,心穿箭。

风流文武人同羡。想当年,揭竿西北,武同王翦。诗笔总关神州事,吟罢堪羞王粲。赋闲日、犹观世变。豪放词吟真情动,对山川、浩浩三千卷。将进酒,聊为荐。

2011 年 12 月 29 日

2012年作品

潇湘逢故人慢·儋州谒东坡书院

芳踪如晤,听清风遗韵,载酒堂前。敞轩仰先贤。忆生面重起,雨露流川。幽花古木,幸聆听、博雅鸿篇。有多少、韵谐声远,几回月落长天。

堂前竹,依旧在,更时时、切磋灯火寒烟。正绿影丝绵。更牛卧筠丛,犹待君还。风云际会,幸无分、昐酒题笺。功名事、暮云朝雨,岁华尽付清弦。

2012 年 1 月 7 日

双双燕·广东森林公园远眺观音山

看幽谷渺,过清涧苔痕,拂衣尘冷。花陪一路,香染古松藤影。云绕观音绝顶。又夕照、朦胧未醒。瑶台偶露仙姿,气韵依稀难领。

幽径。流云不定。叹岁月沉浮,此生谁拯?迢迢程驿,已厌柳昏花暝。回首尘嚣正竞。未忘却、沧浪宏景。山远恰似蛾眉,待我画阑依凭。

2012 年 1 月 13 日

暮中过图们江

白山黑水接天涯,落照清波万顷霞。
豆满江前浮梦影,女真归后学桑麻。
烽烟化作炊烟袅,戎笳飘成酒旆斜。
朱墨谁洇舒画意,半围城外罩金纱。

2012 年 1 月 18 日

选冠子·暮中船过浔阳江

烟水迷离,山涂远黛,鸥鹭迂徐沙渚。长空雁过,泊水孤舟,天地梦牵今古。来眼千嶂山拦,九派江环,风云吴楚。叹周郎儒雅,人今何在?浩川如故。

空见说、纳贾来商,匡庐奇秀,但看水流风舞。湖山胜揽,象外优游,已是玉蟾初吐。峰立千重,惯看滚滚江流,柳津烟浦。只明河在目,闲数疏星三五。

2012 年 1 月 26 日

探春慢·船过嘉陵江

红叶攀高,岫云作态,闲观沙渚鸥影。汉水悠悠,苍山历历,多少风光形胜。难识源头深,漫浸润、云山横亘。岁月流脉相承,历经涓细方盛。

万顷云霞弥望,听我浪中吟,山水呼应。荻雪飘飘,渔樵渺渺,缱绻欲舒谁省?长楫拨风雨,闯滩险、白滔相竞。楚汉绵延,大江直破云岭。

2012 年 1 月 28 日

念奴娇·过李鸿章故居

江南春色,正梅余残萼,芳绽红杏。庭院生机堪动处,无语柏躯犹挺。画栋雕梁,回廊藻井,依旧宽轩境。风云翻涌,未休丛柳莺影。

家运国运相连,毕生洋务,力作千斤顶。宝剑秋风多泪染,热血一腔何冷?风雨飘摇,谁扶社稷,重把山河整?一花初醒,但看群卉潮应!

2012 年 1 月 30 日

长相思慢·过乌江亭

雨润奇葩,乌江亭处,波动山影纵横。萦怀往事,过眼烟云,山水望处青清。岭亘波盈。望江东千里,木叶秋声。碧水悲鸣。别虞姬、地泣天惊。

自兵起江东,便惜妖娆艳质,顾盼含情。重瞳饮剑,肠断乌江,血化芳英。朝朝暮暮,算乌江、悲咽难平。纵江流断涸,西楚长天,骓任倾城。

2012 年 2 月 2 日

花发状元红·神农谷纪游

山峦秀玉,涧水藏云,正花艳桃面。风轻紫燕。应如意,酿美人间芳甸。竹影才凤鸣,松籁涧琴争相献。问桃源,可续前缘否?入洞何远。

别有烟霞裁撷,世外清风,辋川东院。友晋东篱,佩紫电。自来往、约酒盟砚。巧莺喧翠谷,宽素带松枝高胄。乐逍遥,宅石壁柏廊,风雨抛遍。

2012 年 2 月 5 日

疏影·读《清明上河图》

启封世象。得清明一段,超绝凡响。袅袅笙歌,辘辘舟车,盛世春风轻漾。瑶台琼玉仙山美,但听得、座中声浪。散埠头、今日渔郎,可有白银收账?

烟水风帆影远,只道高士卧,波湛风朗。梦接云台,扑朔迷离,谁识布衣惆怅?看他怒马横冲闯,又何怨、风吹云荡。梦醒时、难逮春风,唯剩寂街空巷。

2012 年 2 月 8 日

早春游佛山清晖园补记

疏竹扫烟池镜开,半分柳眼水中来。
亭边倚石堪摇梦,轩畔读云宜把杯。
簧舌莺声输妩媚,匠心丘壑胜蓬莱。
携壶不计驹蹄疾,暂共东风过玉台。

2012 年 2 月 12 日

登镇海楼

未堪怀古问山川,无觅骑羊越秀仙。
勾践灭吴成旧史,孙公革命赋新篇。
握毫开卷云濡墨,把酒凭虚思涌泉。
狂浪不随千载易,画楼绮梦已空前。

2012 年 2 月 16 日

题友人《秋醉美人蕉》水墨图

靓丽仙姿出砚台,秋光泛上美人腮。
雨携蕉叶卷云去,笔带花香入梦来。
点墨生津随意染,满笺凝露尽情开。
西风许是吹霞落,巧布琳琅再剪裁。

2012 年 2 月 22 日

登武夷山天游峰

久慕天游十八峰,心依云海化苍龙。
断崖未阻归巢鸟,溯水犹回晚寺钟。

倦矣偶随林畔月，悠哉暂卧雾边松。

经年无觅仙人迹，一袖清风信可踪。

2012 年 3 月 7 日

武夷山九曲溪行舟补记

溪流九曲岫云间，水绕山行湾复湾。

瑶竹千枝堪写梦，玉峰万仞好舒颜。

叩弦每和轻舟疾，错影时观白鹭闲。

叠嶂无须藜杖助，群峦迤逦送青鬟。

2012 年 3 月 11 日

玉山枕·宁夏沙坡头高台眺远

壮绝千古。莽苍野、长风舞。玉关驻马，长河落日，沙海黄涛，大浪吞宇。放眸天外画图长，又次第、紫霓云浦。胸臆开、涛涌波推，气如虹，正沧浪无阻。

断霞飞绮轻轻鬻。壮和绚、谁人睹？奋蹄古道，迎关铁壁，岁月悠悠，漫漫风雨。拨云开处见豪雄，叩天阙、大风歌赋。未曾迟、挂席西航，领千舟，梦追新丝路。

2012 年 3 月 15 日

新雁过妆楼·谒青海藏教白马寺

湟水琅玕。崖子口、悬空寺院流丹。佛塔临风，霄外俯瞰人寰。佛语空随幽谷远，念珠枉转夕阳寒。一番番。俗人叠梦，何得心闲？

经堂常年雾绕，正佛光漫漾，度我仙班。海屋悠悠，浮影卓绝神坛。归来依旧俗物，剩一袭青衫两鬓斑。天高远，任尘心孤旅，守我愚顽。

2012 年 3 月 18 日

探春慢·青海湖向晚鸟岛观鸟

起似流云，落如亮剑，轻盈如电如兔。曼舞轻歌，声如潮涌，踏浪翩然无数。才拍蟾光碎，漫引得、鱼龙愁绪。半湖衔日绯红，天光云影飞鬻。

谁识芸芸鸟岛，星月卧榻旁，相亲相顾。白渚沙平，香汀人散，正是梦乡安处。奈绿男红女，设暗彀、凄啼无助。甚日归来，再同相语朝暮。

2012 年 3 月 20 日

探春慢·青海可可西里于车上远观藏羚羊群

曲玛河清，扎陵湖碧，春风迟送芳讯。玉鉴空明，波摇雪影，岁月笃情银鬓。飘逸闲云者，一群至、与车方近。久久青盼相逢，一时无语神振。

天地精灵多少，骤然对藏羚，心惊温顺。造物遗留，一方净土，应与精灵长奔。那可愧山河，百载下、徒悲遗训。守我家园，一分天职难遁。

2012 年 3 月 23 日

探春慢·四川甘孜亚丁眺望神山

仿佛观音，依稀玉女，凝眸清绝温润。长驾携云，金鞭拂雪，信手放飞鹰隼。看八骏腾飞，叹怙主、金刚威阵。瀑挂三叠冰峰，飘飘长练云鬓。

松竹闲云野鹤，古来伴星晖，自有清韵。峭壁藤萝，猢狲飞度，不觉地迁天运。两万五千载，未曾变、月垂星近。怀揽千峰，管他春秋尧舜。

注：神山是指"仙乃日、央迈勇、夏诺多吉"三座神山。

2012年3月25日

登成都天台山

道教南宗出此山，玉霄峰峭未苍颜。
台中剑迹浮春梦，象外流云落水湾。
巴蜀松涛吹不老，邛崃竹影动犹闲。
锦江风物今何在？我立三辰天地间。

注：天台因山有八重，四面如一，顶对三辰，当牛女之分，上应台宿，故名天台。

2012年3月30日

春游青城山天师洞

岫绕岷峨拂绿云，天师窈窕独平分。
心怀仁德三皇重，雨化春风五土薰。
集翠丹台来佛影，披霞碧洞吐华文。
迂徐占得清幽境，逸韵何须上典坟。

注：五土是指青红白黑黄五种颜色的土，东边是碧海，西边是白色的沙，南边是块红土地，北边是黑土的故乡，而中间，就是黄土高原。五色土象征着一个泱泱大中华。

2012年4月6日

与友人同游琅琊山

自古皖东名胜多，当年太守醉颜酡。
循阶策杖任攀险，坐石临流好放歌。

丰乐亭中听民瘼,归云洞里梦嘉禾。

相融互补成佳话,风景人文两不磨。

2012 年 4 月 11 日

望南云慢·广东德庆盘龙峡纪游

石化盘龙,叹变幻洪荒,奇趣听闻。风来雨往,秀玉峰白瀑,连锦芳茵。应恨来时晚,撷绿韵、披花一身。采来清露,脉脉含香,似带妆痕。

醒神。滴翠流红,无忧折取,逍遥未识灵均。腾龙瀑挂,叹声远遥岑,落雨纷纷。翠竹青山倚,少世声、婆娑晓昏。涧琴松韵,傲骨孤心,不染纤尘。

2012 年 4 月 14 日

瑶花慢·英德市宝晶宫纪游

奇花明灭。曲榭回廊,比蟾宫瑶阙。些些陈梦,叠翡翠、中舞梨云梅雪。嵯峨柱立,洞天纳、繁星明月。岁月赊、霜兔金乌,一任时空穿越。

金壶谁剪琼枝?看一骑腾空,破雾扬鬣。兴来把酒,翻象乐、龙管凤弦千阕。九重风协,漫舞袂、飘飘来阅。悟大乘、彼岸迢遥,暂向此间休歇。

2012 年 4 月 17 日

玉山枕·武当山观古建筑群

气势玄远。雾吞吐、云高冒。若明若暗,前呼后应,玄妙忘尘,广宇深殿。紫光摇曳似霞飞,负地势、体随形便。风几重、云卷云舒,岫烟过，看春枝花展。

举头无觅神灵面。欲扬善、谁相劝。采云煮石，层峦隐凤，巨谷藏龙，避世修炼。世尘无染足风情，涉云昊、试同清浅。更谁知、独占风光，越春秋，细参成经典。

2012 年 4 月 19 日

霜花腴·孤舟穿越神农溪

锁烟百里，俯仰间，山横岭矗无闻。喧瀑迎人，险滩飞棹，层峦叠嶂纷纭。雾依石根。险秀奇、谁睹其真？羡渔樵、翠拥苍围，暮烟朝雨洗行痕。

斟锦酌霞方醉，更清商一曲，顿入仙门。寥廓江天，浮云风扫，晴晖碧水氤氲。墨崖挂云，似佩环、酬我瑶樽。算明朝、夜宿巴东，有谁将酒温？

2012 年 4 月 23 日

念奴娇·黄陂木兰山纪游

汤汤滠水，看柳林河去，花明芳甸。碑石依稀名旧迹，拾得古今流变。石上孤云，林间百鸟，都似春风软。泉流清韵，倩谁挥墨池砚。

不老宝剑明驼，戎装依旧，闻语娇莺啭。一曲木兰花不谢，来去年年春燕。长岭千姿，奇峰拔地，千载云高冒。大河帆过，影同春水清浅。

2012 年 4 月 25 日

水龙吟·石堰市房县野人洞纪游

古泉漱石声声，微风过处摇花影。韶光易逝，迷离馀梦，待谁唤醒？仙女垂帘，嫦娥奔月，天河星耿。洞中藏山水，犀牛望月，龟戏水、遥相应。

惊诧天工巧胜。洞中天、自成奇景。瓜棚豆架，镰刀石磙，炊烟未冷。花下重门，柳边深巷，杯中香茗。更殷情、尚遣东风澹荡，夭桃红杏。

2012 年 4 月 28 日

恩施大峡谷乘缆车观景遇雨

丛峰绝壁向天开，腾雾游龙竞作陪。
万叠松涛弹老曲，千寻瀑布落高台。
笺铺翠嶂豪情荡，墨蘸清江妙句来。
身外功名终是梦，且同烟雨筑蓬莱。

2012 年 5 月 6 日

登荆州古城怀关羽

堞倚江陵万里风，登高送目到隆中。
王朝迭易一场戏，龙虎纷争百代雄。
历险扶危嗟社稷，惜贤护国叹关公。
沧桑留得歌长在，欲共狂涛化彩虹。

2012 年 5 月 10 日

登黄石东方山怀东方朔

撷得禅关一片云，苍松破雾送清芬。
白莲夜守经声绽，仙履晨暄日色熏。
存史无讹资往事，裁碑有据广听闻。
此时谁忆东方朔，年近桑榆犹献芹。

注："仙履日暄""白莲频开"，为东方山两处景点。

2012 年 5 月 14 日

过黄帝故里

春茵如锦柳如烟,依旧青山枕碧川。
德化清风开暗昧,功成澍雨育英贤。
腾龙昊宇中州土,蠹喋昆仑华夏篇。
万里长江犹绕膝,隔洋相望月同圆。

2012 年 5 月 17 日

香山湖纪游

渺渺香炉接远津,一池圣水映嶙峋。
新荷妖冶宜迎客,玉液丰盈好洗尘。
自笑闲躯多蹇蹇,合当倦眼醉粼粼。
今来已有徐风起,放浪谁堪相与伦。

2012 年 5 月 19 日

登许昌春秋楼怀关羽

登高直欲干流云,汉魏春秋与我分。
腹笥芬芳光自烨,襟怀磊落气方薰。
天玄渺渺难齐趣,水碧茫茫犹忆君。
千载美髯遗旧迹,楼头雁唳不堪闻。

2012 年 5 月 22 日

铜川玉华宫遗址怀古

子午逶迤到陇东,秦川八百顾望中。
新丰美酒宜邀客,黎庶青衫不鉴铜。

香雾仍从垣侧绕,野桃还向壁边红。

轻拈一片楼头瓦,疑握贞元淡淡风。

2012 年 5 月 26 日

玉簟凉·过月山寺

琼阁深藏。有一径入云,八极徜徉。清泉飞石上,历百纪风霜。风来曾度七塔,笼寺月、九宇徜徉。虽绮梦,被风音啼破,谁记沧桑。

何妨?清风有翼,山寺挂云,何阻桂魄临窗。心明何借月?一样照禅堂。途程向各自取,问祸福、未负王昌。禅境里,野草花、清梦绵长。

2012 年 5 月 30 日

玉簟凉·泛舟青天河遥观漫山野花

青黛生寒。照碧水玉池,九曲盘桓。天风空谷荡,卷雪浪娟娟。层峦松竹带雨,又次第、雾帜云幡。赊望眼,正五溪呈景,三峡腾骞。

漫漫。山痕一抹,怀碧抱幽,谁识冷岭香荃。浮沉云水里,枕石自闲闲。春秋一勺漫煮,一梦里、地广天宽。芳信准,叹盛衰、空送流年。

2012 年 6 月 11 日

八归·过西夏王陵

云横古道,烽墩无觅,陵墓独耸天阙。龙城未醒金鞍梦,无阻大河奔涌,浪翻波越。八百西天谁做主?问利剑横天何折?只感叹、楚汉争雄,喋尽庶民血。

谁发沧桑一叹,风云陈迹,不改星光明灭。慨之桑海,抚斯残碣,莫谓胡天悲切。望昆仑北亘，漫漫黄沙掩轮辙。江河下、贺兰山矗，雁翅量天，驼铃声未绝。

2012 年 6 月 16 日

锦堂春慢·银川鸣翠湖纪游

碧水浮莲，青纱漏日，分明塞上江南。百鸟鸣中思远，翠叠云涵。几许婆娑芦影，已作碧水妆奁。更山痕一抹，眉黛生波，鸥鹭偷觇。

荏苒年华如梦，叹青眉淡去，次第苍髯。今日云烟坐看，雾水云巉。一袭青衫倜傥，算惬意、挂席扬帆。怎不教人唏嘘，多少悲欢，付与流岚。

2012 年 6 月 20 日

探春慢·游龙潭大峡谷

旷谷浮岚，苍崖悬石，湍溪鸣鹤相应。绝世奇观，天碑高矗，一道天藏风景。谁识串珠碧，五龙瀑、向天豪咏。古洞谁扫烟云，花开花落成囧。

物外何人谙雅，苍苍对古松，气神闲定。紫壑藏中，红尘可躲，除却六根为净。翘首孤峰出，接天际、日沉星迎。且舀龙潭，为吾烹得杯茗。

注：串珠，为串珠潭，是三个近似圆形的水潭连在一起，看似串珠，故名串珠潭。

2012 年 6 月 26 日

霜花腴·南阳石门湖纪游

绿烟碧水，雨去来，凭谁惹岫招云。风鬻霞飞，水环山绕，听他九曲流樽。任由洗尘。拾翠微、无计行痕。记年来、足踏沧浪，暮烟朝雨濯青巾。

闲楫枕江空远，度清商一曲，共水氤氲。吟味三壶，酡颜羞日，晴晖尔雅温文。莫嫌我贫。思羽中、裁韵乾坤。待明朝、再采烟霞，酿来如酒醇。

2012 年 7 月 2 日

水调歌头·安丘青云湖向晚放舟

星汉碧波里，一叶入云端。今宵来控苍宇，何意在高寒？云泊榭正遥对，听雨轩方目接，把酒待团圞。一笛横云水，沉醉已忘年。

邀嫦娥，戏玉兔，逐流烟。青云封阁，筠石莽莽水漫漫。流落星光未拾，欲醉冰轮不逮，挥墨上吟笺。此去蓬莱近，今夜梦无边。

2012 年 7 月 17 日

游安丘老子文化园走笔

日出东皋照海门，潮来潮去运乾坤。
松鸣泰岱声恒脆，涛起秦皇响自奔。
一缕春风情不老，千秋岁月梦犹温。
药山未了仙人局，雨露敷霞染古村。

2012 年 7 月 19 日

天山新月

天山巍阙待临阶，直泼清光如水来。
博麓擎云摇斗柄，瑶池捧盏洗尘埃。
方因桂影催诗兴，还驾冰轮碾九垓。
欲挽姮娥追凤梦，腾身便上最高台。

2012 年 7 月 22 日

满江红·再谒中山陵

钟麓巍巍,春秋易、日星明灭。抬望眼、大河东去,征帆何歇?辛亥风云除旧制,共和肝胆涂新页。看华夏、砥柱掌中流,思明哲。

香山路,由来阔;吾行者,遵明辙。叹台海风浪,天欲撕裂。民进党私成底事?成城众志情何切!看国共、再度挽狂澜,坚如铁!

2012 年 7 月 25 日

青海丹葛尔古城怀古

海藏咽喉茶马都,吹残戍角月轮孤。
香薰市井朝飞曲,雨洗楼台暮听乌。
雁字年年寻断梦,秋声岁岁思当垆。
今人不念萧关远,漫对黄花执玉壶。

2012 年 8 月 3 日

水龙吟·登三关口明长城

云开四野苍茫,登临来问山川险。孤烟瀚海,龙堆落日,大河澹澹。朗朗乾坤,三关居要,风云收览。世事沧桑里,烽烟背负,强国梦、磨成剑。

岁月徒成百感。漫相对、时光荏苒。披风独立,揣云俯仰,烟波指点。一寸河山,一腔热血,照天肝胆。念当今、再筑长城御敌,看谁来犯!

2012 年 8 月 9 日

锦堂春慢·景泰黄河石林

峡谷蜿蜒,峰林耸立,擎天独柱中流。彩笔工夫难状,雨霁晴柔。

目送狂涛足底，腰缠烟景江陬。叹朝云暮雨，万叠云霞，妙景难收。

九派涛声何壮，更千屏焕彩，璀璨盈眸。大吕黄钟玉振，谁与相俦？梦湿涛声千载，骋物外、岁月沉浮。一抹残霞齐水，一棹芦风，不尽悠游。

2012 年 8 月 14 日

三姝媚·题云崖寺古柏

潆洄溪弭暑。望古寺云崖，佛烟轻吐。暮鼓晨钟，已仙踪无觅，竹松犹睹。蔚蔚苍苍，白云绕、众峰如渚。巨柏排云，未识春秋，四时如故。

一路风风雨雨。问定力何来，笑含吴楚？自惜青衿，数夭桃秾李，耻为相伍。不借东风，将妩媚、制成歌赋。谁解胸中幽曲，孤云高处。

2012 年 8 月 17 日

濯水古镇印象

半城菡萏半城烟，如约薰风挽袖边。
书苑高墙明凤阙，文章旧院隐儒贤。
一桥跨岸千人过，万物流川九域连。
多是芳醪酬晚意，满斟月色到樽前。

2012 年 8 月 21 日

濯水古镇八贤堂前留照戏题

清荷十里久流连，绿柳丝长暂系船。
已弄飞舟翻翠盖，便从搜古集香荃。

襟怀磊落光如锦，腹笥葱茏气若仙。
君子也争身外物，相机容我入乡贤。

2012 年 8 月 24 日

红河谷森林公园纪游

汩汩清流出翠微，水光山色共霞飞。
心随古柏翻新绿，袖逐岚烟换羽衣。
玉柱峰头观诡谲，蟠龙湾里驾轻肥。
莫疑龟蛋能孵化，去我韶华亦可归。

2012 年 8 月 26 日

游商南金丝大峡谷

渊淳八表自雍容，雨霁千峦出五峰。
秦水迂回开禹域，楚洲空阔接临邛。
仙猴戏凤曾羞月，石燕裁霞欲挂松。
初识青岩天子魄，后山云寨拜三丰。

2012 年 8 月 28 日

观翠华山摩崖石刻

云囊漫拾鲁头鱼，龟石文房可作蔬。
久蓄经纶缘旧典，暂倾心力出新书。
清虚太乙描非似，翠集终南画不如。
境界从今高且远，一襟块垒暗消除。

2012 年 8 月 30 日

陕西法门寺瞻仰合十舍利塔

手掬清光绝俗尘,行藏不露亦传神。
纵然眉眼冷知己,依旧肝肠照故人。
悲佛乘风吹九域,慈心化雨沐三秦。
我今俚句当高咏,权作盈杯吊酒醇。

2012 年 9 月 3 日

游大明宫遗址公园有记

曲榭游廊过竹丛,今宵别梦到明宫。
偶从流水传钗信,独对斜荷赏玉童。
楼阁依然唐代制,衣冠未改汉家风。
应知禹域天难老,百度沧桑运不穷。

2012 年 9 月 5 日

西安碑林读《曹全碑》有记

字间挥洒透刚柔,似立关山望九州。
千载潮生鸣故国,百寻浪激起吴钩。
长弓声逐浮云散,铁马蹄同逝水流。
只为乾坤须浩气,刀雕风雨见春秋。

2012 年 9 月 8 日

登西安钟鼓楼有记

抖落征尘一敞襟,天风浩荡此登临。
秦川历历通南北,汉塞茫茫贯古今。

意达三江常澹澹，声闻九宇自森森。
炎黄共鼎千钧力，破雾穿云振吕音。

2012 年 9 月 10 日

游览重庆武隆天生三桥有记

直通天界起飞龙，晴放千峦雾欲封。
霄里吐云方倜傥，坳中养性且从容。
潭凝碧玉知星梦，瀑泻苍崖觉晚钟。
相对无询归去意，牵怀必是涧边松。

2012 年 9 月 12 日

巫山小三峡舟行记游

天开一线入龙门，危石连空乱水奔。
怕碍猿啼风蔼蔼，恐惊花梦雨温温。
岩间立命松多茂，涧底行舟日半昏。
峰簇凌云如键笔，专调绿色写乾坤。

2012 年 9 月 14 日

暮中船过乌江酉阳段百里画廊

拂绿披红入画廊，漫收花影好徜徉。
啼猿弄韵三声远，染墨流烟一轴长。
水断苍崖迷竹棹，舷驮松籁醉巴乡。
任他暮霭缤纷起，铁臂青山挂夕阳。

2012 年 9 月 16 日

有感天道吟怀

风卷流云透碧霄,莫知天道意超辽。
枯思枉有生花笔,朽木何能成玉雕。
水浅难承千载月,怀虚可纳九江潮。
卜居颜巷红尘远,世事纷繁一梦遥。

2012 年 9 月 18 日

题白鹤梁

通微旧事竟如何,指点烟津逐逝波。
身去但余千叠浪,道成方着一肩蓑。
笛音清酒神思妙,铜磬经文演绎多。
碧水苍林云鹤梦,石梁沉静听渔歌。

2012 年 9 月 21 日

题白云洞

朱霞天半道心聪,暗送流年看落红。
鲸浪有声常化雨,虬松无意独招风。
难追渤澥沧桑梦,默念苍梧尧舜功。
沉醉白云藏此洞,情怀岂在一壶中。

2012 年 9 月 26 日

谒蓬莱水师府(戚继光纪念馆)

御倭狂揽大潮生,奕代争传誉盛名。
倒海风来涛立壁,弯弓箭发水为城。

宝刀常向烽烟淬，肝胆每因家国倾。
今日思君凭智勇，南洋驱舰碧波平。

2012 年 9 月 29 日

观泰山石刻

尺寸之间寓折冲，乾坤运腕自从容。
方圆观赏藏天地，曲直追寻呈凤龙。
将得书魂参月魄，欲知筋骨看崖松。
此时若问诗何在，一字浑如一座峰。

2012 年 10 月 5 日

登南京浦口点将台

江山俯仰在高台，百汇交融九域开。
襟敞楚风连广宇，天明吴水鉴微埃。
琼英血绽淮边月，横笛心倾白下梅。
信有豪情萌后世，晴渊涛起万千雷。

2012 年 10 月 8 日

坝上草原纵马得句

苍山叠远晓烟流，翠屿连天任纵眸。
修得道心臻玉碧，养成奇趣入晴柔。
青龙已有较锋阵，大浪当无覆楫舟。
披绿歌风浮四野，今朝抖擞骋骅骝。

2012 年 10 月 14 日

登清远楼抒怀

楼挑威武靖边氛,衔远开图势不群。

雁过胡天张大纛,风吹塞草送清芬。

地偏未敢忘家国,功极何期入典坟。

漫道沧桑兴物感,千秋昂首赋流云。

2012 年 10 月 18 日

秋登鸡鸣山

孤峰直插碧云天,宿雨新晴壮瀑泉。

山色有无输画境,松风远近胜丝弦。

太宗龙驾空流水,萧后凤舆终化烟。

此日登临游物外,暂同遗菊结秋缘。

2012 年 10 月 20 日

野三坡百里峡纪游

群峰竞秀鸟争鸣,且驾乌篷云里行。

崖乳倒悬添舞趣,藤萝交织网松声。

长川纵目无涯际,闲菊漫坡有野情。

峭壁依依缝合处,金针一线引天明。

2012 年 10 月 22 日

秋游邢台峡谷群

双驼在侧四峰生,曲峡悠悠一路行。

破雾穿霞随谷走,吹箫跨凤向天鸣。

长风过处云图远，细雨回时墨画清。

野卉秋来谁与伴，崖头紫菊应鸿声。

2012 年 10 月 28 日

过秦楼·观丽江玉龙雪山

玉柱擎天，银龙横卧，欲藏犹露峥嵘。正万猊腾跃，似暂把琼瑶，筑向蓬瀛。九宇照清明。览乾坤、共此晶莹。望澜沧千里，奔流南去，来壮威声。

看玉妃破霭、云图远，挟清光鹤影，松籁相赓。当日沉星起，任天风舞袂，直抵天庭。今夜觅仙踪，摘蟾宫、桂魄金英。对樽前莫笑，舒袖嫦娥，偷觑龙城。

2012 年 10 月 30 日

高阳台·过大理古城

西倚苍山，东临洱海，无声古道悠悠。往事如烟，漫拈陈梦街头。下关风雨知多少，看洋街、金发青眸。剪霞光，白族民居，可许清修。

东方古韵西方景，过八条街巷，阅遍春秋。漫沏沱茶，馨香溢满层楼。南来北往匆匆客，数沧桑、屈指星稠。刺梅开，红紫春云，待我来收。

2012 年 11 月 2 日

瑶花慢·游九乡卧龙洞

披风驰鬣。一洞容天，看霞光明灭。催心迟景，合曼妙、扑面梨云梅雪。云龙洞窈，问谁识、栖霞眠月。参释空、身附云霓，岂屑玉关豪杰。

春风已越云台，御天地雄风，乍度瑶阙。江山隐胜，谁赋得、梦笔生花裁玦。玉龙已醒、蛰起处、云空澄澈，数岁月、未老英雄，试看雾腾云折。

2012 年 11 月 5 日

百宜娇·昆明黑龙潭公园纪游

觅唐梅疏影，宋柏明茶，依约裹风雨。剪影怜芳草，岚烟渺，亭台楼阁云树。玉泉绕坞。桂苑风、回絮轻舞。最堪爱，五凤凌云处，四厢起青宇。

休问天心今古。看定风塔矗，云雾吞吐。一眼龙泉在，沧桑处、中藏多少甘苦。杜鹃谷庚。试看她、花绽云怒。秀南国山川，多妩媚、任凭取。

2012 年 11 月 7 日

绮罗香·昆明滇池纪游

碧水涵天，群鸥逐浪，几处帆樯犁雪。万顷粼粼，波里簇星沉月。云台梦、几许从容，演浩瀚、骋怀吟阕。叹岁月、纷雨潇潇，曾抛浊泪暗呜咽。

今开生面一页。对沱茶一盏，空谷明灭。独立红云，堪比绮霞时节。随款步、鱼口藏春，观胜景，水天澄澈。君休问、调比西湖，曲中谁卓绝？

注：滇池有空谷园、红云花坞、白鱼口风景疗养胜地等。

2012 年 11 月 9 日

凤凰台上忆吹箫·雨霁晨游昆明世博园

奇石名花，汉松秦柳，看他风竹依依。任小桥流水，照影红肥。谁约烟霞片片，初霁色、醉透芳菲。玫瑰苑，温馨爱侣，漫步晴晖。

忘归。倩谁妙笔,来写汉唐春,赵燕杨妃。更远山青黛,烟锁三围。唯有花前蜂蝶,香雾里、来往飞飞。凝眸处、东方旭升,苑染熹微。

2012 年 11 月 11 日

庆春宫·游昆明西山龙门抒怀

仰接天风,低回绝壁,碧波捭阖纵横。五百滇池,尽收眼底,坐看潮落潮生。碧天霞绮,淡烟里、何曾世争?纤尘都扫,谁怕红尘,滚滚牵萦。

年忘气朗天清。随世沉浮,日渐飘零。今上龙门,孤帆踏浪,始开万里云程。沧波传意,览浩渺、无鸣不平。高歌纵酒,独立龙头,一发心声。

2012 年 11 月 14 日

解连环·龙吟峡遥望十八峰

落泉翻雪。叹龟蛇引颈,雾盘云折。欲放眼、戏水蛟龙,恰风散雨收,绮霞明灭。十八峰遥,云深锁、顶摩天阙。想沧桑几度,散落星辰,捞起明月。

春秋手中把阅。料风云意气,从来如铁。运掌中、多少兴衰,数两汉三唐,几多豪杰。禹域春回,梦追处、待翻新页。遥相对、俏容偶露,任由评说。

2012 年 11 月 17 日

观广元千佛崖

千佛摩崖造像真,大云洞里远风尘。
梦回石窟三山秀,头枕江涛四水新。

世态炎凉何碍我，松姿浓淡总宜人。
重重陵谷重重隔，唯有灵犀倍觉亲。

2012 年 11 月 19 日

秋登广元天曌山

巍巍天曌拄苍穹，呼雨来云八面风。
青剑收藏三界外，碧霞回顾百峦中。
汉王龙洞标勋业，司马书台济世功。
策杖纡徐归去晚，秋山与我两朦胧。

注：司马光读书台、汉王洞等都是天曌山著名景点。

2012 年 11 月 23 日

读庄子《逍遥游》《齐物论》《养生主》

秋水汪洋注百川，大鹏展翅任盘旋。
仓中秭米难为粥，井底青蛙未识天。
齐物当能开眼界，养生自可结禅缘。
追庄渐入逍遥境，昂首沉浮不羡仙。

注：仓中秭米，语出《庄子·秋水》。

2012 年 11 月 26 日

夜飞鹊慢·登兰州五泉山有记

清泉映山影，冬尚流春。悠悠洗尽纤尘。西来天马初驻足，四蹄犹带流云。龙堆漫天雪，洞庭铺云锦，目尽三秦。阳关吹老，忆皋兰、鞭戳丰津。

征雁去回无迹，山水满胸怀，凭长精神。荏苒光阴难握，风云象外，清骨嶙峋。泉流未断，五千年、集翠氤氲。值初冬来访、清词一阕，权记行痕。

2012 年 12 月 1 日

水调歌头·次韵辛弃疾《长恨复长恨》

人生如长调，犹似短歌行。元龙湖海豪气，时啸两三声。老作钓鳌狂客，又与归田五柳，篱畔共餐英。时借沧浪水，洗足濯长缨。

瑶池水，天山雪，未计名。世间万物，一羽九鼎重和轻？浊酒一杯微醉，但养心中浩气，何必累人情。宠辱听尊便，但与竹松盟。

2012 年 12 月 3 日

水调歌头·秋日偶作

举首碧天静，雁翅拍西风。萧萧黄叶飘零，清骨立疏桐。独立高台回望，迢递关山千里，枫染九州同。忆昔汉边塞，飞将挽雕弓。

节令易，光阴迫，半成翁。平生豪气犹在，吟啸赋诗雄。不与庄周迷蝶，且学老聃顺性，何必叹空空。老矣有诗伴，一曲动云中。

2012 年 12 月 6 日

水调歌头·秋晚故园情

凉雨晚初霁，新月半轮空。故园秋晚应是，炉灶火初红。丹桂香飘一院，菰菜莼羹杯酒，目断几秋鸿。池中藕肥日，鱼跃碧波中。

听江声，分青霭，越黄峰。篱边清菊初透，香阵醉山翁。褪却青春颜色，不减青春豪迈，老酒壮诗雄。天地一吟啸，襟敞对西风。

2012 年 12 月 8 日

忆旧游·塞上观雪

效云姿款款,如履春风,梨蕊枝头。地阔天遥处,得昆仑玉枕,浮梦忘忧。八千里外潮涌,兴起放清讴。任云暗天低,狂涛怒动,惊起沙鸥。

烟波野平阔,欲浮槎白水,溅玉勾留。一叶沧浪上,叹剑锋出鞘,跃跃难收。莫惧九天云压,看我骋风流。借万里天风,灵霄挟得诗意稠。

2012 年 12 月 10 日

凤凰台上忆吹箫·细数流年

缥缈流云,竟无行色,雪侵双鬓参差。剩几分风雅,一摞清奇。多少兴怀待述,秋色里、菊傲霜枝。丹青笔,涂红抹绿,怎抹栖迟?

痴痴。几番俯仰,驰骏访楼兰,载酒瑶池。念武陵人去,徒叹斯时。唯有琴台流水,终岁月、相伴相随。斜阳里,流金焕然,壮我须眉。

2012 年 12 月 12 日

长相思慢·故园儿童时节冬日塑雪漫忆

幻影溪头,沉浮云梦,童趣多在隆冬。裁冰砌玉,积雪堆楼,重塑苦窟寒宫。一换时空。映雕栏几许,竹韵松风。鼓浪渔翁。筑长堤、白水乌篷。

有谁识孩提,敢把天生玉色,变灭鸿蒙。天遥地旷,如絮纷纷,尽是天冲。英根始育,运乾坤、回转从容。纵时光悄逝,童趣重温,犹自盈丰。

2012 年 12 月 14 日

高山流水·读陆游《钗头凤》

素弦脉脉拨秋风。笑柔情、都散云中。谁识断肠声,烟销蝶梦惊鸿。低謦处、正泣寒蛩。欺诗笔,新制难赓旧曲,月上帘栊。纵清莲并蒂,亦自苦春浓。

娇慵。秋心冷琴索,谁解得、换徵移宫。兰蕙纵芳馨,怎奈世俗难容。沈园秋、菊瘦篱东。梦浮影,空听黄花泣雨,泪湿龙钟。枉风流也,叹残月、夜空空。

2012 年 12 月 16 日

夜飞鹊慢·临安太湖源潭

山深水多碧,幽谷云生。临潭怕见狰狞。潭中自有三千界,收藏风雨阴晴。经年砺筋骨,奈尊容入目,依旧寒伧。沧桑见惯,念沧波、纳影无惊。

潭有佛家慈抱,清淡似杯茶,意接苍冥。今受清潭厚爱,闲躯孟浪,何虑通亨?入门皆佛,效寒潭、波静心宁。纵红尘千丈、纷纷扰扰,能守澄清。

2012 年 12 月 18 日

喜迁莺·青狮潭舟中

青狮迎迓。过碧潭十里,正好消夏。绿柳红莲,雾水云涛,鸥鹭犹相轻话。此间轻舟画舫,几处勾留难罢。陶谢趣,任风琴雨鼓,凝神入化。

声名空叱咤。宦场风云,难辨真和假。已别簧堂,裁诗理曲,一快嬉笑怒骂。雕虫雕龙无计,哪怕为人作嫁。传清韵,叹山水有灵,清风无价。

2012年12月20日

一萼红·登双峰山

拄苍穹。看险峰托日，触宇竞豪雄。岩耸瓷青，泉飞剑白，云海腾走蛟龙。旧帆在、观音摆渡，叹七仙、浓雾罩遗踪。古寨依稀，层云缥缈，双乳朦胧。

南去北来何事？历湘云楚水，半在杯中。御笔流丹，古泉漱玉，都作过往秋风。觅山水、芒鞋竹杖，追李杜、啸傲自优容。除却山川旨趣，万事皆空。

注：双乳，谓双峰山主峰双乳峰。

2012年12月22日

锦堂春慢·读宋初诗人潘阆《酒泉子》十首赋感

越水吴山，波翻曲韵，闲吟十叠忘忧。傍水临滩几处。友鹭亲鸥。放浪江涛载酒，一蓑烟雨扁舟。听笛声依约，隋柳唐荷，相约重游。

此中山水无价，纵飘零宦路，亦自风流。清越酒泉声里，王粲登楼。独上高层啸傲，叹世路、恨水悠悠。怎不教人唏嘘，水怒为潮，一叶沉浮。

2012年12月24日

望南云慢·临沂拜谒王羲之故居

故郡琅琊，集秀水奇山，添雅人文。长林浅沼，出岫云铺锦，芳草氤氲。思昔临池影，泼醉墨、风流绝伦。换鹅书出，一卷倾心，九域传闻。

香薰。竹扇为题，飞龙舞凤，从容折面流云。兰亭绝响，奈书苑迷踪，帝殿封尘。感物成千古，念太宗、空劳费神。雁行谁似，屈指钟张，下数何人？

2012 年 12 月 26 日

暮中往钱塘源沿齐溪道中

芒鞋踏破赴钱塘，汇合三溪初脱缰。
入眼春潮花绕岸，连湾绮梦月流光。
缤纷往事随风去，坎坷征途信步量。
古柳沙头渔唱晚，水山滴翠夜生凉。

2012 年 12 月 28 日

丙申冬月游太真洞有记

太真梦境也平凡，流水小桥星月衔。
古柏牵风翻絮语，芰荷摇影过云帆。
不惊渤澥桑田变，已倦佳人锦瑟喃。
既是痴情终化泪，何妨骑鹿在青岩。

2012 年 12 月 30 日

2013年作品

岁首抒怀

诗心未逐苦寒凋，犹作冰花缀雪条。
已值素装披紫塞，何望白发反垂髫。
半篷萍荡孤帆远，一杖云游客路遥。
岁纳阳和传绿讯，江山海阔酝春潮。

2013 年 1 月 1 日

读诗偶感

莫叹吟家梦笔荒，孤灯一豆种灵光。
千寻古柏有深碧，九曲疏梅无艳妆。
上市樱桃宜带露，出园茉莉自流芳。
神通万应凭心静，物我熙熙已两忘。

2013 年 1 月 6 日

锦堂春慢·读友人水墨长卷《庐山云雾图》

云雾奇观，千姿变幻，遥遥瀑布流烟。君抹云龙幻影，我做游仙。莫叹虚无缥缈，试看波漾清涟。恰诸峰隐现，雾转云回，万马腾骞。

谙尽人生真谛，叹寻寻觅觅，似水流年。莫管云横雾锁，日暮啼鹃。物换星移几度，算赋笔、水墨缠绵。一曲匡庐绝唱，云水迷蒙，藉我观禅。

2013 年 1 月 10 日

长相思慢·何园纪游

复道回廊，行云流水，犹共荷影婆娑。时时化境，处处奇观，都蓄叠石池波。紫竹青蓑。叹风光藏尽，独自 寻么。脚步轻挪。筑瑶台、妙绝斯摩。

　　造山水尘间，巧借山魂水魄，古趣搜罗。笙箫韵绕，烟雨舟轻，几处吟哦。亭桥丽影，半篷过、回水成涡。听莺鸣鹂唱，云梦浮沉，暗渡星河。

　　注：斯摩，即斯摩格，是日本漫画《海贼王》里的一个重要人物。全身可以随意变成烟雾，此处喻指何园在设计上的无穷变化之趣。

2013 年 2 月 22 日

游彭祖园抒怀

山野天风秋复春，岁行八百不沉沦。
阎罗无奈控殇寿，彭祖有规操俗身。
宜自鸡声舞长剑，枉从古柏数年轮。
杖朝之比何堪道，立世还凭善与真。

2013 年 2 月 26 日

徐州凤凰山下瞻仰淮海战役烈士纪念塔

灵化凤凰翔碧山，大河鼓浪壮人寰。
名彪史册风云外，碑矗军魂天地间。
已掬丹心焚烈火，犹舒铁臂笑微斓。
中华崛起同追梦，十万征程只等闲。

2013 年 2 月 28 日

晚登岳阳楼

物换星移几度秋，凭栏踏浪共悠悠。
气吞湘粤惊天势，云卷君山撼海陬。

独领风骚文正笔,每叹名胜岳阳楼。
白沙滩畔谁垂杆,来钓沧桑到月钩。

2013 年 3 月 2 日

癸巳春登泰山有记

泰岱横云接汉唐,奇峰架栋迈洪荒。
禅心淡定风霜苦,佛掌宽宏天地长。
途指南门虽坎坷,梦参北斗未彷徨。
酬君浩荡春秋意,百代绵绵奔小康。

2013 年 3 月 4 日

瑶花慢·终南山纪游

群峰魁杰。坐牧闲云,听危崖泉咽。松涛鸣和,合曼妙、上奏春秋长阕。昆仑起脉,尾衔得、嵩山南折。隆仙都、徐入青牛,紫气东来惊瞥。

双鱼闹海悠游,看脱壳金蝉,乍渡瑶阙。流云世态,谁识得、梦笔王维留辙?万峰翘首,但等我、凌空披阅。数岁月、未老终南,试看日星明灭。

2013 年 3 月 7 日

早春游洪泽湖湿地公园

晓雾轻烟几缕纱,云中锦鲤戏芦芽。
滩呈婉曲争春意,水幌浮鸥秀物华。
碧草千重披翠氅,银波一鉴映红霞。
已凭鸟语裁诗句,还就荷香吃晚茶。

2013 年 3 月 9 日

危阑独倚

常向危阑倚落晖,春秋变幻碧云飞。
半川柔霭黯迷惘,一带晴岚明翠微。
雨洗山从心上绿,风吹羊自草边肥。
浮光未使苍天老,暮色闲闲笼四围。

2013 年 3 月 12 日

访黄公望旧居

陋巷幽幽草泽深,秋光温润洗尘襟。
诗缘浪迹融晴雨,意寄山居誉古今。
黄卷精摩频拾趣,青灯细撰不欺心。
相追欲赋江南景,闲遣富春谁共吟?

2013 年 3 月 15 日

登番禺莲花山

赤壁丹崖十八重,嵯峨触宇势腾龙。
莲花展瓣三千载,燕子牵岚五丈松。
策杖仙岩寻圣脉,循阶佛洞悟禅宗。
栖身莫道此间小,独秀岭南云荡胸。

2013 年 3 月 18 日

过秦楼·从化温泉写意

意属琉璃,心存唐突,眼前泉水横云。眺远山披雾,正滴翠亭迷,醉意醺醺。碧浪渐氤氲。自闲闲、坐拥天恩。忆当年仙女,飘然飞至,天下传闻。

思古今善养、遵天道，取灵泉圣水，松骨舒筋。犹苑花凝露，把沧桑洗尽，体沐清芬。风雨任千重，一蓑中、岁月余温。看人间兴废，何老风骚，犹起朝暾。

2013 年 3 月 20 日

瑶花慢·深圳小梅沙纪游

波摇苍宇。潮涌龙湾，正雾腾云树。轻舟逐浪，鹏翼举、欲向长空飞翥。沉浮意绪，洒脱处、风云吞吐。起蜃楼、光转星辰，坐看琼宫花坞。

南墩碣石东临，效姜尚持竿，独钓千古。流云世态，谁识得、披发行吟渔父。寄身尘世，不碍我、仙登思羽。数岁月、未老梅沙，一段初裁芳谱。

2013 年 3 月 23 日

长相思慢·向晚登深圳红树林观鸟亭

碧水长天，红林残照，独与群鸟叨风。啾啾软语，恰恰柔情，相对意共融融。火凤云龙。叹林岚缱绻，海色朦胧。月上西峰。立云台、九宇相通。

向轻梦林间，辨得归巢点点，羽扇从容。笙箫韵致，古月清辉，晚籁浮空。秋茄几许，共苍茫、烟水盈胸。听斯时声起，潮去潮来，暮鼓晨钟。

2013 年 3 月 25 日

夜飞鹊慢·珠海白藤湖纪游

轻风拂堤柳,翠涌莺飞。烟水一带涟漪。尖峰远眺藤湖秀,流云洗出清奇。幽篁凤翻影,看长滩鹭起,试翅参差。轻舟浅浪,漫清芬、岸夹花蹊。

谁识此间山水,清淡透芳醇,悟彻机微。蝴蝶回环缱绻,黄鹂软语,渠水流澌。一方净土,弥喧嚣、望断斜晖。但徘徊湖畔、纡徐妙韵,渐漫心扉。

2013 年 3 月 27 日

夜合花·过洪秀全故居

风雨神州,远听遗曲,近观庐结龙冈。唤风九域,徒成一段沧桑。"觉世训",拟田纲。驾风云、初立朝章。匹夫酬国,康乾已去,朽木摧藏。

青嶂荦确犹刚。奈洪流滚滚,无束汪洋。鱼吞钓饵,终淆大化玄黄。成桀纣,误羲皇。叹何迟、家国红羊。白云深处,但遗一屋,漫敛斜阳。

2013 年 3 月 29 日

念奴娇·香港海洋公园观龙鱼

跨山一索,历松坡生碧,海涛翻雪。满目琳琅真梦幻,四海三洋鱼鳖。水藻珊瑚,明珠玉粒,扑面呈奇绝。一朝收尽,水都虾蟹鱼鳖。

坐览白水千重,龙腾大泽,粼光时明灭。搏击扶摇犹待起,背负残阳如血。欲挽狂潮。一池何限,有志凝如铁。势同云翥,任由虾蟹评说。

2013 年 3 月 31 日

水调歌头·香港南丫岛天虹酒楼品海鲜并观海

榕树湾边雨,连海正悠悠。狂涛翻卷如醉,飞韵到斯楼。思与鲲鹏千里,成就海天怀抱,绝胜弄扁舟。久贯风涛险,劈浪斩鼋头。

光阴阔,天地窄,一怀幽。而今啸聚正气,风虎会瀛洲。兴起滔滔狂浪,味耽肥肥大蟹,消尽古今愁。若问平生事,浩渺付东流。

2013 年 4 月 2 日

过香港铜锣湾

长衢十里任周旋,浅紫深红花正妍。
地蕴珠玑迎客过,潮生商贾枕波眠。
养心吾冀存仓谷,培信谁将到市廛?
世事沧桑风散去,铜锣一面响连天。

2013 年 4 月 5 日

香港九龙旺角与友小酌

晚云带雨过苍穹,旺角行杯两袖风。
方外优游君挂席,椰边醉卧我披虹。
霞凝七彩缤纷里,涛涌九龙微约中。
好句赊来酬古月,瑶池补酌半瓢空。

2013 年 4 月 10 日

澳门竹湾海滩纪游

心海如斯一脉通,神驰倜傥竹湾风。
幽思渺渺何从寄,远对青山落照红。

2013 年 4 月 17 日

澳门林则徐纪念馆纪游

突起风云卷地来,扶危惩恶仗英才。
已凭肝胆匡时矣,何望功名许我哉。
忆昔马关蒙国耻,抚今甲午激霆雷。
匹夫难忘兴衰事,情洒濠江九丈台。

2013 年 4 月 19 日

踏莎行·塞上春行

　　宿雨初收,露荷新盥。春浓不化烟姿懒。溪桥隐处杏花村,柳丝阴里农家院。
　　布谷声悠,夭桃狂狷。豪情欲赋吟笺短。山河重整正宜时,长杆套马过芳甸。

2013 年 4 月 21 日

武夷山二曲溪畔遥望玉女峰

亭亭玉立曲溪南,翡翠瑶花未及簪。
印石琴台留轶事,通宵绮梦惹闲潭。
或期故友清风过,不涉凡尘天籁涵。
此处纤徐生怅惘,缤纷胸臆共谁谈?

2013 年 4 月 26 日

云竹湖竞舟

欸乃声中雪浪漩,轻舟长棹竞争先。
玉皇无奈控苍宇,侪辈有规驰碧天。

濯足何须蓬岛水，忘机暂藉竹湖烟。
欲邀李杜苏辛客，共醉金乌敛月弦。

2013 年 4 月 28 日

拜谒奉节长龙山天仙观

为养禅心不染尘，何求肺腑向天伸。
人间所憾知音少，佛国今来做子民。

2013 年 5 月 2 日

过夔州古城

浪迹江湖巡古城，五峰攒作碧莲迎。
灵均投水无从寄，子美咏怀堪共鸣。
依斗门中风乍起，移舟池里意难平。
夔州故事凭谁问，柳浦渔歌似有情。

2013 年 5 月 4 日

奉节九盘河乘竹排漂流有纪

篙点丛峦浮玉鹅，竹排载雾共流波。
谁将暮色换朝气，一片岚光一首歌。

2013 年 5 月 6 日

参观肇东八里城遗址并览相关史料

方堞留痕梦未残，罢戎天外尚听鼾。
城头拈瓦无甄识，塞上读青犹可观。

千载遗存麟角迹，一朝淘汰古衣冠。
女真归后烽烟靖，也学耕桑食满盘。

2013 年 5 月 8 日

过焦裕禄烈士陵园

赴目焦桐流碧烟，斯人托体作长眠。
空谈误国志难立，实干兴邦梦可圆。
荣辱且抛拼病骨，风沙尽敛乐丰年。
峥嵘岁月看侪辈，再写中华锦绣篇。

2013 年 5 月 11 日

晋州访魏征故里

北望燕山碧水涯，藁城西侧驻轻车。
一身正气修明政，两袖清风肃庙衙。
偏信常如吹觱篥，兼听多似奏琵琶。
诤言直谏虽堪誉，莫若君臣共国家。

2013 年 5 月 15 日

再游万佛湖

别后相期未渺茫，白云扶我赏湖光。
泽被东皖三千里，名震南天万佛乡。
收纳星河辉子夜，洒抛澜水写豪章。
舍身下界观音在，容动晨曦正理妆。

注：相传万佛湖畔石壁之上有一奇石，神似观音临湖，湖中漂动众多小岛栩栩如佛子，宛若"诸佛拜观音"，万佛湖由此得名。

2013 年 5 月 21 日

壶口观瀑

一壶谁煮沸，心逐浪高低。
下注雷霆壮，横飞烟雾迷。
乘风飘玉带，借雨舞虹霓。
太白倾杯处，雄章正破题。

2013 年 5 月 25 日

天津大悲禅院观殿外汉柏写怀

九丈清癯守佛门，经声播雨润灵根。
风来有意张仙翼，云去无心逐圣恩。
久对流霞升暮鼓，闲观凉月落朝暾。
大乘之境修行悟，丘壑于胸浩气吞。

2013 年 5 月 28 日

雨中游岱山湖

直把仙姿白雾藏，偏来雨里看奇妆。
琉璃万顷江南秀，更待金身裹夕阳。

2013 年 6 月 1 日

访庐江庆复寺听敲木鱼写感

遥望九华衔佛烟，比丘又筑一重天。
寒江瞥处无清浊，鱼鼓敲时有古禅。
尽付余情鸣此日，何须绮梦待他年。
黄钟大吕多纷扰，未若稀音月下泉。

注：比丘，谓比丘尼，是佛教出家五众之一。

2013年6月5日

访合肥明教寺

曾是曹操点将台，五原烽火已成埃。
明教莫问千秋业，救世难期百代才。
三谛圆融凭道演，一花莞尔任吾栽。
浮生萍荡皆随水，试约禅音次第来。

注：三谛圆融，谓空假中三谛，互具互融，空即假中，假即空中，中即空假。

2013年6月7日

参观合肥城郊三国新城遗址

望处西山卧潜龙，孤军坐断又尘封。
孙吴乘势闲樽俎，垣堞随形御折冲。
百阵勋碑邀汉月，两淮黎庶避兵锋。
怀中暗贮春秋史，直笼寒云接九重。

2013年6月9日

访北京万寿寺写怀

莫笑修行一二三，未知从去拜精蓝。
放怀山水钓诗趣，时务于今皆免谈。

2013年6月12日

谒北京天坛

风雨欲调开圣坛，农耕国度重祈年。

无梁殿外发财路，万寿亭中弄鬼钱，
惯见笙歌馐下箸，岂知百姓食为天。
江山谁把苍生许，留得春秋好种田。

2013 年 6 月 14 日

观圆明园遗址

御苑明珠忆别宫，百年焚毁辨蒿蓬。
谁弹九域伤时泪，自许千秋不世功。
存史无讹归孰罪，问天有据痛吾衷。
涅槃火凤犹腾起，试看炎黄报国雄。

2013 年 6 月 16 日

雨中花慢·西双版纳景洪傣族村寨观舞

碧水涵天，绿树挂云，丹青一轴开封。紫竹悠悠韵起，小寨融融。秋晚明霞乍吐，远山一抹横空。待星光篝火，曼舞轻歌，声震苍穹。

青春曼妙，多丽轻盈，袖抛一瞥惊鸿。娇欲滴、婆娑烟柳，相看花红。出水亭亭清影，汀兰玉树临风。八音徐歇，情追古月，渐入朦胧。

注：多丽，即"邵多丽"，是傣族人对已成年尚未婚嫁的少女的称呼。

2013 年 6 月 18 日

瑞鹤仙·读《苏曼殊诗集》

楼头春雨作。动离国情怀，寒烟漠漠。如潮袭城郭。偏樱花踏处，孤踪云鹤。吴门难托。夜半钟、寒山如昨。自箫声、吹落扶桑，一声鹧鸪难却。

诗铎。茫茫烟水，披发长歌，有如愧怍。无如寂寞。题红叶，情索索。

奈柳荫深处，银沙无际，又是东风相约。过延平、袈裟和泪，孰哀孰乐。

注：《易·震》《疏》："索索，心不安之貌。"

2013 年 6 月 20 日

如此江山·武陵源观云海遇雨

水环山转空蒙处，奇松挂云无数。云瀑云涛，沉浮缥缈，应是苍龙吞吐。浪翻云怒。有仙岛蓬莱，鹤翔鸥舞。潋滟波光，滔滔白水九天注。

云来云去变灭，几曾相斗戏，想来何苦。跃马横戈，中原逐鹿，谁独风流千古。耕云播雨。看大浪千重，雨飞烟浦。雨霁峰青，指余归去路。

2013 年 6 月 22 日

绮罗香·秋晚登湘阴远浦楼

远浦如珠，澄江似练，万顷郯郯烟逐。北眺乌龙，山翠白云来牧。三湘接、衡麓遥深，两水贯、美禾方熟。漫思绪、楼外烟洲，南门水巷泊舻舳。

光阴多似箭镞。对潇湘月影，谁识盈缩。独立西风，方告九天初肃。开胜景、秋染关河，张冷峻、气凌秋菊。东风换、万里川原，紫红争赴目。

2013 年 6 月 25 日

游梅关

苍龙横卧看晴柔，赣粤平分春意稠。

寒岫冻云风自扫，暗香疏影度关楼。

2013 年 7 月 3 日

雨中花慢·莆田九鲤湖纪游

怪石嵯峨，荡翠漾青，来寻九鲤湖光。放眼玄珠羽化，瀑潦泱泱。惊世雷轰电闪，挟云跌在龙床。叹襟怀敞亮，意洒情舒，云嵌霞镶。

灵蹄破雾，轻翅回云，梦追折柳横塘。情切切、长天飞绪，闲对炎凉。策杖难行迷宇，依湖细读华章。坐临犹醉，凭谁巧构，观此昂藏。

2013 年 7 月 12 日

雨中花慢·初春微雨中游瘦西湖

倚翠偎红，唤醒晓莺，潾波细雨缠绵。楚女吴娃笑语，照水妖妍。朱碧闲潭几许，曲桥聚雅遗贤。叹熙春织锦，白塔摇风，幽石流泉。

筛荷棹去，摇曲风来，啄泥紫燕翩翩。思白石、吟扬州慢，悲绪空前。满苑春光谁种？琳琅欲待题笺。古今诗赋，扬州漫品，犹在丝弦。

2013 年 7 月 20 日

秋晚游天津塘沽外滩补记

岸柳浮烟暮鸟啼，海河东走势高低。
廊桥落影青苹外，梦浦归舟白日西，
五渚连珠随浪动，一云排雁与天齐。
乾坤独此塘沽大，百尺诗墙欲待题。

2013 年 7 月 22 日

天津参谒霍元甲纪念馆

秀水青山起巨墩，我来凭吊小河村。
迷踪拳出惊斯世，道义声张立武门。

千古英雄怀社稷，一身胆魄贯乾坤。
健行强种消魔障，长得风雷浩气吞。

2013 年 7 月 24 日

参观平津战役纪念馆

烽火烘云壮九天，朱毛赤帜凯歌连。
剑开辽沈青锋在，血溅平津红日悬。
卓矣雄才追愿景，快哉宏略著豪篇。
苍生泪是无情水，不让蒋家过渡船。

2013 年 7 月 26 日

向晚游天塔湖

西接龙潭坐对觇，聂公桥畔捋须髯。
时空联网暂舒臂，天地开怀犹冒尖。
一塔飞霞调绮韵，三层跌水挂珠帘。
鱼沉雁落星晖处，自把冰心寄玉蟾。

注：天塔湖风景区位于天津市区西南部的聂公桥畔，西接龙潭浮翠水上公园。是天津市标志性建筑之一。

2013 年 7 月 28 日

水调歌头·开封怀古

富丽大河左，八省辏梁园。古都赓续七朝，千载出英贤。曩昔庄公开国，掘地幽幽见母，感喟泪涟涟。巍巍龙图阁，百世仰清官。

看清明，藉汴水，写市廛。天波漾影杨府，声震玉门关。大相寺中佛鼓，万岁山头朝旭，薪火共相传。巨变看今日，星璨动人寰。

2013 年 7 月 30 日

水调歌头·杨柳青观剪纸艺术展

乡风传大雅,一纸载乾坤。谁裁杨柳风情,形色足销魂。司马东厢弹曲,陶令南山采菊,欲唤共清尊。灵鹤晚归处,雪里尚留痕。

东都桃,西子水,上楣云。卧薪尝胆十载,寓教胜诗文。雅聚岁寒三友,闲散庄周一梦,天地共氤氲。户户张余庆,追梦小康村。

2013 年 8 月 2 日

过秦楼·舟过九江市忆白居易

七省通衢,三江之口,柳丝初系江州。一抹斜阳尽,正荻叶吹寒,晚月垂钩。恰似送行舟。有琵琶、暗泣新秋。忆当年司马,青衫和泪,谁与相侔。

思古今至善、遵人道,并江山社稷,民瘼民忧。观此时司马,遇琵琶女子,岂止风流。风雨任千重,一蓑身、四海云游。叹人间兴废,何老风骚,吟兴方遒。

注:九江,号称"三江之口,七省通衢"与"天下眉目之地",有"江西北大门"之称。

2013 年 8 月 4 日

郴州读秦观《踏莎行》并遥观苏仙岭

白鹿幽深掩翠屏,桃花溪水映山青。
升仙石上石藏韵,望母松前松显灵。
雾失楼台成缥缈,月迷津渡剩零丁。
郴州多少风云事,好伴闲心仔细听。

注:苏仙岭因苏仙神奇、美丽的传说而驰名海内外,岭上有白鹿洞、升仙石、望母松等"仙"迹。

2013 年 8 月 6 日

婺源思溪村小住别友

碧水潆回过小桥,青山北拱自逍遥。
荷擎翠盖浮仙影,竹醉清风作玉标。
古柏虽同明月老,新松尚伴野花娇。
村头握别无相送,但待秋来应菊邀。

2013 年 8 月 8 日

陪友人访白鹿洞书院

北倚峰峦藏汉津,文宣八表显渊淳。
开书易破春秋事,立学难追唐宋人。
五祖传灯诚引路,三摩弘道贵存真。
此来未采昆山玉,步近蓝田自绝尘。

2013 年 8 月 10 日

陪友人参观阆中汉城遗址

寂寞残垣冷,兵戈梦尚温。
刀光扬虎阵,弓弩发龙门。
临阙风无迹,窥池月有痕。
最怜香米酒,犹醉阆中魂。

2013 年 8 月 13 日

与友探访纯阳洞写感

松柏云边耸,翠流天地清。
仙家一弦梦,俗世八千程。

圣哲壶中习，闲田弈后耕。

道心惟自在，和月弄箫笙。

注：纯阳子是吕洞宾的道号，相传这位神仙曾在此处饮酒大醉，留下"吕洞宾醉卧古江阳"的佳话。

2013 年 8 月 15 日

阆中黄花山瞻仰革命烈士纪念碑

碑挺铮铮骨，凌烟纪伟功。

金戈辉皓月，铁血染长虹。

倒海人虽去，倾山梦未空。

森森松柏立，毅魄壮寰中。

2013 年 8 月 17 日

广灵壶山参谒水神堂

河汉池中落，云霞挟浪生。

花妍朝露重，柳媚晚风轻。

圣母高天意，方壶阔水情。

若询参拜事，祖辈务农耕。

注："九江圣母祠"和"观音庵"是水神堂的建筑主体，配有东西观赏厅和龙虎廊，院内建有四丈多高的七级水神堂。

2013 年 8 月 19 日

山西灵丘桃花山纪游

雨抹胭脂色，风扶靓丽身。

莺啼青眼柳，花酿紫霞春。

回首冰封旧，开怀面露新。

拥云潇洒处，雅韵净微尘。

注：紫霞，谓紫霞仙子，比喻桃花如传说中的美艳的紫霞仙子，灵丘桃花山开放的桃花如紫霞仙子飘飘而来。

2013 年 8 月 21 日

观花垣大龙洞瀑布

势捣黄龙府，飞珠化碧烟。

辉生千尺谷，气溢九重天。

侠胆凭谁识，豪情与我宣。

恢宏听响韵，不复叹流年。

2013 年 8 月 24 日

七夕偶得

兰夜鹊桥上，浮柯亦许通。

孤光摇旧梦，双影对新弓。

意洒高天外，情存阔水中。

乌云能蔽日，岂阻太阳红。

2013 年 8 月 27 日

读岳武穆《满江红》

九曲刚肠断，乾坤寄壮怀。

干城羞鼠辈，义胆激吾侪。

仗剑威今古，扫尘强盾牌。

精忠图社稷，何虑曝遗骸。

2013 年 8 月 29 日

望海潮·太湖畔陆巷古村小酌

箭壶西望，寒山东接，小桥流水依依。承露碧荷，含烟翠柳，蜿蜒十里龙栖。古弄探迷离。梦得书楼在，诗思难题。海内文章，天下誉满共霞飞。

三元楼矗云低。更轩庭伟阁，暮雨朝曦。怀旧感新，烹茶问酒，古贤犹与吾归。明月照清奇。乘醉歌水调，舞乱牛衣。酒醒长廊漫步，绝胜逐轻肥。

注：陆巷古村背靠莫厘峰，面向太湖，东有寒谷山，西有箭壶。村中有三元牌楼。陆巷古村名人辈出，被誉进士摇篮、教授之乡。

2013 年 9 月 2 日

瑶花慢·东山启园纪游

风和雨细。花木扶疏，更沧波烟水。楼观轩榭，传别趣、曲尽山湖诗意。沉浮意绪，凝碧翠、凭栏流睇。看唐梅、幽径融春，别具匠心孤艺。

面临山麓湖滨，叹天下园林，无此先例。渔樵可唤，谁会得、山水之中真味。俗间羁绊，不碍我、飞离尘世。敞赤怀、暂上亭台，许我此间稍憩。

注：启园，为江南少有的山麓湖滨园林，该园藏山纳湖，步移景易，融苏州园林小巧玲珑，曲折幽深的艺术特色。

2013 年 9 月 4 日

庆春宫·汉后宫咏叹调之卫子夫

汉武求凰，良家卫子，独成抢眼惊鸿。初识妖娆，湘娥再世，顿黯阆苑春容。起身微贱，伴君侧、尊行后宫。曾为讴者，音律为娱，岂可神通？

深潭照影融融。花艳参差，凋未随风。弦管回春，谁知娇凤，苑中犹化仙童。卫娘眉眼，若闲月、高悬九重。春秋往复，只惜当时，春梦成空。

注：卫子夫由微贱登至尊，稳居中宫三十八载，一生身伴君侧，却如深潭照影，平静无波。

2013 年 9 月 6 日

夜合花·武陵源观石峰遐思

仙骨披风，梦花栖露，直疑新燕穿廊。雀屏半掩，长弓挽射天狼。挂落日，抹曦光。驾长车、风雨昂扬。响连天外，刀光剑影，百阵摧藏。

青嶂荦确犹刚。望蟾宫路杳，星汉汪洋。风云手笔，描摹岁月沧桑。如梦令，满庭芳。对青霄、云路茫茫。待从云阙，绪飞浩渺，任我徜徉。

2013 年 9 月 10 日

庆春宫·观武陵源天桥遗墩

长岭排云，蟠松流碧，武陵深锁丹霞。赤壁苍峰，幽潭险壑，天桥通向仙家。一蓑烟雨，弄绮韵、云拖素纱。白衣裁调，红拂研香，闲拨琵琶。

不邀李杜搓麻。诗和参差，淡酒清茶。再过天桥，蟾宫小聚，何用星汉浮槎。风回清影，骤感物、春秋可赊。管他槛外，日夜喧嚣，宝马香车。

2013 年 9 月 13 日

喜迁莺·登栖霞岭怀岳鹏举

芳颜未老。正曲院风荷，平湖色姣。湘浦烟深，衡阳雁去，南国秋风初袅。岭上桃花无觅，已上栖霞云表。乍回首，认岳王庙近，黄龙洞杳。

今古云路渺。满江壮怀,鹏举情多少?红叶连云,青峰出剑,一握长天昏晓。千古功名利禄,嗤笑权臣跪倒。噫唏嚱,叹祸害国体,几个跳蚤。

2013 年 9 月 16 日

念奴娇·杭州紫云洞品茶

长衢引度,探飞霞泼紫,雾廊云屋。离去繁华疏市噪,来此幽居禅筑。一盏清茶,六弦琴瑟,啸傲无文牍。推唐敲宋,不为车肉歌哭。

几度泣雨悲云,流年逝水,何苦叹盈缩。一梦昙华犹璀璨,独享洞中清福。一束曦光,半笺诗兴,也似骑青鹿。几人知晓,紫云抛却孤郁。

2013 年 9 月 19 日

玉簟凉·观龙华八仙山大佛

来拜仙家。叹佛力九霄,驾雾回槎。清风为我用,任蜀道横斜。疏星犹自缱绻,料古月、自愧清华。天府国,亦古来仙境,何限烟霞。

清嘉。夔门挺剑,峨麓秀川,云罩白帝轻纱。巴山听夜雨,蜀地看桑麻。龙华与佛执手,正足下、遍舞龙蛇。川号里,挽纤人、冲险攀爬。

2013 年 9 月 21 日

绮罗香·楚纪南故城怀古

浩宇流云,长江涌浪,楚雨吴风低咽。已杳笙箫,春笼楚宫音绝。青霄梦、唯剩残垣,握砾瓦、宛然如玦。叹奕世、华夏高阳,苍梧濮越屈蹄鈇。

犹来天下使节。忆分封九鼎,千古功烈。应笑顷襄,轻送武关疆裂。

临九宇、雄视人寰,看海内、揭开新页。寻遗迹、世事沧桑,夕阳晖断碣。

2013 年 9 月 26 日

秋日傍晚溪边观柳

寒幕渐遮处,清癯映碧池。

无心怜万物,有酒醉三卮。

水曜明明月,风开淡淡姿。

静观同手足,何以论参差。

2013 年 9 月 30 日

秋日独酌

月浸湖心碧,菊开篱下妍。

相随空谷渺,总作夕阳偏。

望瘦池头柳,听清石上泉。

畅怀谁与饮,雁影落尊前。

2013 年 10 月 3 日

中秋晚余弟微信发来三潭印月等照片

南北天涯共此时,骤升明月起相思。

屏中河汉跨云路,湖上冰轮碾玉墀。

一夕悲欢情眷眷,三生聚散梦迟迟。

故园回首秋萧瑟,何日飞舻再赋诗。

2013 年 10 月 6 日

洞庭秋月

碧水涵星众，行云细浪浮。

痴迷惟古月，独钓洞庭秋。

2013 年 10 月 8 日

蝶恋花·东篱问菊

韵带霜痕词一阕。曲就轻吟，醉在清秋节。除却东篱谁驻辙？寒蛩觱篥声声咽。

底事含香情切切？傲世孤标，为伴玲珑月。徒费丹青涂玉雪。由来岁岁鸣清绝。

2013 年 10 月 10 日

鹧鸪天·与友玉屏阁小酌

晴日翠屏紫燕旋，山川襟带碧云湾。绿杨花扑熏沉水，青草风翻露涤莲。

横浅黛，皱微澜。亭亭树盖绕山烟。醉魂合趁流霞远，分付琴樽入梦边。

2013 年 10 月 14 日

折丹桂·丁酉秋日与淮上友人饯别

别离宜遣流云送，山水远、时时与共。

去时足迹印苍苔，又何惧、雨凄云冻。

天山淮水相珍重，桂花酿、染香壶瓮。

风吹雨打亦风流，尽杯酒、高情筑梦。

2013 年 10 月 16 日

唐多令·秋山抱月

寒水带云垂，秋山抱月归。感物华、露湛风微。惯看江湖潮起落，人西立，雁南飞。

清菊似华妃，年年为等谁？自解眉、又上新规。落木无边堪化蝶，夕阳下、待晨曦。

2013 年 10 月 18 日

鹧鸪天·圣天湖纪游

偶得逍遥避市廛，今朝人在水云边。
碧波潋滟山分色，远树参差渚染烟。
梨花雨，竹丝竿。凌虚挂席忘流年。
管他槛外喧嚣甚，守我蓬瀛百亩田。

2013 年 10 月 21 日

题友人《泉边秋兰图》

天地清平出玉姿，淡调麝墨写参差。
似听浣女砧声断，一缕幽香更比谁。

2013 年 10 月 23 日

行香子·燕子

剪影娉婷，烟雨霏微。衔春尽、朝旭斜晖。春秋飞过，其羽差池。叹邶风潮，唐诗艳，宋词奇。

一巢筑就，情牵华厦，任徜徉、南北东西。晴川古渡，追梦痴痴。正穿丝柳，掠春水，啄新泥。

2013 年 10 月 27 日

鹧鸪天·登红山眺望

旭日初燃古木森，花飞石叠水鸣琴。高昌雾散天还湛，火焰秋来目自深。

萍踪迹，水云襟。三番磬韵意崎嵚。江湖风雨红尘梦，化作青烟散老林。

2013 年 11 月 2 日

鹊桥仙·过古都西安抒怀

芙蓉出水，曲桥流碧，天地幽居谁管。柏躯翁郁满怀忧，空自有、凌烟铁券。

文章李杜，风骚继绝，挥洒云波海瀚。春风大雅正宜时，今来试、大唐深浅。

2013 年 11 月 8 日

题友人《柳浪闻莺图》

早剪彤云挽曙晖，晚听柔雨滴深闱。
一纱轻雾枝间落，几缕残霞叶上飞。
但使莺歌长入梦，不辞柳浪乱沾衣。
楚腰袅娜风吹处，思绪牵萦接翠微。

2013 年 11 月 20 日

登岘山有怀孟浩然

眼前犹是景清明，诸子岘山初识荆。
丽思气蒸云梦泽，卓兴波撼岳阳城。

鹿门月照迷深树,洛水梅开怀故卿。
人事古今多代谢,公羊碑在意难平。

2013 年 11 月 24 日

石门涧

遗梦匡庐绿意薰,水声温婉集氤氲。
朝来雨浸花间露,暮去风携岭上云。
入世诗心离古调,经年禅语合清雰。
不须娇色精裁剪,灵石轻岚自著文。

2013 年 11 月 28 日

谒湘妃祠

烟波浩渺蓄乾坤,身倚神祠叩帝阍。
滂沛汨罗云聚雨,迷茫潊浦雾埋荪。
君山肃肃张奇气,斑竹萧萧滴旧痕。
远道而来多骇浪,匆匆未备献盘飧。

2013 年 12 月 5 日

登镇海楼

势临沧海壮春秋,阅尽南疆十四州。
丰邑杯从吴郡满,枌榆木共越山愁。
境开广府风云动,水逐虎门星月浮。
竖子英雄俱过客,评章谁与醉斯楼。

2013 年 12 月 10 日

巴陵怀古

三千故国接溟濛，八百潇湘起大风。

岁月无情摧旧垒，乾坤有意折雕弓。

半爿山色低涵水，一片湖光远映空。

断戟沉沙销铁尽，莫凭成败论英雄。

2013 年 12 月 14 日

过泰州桃园

只合长怀听管弦，莺声啼破最堪怜。

此生壶煮春秋梦，不计沉浮唱大千。

注：桃园为纪念清孔尚任而建。

2013 年 12 月 22 日

白水湖放舟补记

秋水长云笔意融，三巴兴会我支篷。

苇青波晃半盘髻，雨霁天飞五彩虹。

四野芳菲山献玉，一湖澄碧树凌空。

尘心洗却清心在，淡泊持身效放翁。

2013 年 12 月 24 日

观央视扎龙鹤

芦荻流烟几缕纱，从容天地漫无涯。

不知倦鸟可曾羡，来去翩翩共碧霞。

2013 年 12 月 27 日

汉王镇观拔剑泉怀古

剑戳石开长涌泉,风云滚滚此涓涓。
一泓纵泄鹤亭外,百丈横拖淮水边。
版荡犹存龙战地,劫波无觅灞陵烟。
鸿沟岂料乌江渡,半是人为半是天。

2013 年 12 月 29 日

车过米脂无定河

车到米脂无定河,隔窗遥望柳婆娑。
烟霞吞吐三湾水,花草绵延百里坡。
直向胡尘翻往事,犹从大浪听豪歌。
沙头漫起渔樵唱,梦断悲笳情未磨。

注:无定河,黄河一支流。

2013 年 12 月 31 日

2014年作品

观看央视《记住乡愁》

种在灵魂处，相将守白头。
韶光等闲度，不老是乡愁。

2014年1月1日

江城子·抒怀

抱诚守拙对沧桑，思茫茫，笔犹狂。长啸临风、孤棹泛汪洋。诗意情怀明月夜，涂醉墨，抹炎凉。

雨云翻覆任人忙，对南窗，诵庄黄，淘尽泥沙、假丑莫商量。沧海探珠应有待，收大美，绽心香。

2014年1月6日

破阵子·忆雨中丁香

漠漠春阴雨透，幽幽柳陌风凉。雨里风中空绮丽，月下枝前两渺茫，痴情开巷旁。

赋罢闲情未已，吟来韵味空长。心骋江南寻旧梦，人立天涯怅夕阳，风萧两鬓霜。

2014年1月9日

闲弹古曲

楼居十丈送朝昏，二尺键盘新入门。
育得芝兰香满室，闲弹古曲伴芳魂。

2014年1月11日

登涿州古城怀赵匡胤

孤儿寡母守颓唐，戈倒陈桥意正狂。
酾酒释兵成北拱，倩谁为帅定西凉。
云随晚鹜翻苍狗，树历烽烟变紫黄。
玉毂金鞭浮梦日，可曾龙驾碾城墙。

2014 年 1 月 15 日

霜叶飞·落叶祭

碧罗凋绝，犹潇洒，风翻飞舞枯蝶。已然隐退遁寒林，黑白由人说。意眷眷、飘飘不绝。鸥踪鸿爪同霜雪。醉倒卧南坪，轻扇咽寒蝉，小睡岂叫灵灭。

风雨难泯深怀，轮回千转，不让光阴拿捏。绿茵曲岸柳含烟，意系莺声切。梦已醒、春风播彻。桃林花绽犹如血。听震雷、看新叶，身现琼林，翠微时节。

2014 年 1 月 18 日

莲塘秋韵

寒塘鹤影越汀洲，水起涟漪一片愁。
纵是清霜飞彻夜，含情脉脉伴银钩。

2014 年 1 月 22 日

遣闲寄韵

鬓雪江湖笑苦酸，杖头挑日未盘桓。
狷狂岁久多沉寂，清唱俚声回曲阑。

2014 年 1 月 24 日

读《诗经·邶风·式微》

中露蹈泥心底阴，立风东盼又西岑。
式微吟处高开眼，穿越时空到尔今。

2014 年 1 月 27 日

谒谢晋元将军故居

生香巨柏沐朝暾，荆树故居民族魂。
河岳英风余迹在，小诗为吊作盘飧。

2014 年 1 月 29 日

浣溪沙·临屏读诗

指棹轻划一网收，千家妙笔竞风流，烟霞吐纳醉吟眸。
何虑落潮船搁浅，烟涛叠远不云愁，韵悠悠共思悠悠。

2014 年 1 月 31 日

曲游春·春过西湖抒怀

柳暗西泠路，对雨收云敛，花醒莺语。独步苏堤，正碧霞照水，翠荷摇露。弄影当云户。又过尽、画船芳浦。立断桥、杜宇犹啼，空忆那年相许。

旧侣。尝来此处。念王谢风流，唯剩凄楚。弥眼芳菲，只莺猜蝶妒，贯穿今古。水外烟凝树。待煮酒、醉同花坞。远俗尘、俯仰清吟，调裁笛谱。

2014 年 2 月 2 日

浣溪沙·咏塞上梨花

不惹夭桃不惹尘,姿丰容淡动流云。一枝风发见精神。

志远宁行沙碛路,心纯不为绮罗身。清光照耀满乾坤。

2014 年 2 月 4 日

瑶华慢·题友人《白荷月光图》

冰肌胜雪。风曳罗裳,比明蟾清绝。飞光如霰,浴晚露、无语芳心高洁。和琼鸣玉,一帘梦、轻摇云辙。柳婆娑、方寸盈虚,远隔尘嚣时节。

娉婷衣袖凝香,叹几度瑶华,不了情结。蛾眉乍识,怜瘦影、魂系桂宫瑶阙。雅高谁解,滴露泪、珠光明灭。且伴我、同是痴魂,一轴裁成新阕。

2014 年 2 月 6 日

西子妆慢·读王维《辋川集·孟城坳》

雁尽长空,河山入梦,古木惊寒衰柳。北窗高卧挂征鞭,对云峰、孟城西口。渔樵胜友。叹谁解、长安去后。竹丛深、问七贤何往,风光依旧。

闲情有。晚籁松香,一曲新词就。足音空谷落飞花,算霜枫、也因秋瘦。前尘认取。剑锋试、官场初售。许身家,全性何能入彀。

2014 年 2 月 10 日

早梅芳慢·春日漓江泛舟

驾春风,游山水。玉簪青黛波心翠。桃花妩媚,白云缥缈,连缀江头山尾。紫阳岭外,轻棹云中,正虹飞雨霁,烟涛千叠,长天一色,碎在波光里。

牧天襟,莫教倦眼迷离,暂把尘心洗。清词附雅,玉箫和调,何劳朝朝算计。神安少梦,欲寡无求,物华新,水放沧浪,山集氤氲,小酌权当醴。

2014年2月12日

西江月慢·拟雪致梅

孤怀寂寞,犹卜筑、旧时池阁。柔枕慰冰魂,琼琚偏又,被风吹落。傍小桥、笛韵悠悠,可堪消受,世情轻薄。遇故交、对月嘤鸣,神貌亦如昨。

抖料峭、年年标异格。醒绮梦、芳菲绰约。和靖孤山人去后,渺渺期云鹤。纵记取、旧日温情,红颜谁托。一怀忧乐。这当口、谁伴得冰心玉魄。

2014年2月16日

探春慢·登罗浮山飞云顶补记

紫竹流烟,青龙腾雾,崖边溪水翻雪。鹤梦摇天,松香带雨,暂得时空穿越。桑海知龙骨,看征雁、丈量天阔。碧云如锦如绫,霜枫如赭如血。

迎送星辰几度,淡然已忘年,啼猿清绝。物态翻新,松涛依旧,谁识风来空穴。长岭游龙起,欲载我、云游天阙。路转峰回,但将红尘抛别。

注:飞云顶是罗浮山主峰,海拔1196米,峰顶盘圆平坦,花草并茂,云雾缭绕,日出时可与泰山媲美。

2014年2月23日

望海潮·青白江赏桃花补记

龙泉东走，都江北望，有川青白西回。春柳袅烟，桃花滴露，蜿蜒十里芳菲。胜境动云霓。但看春流韵，绿瘦红肥。楚楚芳华，未抛媚眼也痴迷。

文章大块新题。看巴山蜀水，尽沐朝曦。帆正舵娴，风高浪急，骁腾万里惊雷。日月共生辉。一年芳草绿，百鸟争啼。我有诗怀待赋，乘兴步桃蹊。

2014 年 2 月 26 日

玲珑四犯·登鹿门山

象外搜寻，览玉岫遐标，怪石奇树。袅袅晴岚，云敛险峰相顾。修竹叠翠层岚，舞凤尾、驾云腾雾。更紫霞漫洒崖壁，羡尔秀姿莲步。

此生风雨从容度。自纡徐、阔然成瓠。淡然莫虑青峰老，三界闲身寓。天气乍暖乍寒，山水乐、自鸣情趣。绝巘摇花影，花浓花淡，佐余诗赋。

2014 年 3 月 4 日

塞上春雪

遥岑素幔壮天涯，未识春容掩塞沙。
一夜东风增秀色，梨英万树耀明霞。

2014 年 3 月 12 日

琵琶仙·登玉门关感怀

襟坦关前，竟相似、瑟瑟秋风凋叶。回雁时过匆匆，霄间唳声绝。春难锁、犹如梦幻，度关去、几声啼鴂。岸柳愁春，秋池断藕，前事休说。

驾春梦、轻破关门，报春讯、婆娑换时节。无大雪弓刀矣，看杨花榆荚。风起处、云头驾远，荻絮飘、漫漫回雪。岁月谁道无痕，浩歌鸣别。

2014 年 3 月 15 日

高阳台·边塞生涯四十年感怀

风雨昆仑，沧桑世事，夜深邀饮婵娟。换却青丝，坦然霜鬓衰颜。苍穹万里云留迹，只今朝、鹤老高闲。塞垣笳，曲奏边声，且惬余年。

诸公唱和清诗在，惯霜天就菊，抱月云眠。展卷轻吟，三杯意胜参禅。流光负我匆匆去，莫迷离、往事如烟。策青驹，浪迹边庭，亦在尧天。

2014 年 3 月 18 日

渝游感怀

玉垒逶迤抱大江，鱼龙潜迹水云凉。
薛涛佳话成千古，杜甫高吟动八荒。
或许书生添画足，那堪椽笔寄行藏。
浮名尽弃神魂定，岂以清诗谋稻粱。

2014 年 3 月 20 日

抒 怀

天地苍茫自结庐，月临犹羡半床书。
权当种玉栽斜竹，别有寻诗骑倒驴。
梦里商山贤哲近，襟中泗水利名疏。
微吟日付平章事，笑傲支零成老樗。

2014 年 3 月 26 日

高台独酌

万丈风尘两鬓丝,高台独酌暮云迟。

劳劳五体鸡虫笑,落落一怀山水知。

北斗星横中极璨,银河影泻玉绳移。

世情冷暖何妨我,自有他人说项斯。

2014 年 3 月 29 日

定风波

闲遣幽情逐雁行,寒蛩永夜弄清商。赴约蟾宫欣有信。轻问。可邀吴子醉仙乡?

今夜星辰为我有。呼酒。舟摇河汉水茫茫。世路难行偏险度。何故?秋风篱下叹严霜。

2014 年 4 月 3 日

菩萨蛮·题友人《月下红梅抱雪图》

初衷不改香含雪,霞绡不惹蜂和蝶。倚石植龙根,迎风掩泪痕。
吾怜君子味,郁郁含清气。玉骨碾冰轮,终成梦里人。

2014 年 4 月 6 日

摊破浣溪沙·题峭岩苍松

根扎坚岩铁骨粗,风霜不染意踌躇。莺燕不来何必问,自纡徐。
浩气伸时撑碧宇,鹰翎鹤气作仙居。谁似一椽才子笔,向天书。

2014 年 4 月 10 日

醉花阴·观大别山彩虹瀑布

玉溅烟飞风细细,汇入深潭水。化剑似奔雷,相惜惺惺,一把珍珠泪。

片云解向帘前坠,户外荼蘼醉。古调为谁弹?披散仙鬟,一快抛长袂。

2014 年 4 月 12 日

桂枝香·车过雁门关

漫空腾雾。正雁阵惊寒,唳声牵绪。烽火台残不语,暮鸦啼树。岑参昔日停鞍处,起弦歌、昊天惊雨。铁衣边戍,关山力尽,搅金擂鼓。

踞险隘、封疆守土。叹血海尸山,悲壮千古。昔日山川依旧,气吞吴楚。中条拔地来三晋,酹千盅、权作长赋。山河表里,雁门遥望,跃龙飞虎。

2014 年 4 月 16 日

苏幕遮·题友人《瓶梅图》

宅疏条,和冷月。一缕冰心,寒蕊凝霜雪。驿外桥边千古绝。纵碾成尘,香染长笺阕。

胃烟眉,含玉玦。写尽风流,孤抱由人说。离散瓶中愁契阔。只影清癯,滴尽铅华血。

2014 年 4 月 19 日

从友人学画白梅

焉附风流托缪斯,花开花落两由之。

研霜为写白梅骨，玉魄冰心独自持。

> 2014 年 4 月 21 日

晨起观草尖露珠

泫然瞬息脉犹濡，一寸春心向野隅。
舍弃韶华都付与，凭谁惜取绿珍珠。

> 2014 年 4 月 26 日

夜读《田横传》

坟典章回演汉秦，一灯漂泊伴吟身。
时光过隙两千载，尚忆田横五百人。

> 2014 年 4 月 29 日

子规声声二绝句

暮雨晨风逐逝波，子规声里任消磨。
三春芳讯啼中尽，似说沧桑对我歌。

夜雨初消看景明，春光骀荡晓风轻。
昨宵和梦花成阵，归去来兮舞落英。

> 2014 年 5 月 8 日

攀枝花观凤凰花

挥洒明霞动上苍，开怀一笑绽天章。
丹青对此皆输色，花海无垠起凤凰。

> 2014 年 5 月 12 日

车过黄河小浪底水库

涌涛揉皱远山光,吐纳云霞裹锦章。
纵有深怀飞绮梦,难翻故事演洪荒。
围城晓启明明镜,储秀时呈淡淡妆。
欲把衰容清洗尽,颊凝红晕鬓无霜。

2014 年 5 月 19 日

东洞庭湖夕照船中写意

夕照东湖冒紫烟,红荷晒影美如仙。
婆娑荇草藏鱼梦,慷慨洪波载画船。
鸟岛风回潮有信,江豚搏浪月无眠。
吾今欲效鲲鹏举,跃上青云那片天。

2014 年 5 月 24 日

星云湖傍晚印象

晶亮连云正豁胸,繁星粒粒意邕邕。
人生况味当如此,坦荡虚怀纳九重。

2014 年 5 月 27 日

过明朝兵部尚书刘大夏墓

荒草丛中卧石狮,墓门幽宅此间遗。
山城雨霁斑斓景,未见飞光日月亏。

2014 年 6 月 6 日

龙感湖傍晚

雷鼓雪堆融九川,流云过处尽桑田。
诗情不隔苍凉夜,龙感湖中试素笺。

2014 年 6 月 12 日

衡水湖渔亭小坐

东风款款指迷津,但就云涛洗俗尘。
独坐渔亭观浩渺,无边细语耳边亲。

2014 年 6 月 15 日

过富春江

少时曾读美文章,千里寻来思绪长。
峭壁奇松犹泼翠,不飞秋色与风霜。

2014 年 6 月 21 日

梦横塘·飞云湖纪游

水中云影,江上樯帆,碧波虹落霞袂。澹澹琉璃,白鹭起、平湖风细。鸥集鸥翔,碧空鱼跃,去来如织。看青山抱水,碧浪连天,驰神远、苍穹里。

轻舟梦泽闲闲,天人融一体,欲进犹退。混沌空蒙,霄汉下、此情谁会?任流去、波光潋滟,欲伴轻鸥浪中戏。臆阔容天,思飞如翅,一湾清清水。

2014 年 6 月 24 日

水调歌头·游月牙泉

人在仙人境,方觉臆生花。愧无奇句琴韵,徒慕景清嘉。暂借凌波微渡,如泛仙槎访月,云影幔轻纱。久对莲波绿,枕浪醉烟霞。

听天籁,驱寂寞,醉鸣沙。自娱吟啸,心事沾露月初牙。料是情缘未了,一任风流瀚海,胜似品清茶。今有高情在,一片寄天涯。

2014 年 6 月 29 日

金菊对芙蓉·庐山西林寺问佛

古木云廊,涧流琴韵,小桥斜跨溪湄。恰松风千叠,翠嶂三围。山多坎坷云安慰,笑俗人、蚁附丸泥。欲除龟迹,披云生翼,扶杖高低。

碧落六合相依,信禅中谶语,老少无欺,对天人无外,自守芳菲。不知春色藏多少,看苍山、四季无奇。机缘自握,胸藏山水,穷达同归。

2014 年 7 月 2 日

凭栏远眺

锋芒浩气半消磨,形色沧桑两鬓皤。
门外青山遮不住,一川烟草自婆娑。

2014 年 7 月 7 日

小亭听雨至新霁

风栉柳丝人倚亭,天公细语我倾听。
纡徐待到观新霁,自是空山满目青。

2014 年 7 月 9 日

秋登函谷关怀古

函谷逢秋不自哀,军魂白骨梦难回。
两京古道铜驼去,三省烽烟铁马来。
紫气冲关开丽日,洪波出地卷高台。
而今毅魄归何处,夜月如霜举酒杯。

2014 年 7 月 11 日

谒皖南事变烈士陵园

笼翠和烟望太空,奇冤烁古震寰中。
巍巍碑耸天低树,浩浩川流雨载风。
生死已轻身履险,山河亦敬鬼称雄。
纵横有道三千界,毅魄腾飞可射虹。

2014 年 7 月 14 日

缅怀航天之父钱学森

早年报国旅途艰,立志航天闯九关。
火箭摩云惊碧宇,卫星烁夜震人寰。
嫦娥舞袖频添彩,后羿长弓黯失颜。
最是临终申夙愿,横空出世再登攀。

2014 年 7 月 16 日

喜迁莺·秋谒滑县庄子墓

圆通盈缩。正驾梦三千,玄云相逐。妙道忘情,逍遥处世,天地为庐斯卜。绕庐三匝三拜,但笑寒蛩歌哭。秋瑟瑟,看斜阳草树,风回幽谷。

南华光胜烛。源远流长,只今谁人读?水送琴音,云浮雁翼,陡感时空局促。世事浮云缥缈,何外功名利禄?过尽也,叹人生如梦,酣中自牧。

2014年7月20日

念奴娇·登临海桃渚古城

名都古郡,览风光、桃渚山水奇绝。西枕括苍龙脉里,独秀前朝宫阙。西接三吴,东连沧海,物产丰闽越。春风吹老,石塘千古明月。

目尽三角繁荣,堞雄三百载,漫将披阅。劫历红羊情不减,更谱华章千迭。水国龙腾,云霄凤鬻,气象何辽阔。抚今追昔,此间多少英杰。

2014年8月4日

凤凰台上忆吹箫·汴西湖傍晚飞舟

明水横天,白鸥藏影,梦中霞落西洲。正竞犁翻雪,击楫中流。云卷涛声旷远,鹏翼举、顾盼无俦。凌波处,姮娥倩影,与我沉浮。

悠悠。七朝去也,乘八骏追风,画栋成丘。念汴梁陈迹,香冷秦楼。风雨翩然来去,俄尔逝、身寄蜉蝣。休鼍鼓,风云静时,月走如舟。

2014年8月17日

探春慢·戊戌仲秋谒宁武雷鸣寺

三晋神坛,五台胜迹,雷鸣山寺尤著。松籁含禅,瀑流溅雪,暂得仙家眷顾。为善惠黎元,看香客、争高三炷。一声清雁新凉,七分幽菊初吐。

世事遭逢有异,谁识捧禅心,歧途能悟。物态翻新,松涛依旧,难脱浮生朝暮。远岫霓虹落，拾野趣、未关时务。何引愁长？任由他人猜妒。

2014 年 8 月 24 日

沁园春·戊戌秋开封纪游

启拓之封，水陆要冲，文史辉煌。看古都新貌，太行垒璧；市廛宏富，汴水流香。学府林深，阆园花璨，铁塔栖霞射紫光。雄图起，正北驰八省，南引潇湘。

峥嵘岁月图强，鲲鹏志、豪情逐雁行。忆焦桐硬骨，斯人憔悴；工潮二七，铁阵龙骧。实干兴邦，空谈误国，再谱中原锦绣章。壮华夏，看风流今日，奔向康庄。

2014 年 8 月 29 日

澡兰香·观央视《国家记忆·中国援建坦赞铁路》后作

千寻浩气，六载风云，一段显威岁月。锤开峭壁，背负苍天，纵使险关千叠。启新航、人涌如潮，飞龙辽荒跨越。捐铁骨、风云太息，山川呜咽。

一诺如山立信，大国邦交，气冲天裂。标新历史，转动寰球，激荡一腔殷血。隔沧波、万里遥遥，难掩情深意切。挽巨浪、共渡难关，同歌新阕。

2014 年 9 月 8 日

琐窗寒·秋窗守雨

雨夜寒窗，奇思暗涌，绪丝飞度。西风飒飒，淅沥轻轻敲户。破寂寥、老酒一盅，卷帘细听吟秋赋。似秋江趋鹜。临风舞柳，恰闲鸥鹭。

江渚，逢渔父。正水阔山长，白汀信步。滩亭唤酒，欲把幽情倾诉。烛灯迟、旧雨飞觞，相逢不应叹迟暮。久迷津、醉卧滩头，不认回归路。

2014 年 9 月 16 日

喜迁莺·登松门山岛观鄱阳湖

烟深极浦。望南北浩渺，势吞吴楚。天地悠悠，涵虚守静，胜却烟霞无数。闲观沧溟消长，漫钓五洲风雨。乍回首，叹沧桑不改，迎朝送暮。

今看云涛怒。水调豪情，岂待苏公谱？大浪滔天，蓑翁鼓棹，试看风云吞吐。八万春秋去矣，狂放醉吟今古。噫唏矙，任狂涛山来，未阻鹏骜。

2014 年 9 月 22 日

唐多令·题友人水墨《春风一夜上梨花》

泼墨写情痴，裁瑶靓雪姿。赖霜毫、铺就云霓。借我豪情张剑胆，圆绿梦、漾生机。

沙白燕回堤，花芳鹊踏枝。更披霞、相约晨曦。春浅百花犹待放，同雨涨、共云低。

2014 年 9 月 28 日

唐多令·深秋观雁阵

嘹唳动听闻，雾遮任吐吞。纵飞霜、亦未逡巡。眼底层峦望不断，拓新宇、挟长云。

相抚结为群，迢迢不暂分。送晚霞、又接朝暾。九叠阳关堪入味，人一笔、立乾坤。

2014 年 10 月 16 日

翻阅二十年前今日游苏州虎丘老照片

山清水瘦色苍苍，塔寺凛然云里藏。
吴子忠心成霸业，剑池义魄射寒光。
仙疲已散亭中弈，泉老犹弹月下章。
身影昨留幽古处，今观还似酌秋芳。

2014 年 10 月 23 日

观央视《海峡两岸》

波摇玉宇月盈亏，多少乡情在水湄。
自古阋墙难立足，从来同德可驱危。
千秋华夏玲珑结，一脉炎黄浩瀚思。
有梦不愁前路远，人心所向即天时。

2014 年 10 月 29 日

醉蓬莱·张家界过天门洞

似悬空明镜，梳洗瑶台，乍开天阙。五彩祥云，恰众仙来谒。鬼谷遥深，玉壶葱郁，看巍峨奇绝。雷电风云，龟蛇钟鼓，紫霞明灭。

南国奇观，武陵圣境，别有乾坤，叩门留辙。幽涧鸣琴，望白云翻雪。南俯湘江，西垂岳麓，更洪荒遥接。足踏天阶，襟藏瑞霭，从头攀越。

2014 年 11 月 10 日

读唐女诗人李冶《八至》诗及其他诸诗二绝句

才情端的逸名流,堪比青宵海月秋。
偶敞襟怀动云水,何须杯酒释闲愁。

一帘幽梦寄何方,有幸千秋揭凤章。
但得人生真境界,翩翩鹤影渡寒塘。

2014 年 11 月 20 日

南乡子·橘子洲头观木芙蓉

卓木灿仙葩。姿俏连云一片霞。芳草几时频匿影,横斜。昂首凌霜竞物华。

湘水去无涯。暂认西施浣碧纱。独赏锦枝临水处,清嘉。对此高吟胜茗茶。

2014 年 11 月 23 日

望江东·谒朱熹武夷精舍

峰聚嵯峨阻云路。望不断、岚浮树。华章醒世几回顾。壮海越、鸣齐鲁。

明堂御匾辉千古。叹理学、谁增补?敢违规矩破城府。必成就、云吞吐。

2014 年 11 月 28 日

苏幕遮·观央视直播红碱淖湿地迎来迁徙白天鹅暂栖

亮仙姿，开玉玦。对坐屏前，观翅撕云裂。翔集纡徐翻似雪。暂歇芳洲，嘹唳情犹切。

觅灵苔，充气血。声入云涯，异响成奇绝。一路兼程犹挂月。浩瀚云游，再向长空越。

2014 年 11 月 30 日

虞美人·重读余十年前散文集《秋雨》

十年回首如朝暮。亦似云飞度。晚听蕉叶滴叮咚。漫染这厢愁绪入帘栊。

韶光碎落星河外。独有痴情在。短篱疏菊忆清芳。一任流年洒满鬓边霜。

2014 年 12 月 1 日

谢池春·读王维《山居秋暝》

偶拾闲情，来采宋风唐调。自悠悠、松间月照。晚舟浣女，听几声欢笑。叹画图、构思玄妙。

花明柳暗，总与莺声争俏。莫因之、人情挤掉。何愁风雨，卷残红如扫。闭长卷、放翁归棹。

2014 年 12 月 6 日

秋日登崂山狮子峰补记

苍茫晓雾卧雄狮，八万星霜一梦迟。
未喜春风吹骀荡，何悲秋色谢参差。

拼将龙虎探天胆，挥斥山河动地诗。
吼震五洲连四海，声威叱咤正当时。

2014 年 12 月 13 日

题潮音洞

但闻飞瀑送潮音，铿鞳低回胜奏琴。
絮竟翩跹千鹤翅，云翻叆叇万松林。
樱花风细来琦梦，凤管声清到碧岑。
半世飘蓬濡绿雨，崂山脚下洗尘心。

2014 年 12 月 18 日

登白云山

雾海云涛天路遥，摩星揽月上重霄。
碧波翥凤连湘赣，青野腾龙到吉辽。
松起清音升叆叇，瀑生长练落喧嚣。
鸣春谷里春莺醒，啼带芬芳花似潮。

2014 年 12 月 25 日

蝶恋花·题友人《双燕图》

　　杨柳丝绦梳燕尾，款款飞来，又落红荷底。泥土和融芳草细。此生追逐终无悔。

　　夜夜梁窠亲近你，月也含羞，难掩心头喜。眷侣双双痴梦里。世尘阅尽逢知己。

2014 年 12 月 30 日

大美新疆诗词特辑

新疆胡杨

自古龙沙生苦寒，叹他皆作等闲观。

云烟有据云烟冷，岁月无痕岁月宽。

数点苍山埋大夏，一声清雁过楼兰。

胡杨昂首三千载，抖落风霜梦未残。

新疆胡杨林，维吾尔语称之为托克拉克，意为"最美丽的树"。由于它具有惊人的抗干旱、御风沙、耐盐碱的能力，能顽强地生存繁衍于沙漠之中，因而被人们赞誉为"沙漠英雄树"。人们夸赞胡杨巨大的生命力是"三个一千年"，即活着一千年不死，死后一千年不倒，倒后一千年不朽。

很早就想写一篇关于胡杨的诗，但又未敢下笔。2018年8月，新疆诗词学会在阿克苏沙雅开会时，有幸参观了沙雅"魔鬼林"，看到了在塔里木河古河道中的一处原始的、枯死数千年的大片胡杨林。它是世界面积最大、保存最完好的原生态胡杨林。它是沙漠里的"英雄"，没有什么植物能够像它一样震撼人心。在烈日和风沙之间，这些或挺拔、或卧倒的胡杨，就像是一件件不朽的文物，诉说着塔克拉玛干沙漠与塔里木河的古老故事。

《新疆胡杨》虽属咏物诗作，但又有别于一般的咏物诗。首先表现在浓厚的历史纵深感与明显的地域特征上，其次是独特的意象选取和鲜明的个性化的语言。从结构上看，颈联作了一个非常大的跳转，运用"苍山"与"大雁"两个意象，将读者的视线由目前引向深邃沧桑的历史，成功地将胡杨生死三千年作了形象化的诠释。使得全诗在结构上显得跌宕多姿。诗中将云烟的翻卷以至沉寂，岁月的奔涌向前永不止息，都对胡杨的生生不息作了有力的渲染。同时，本诗运用的拟人化手法，无疑也增添了语言的张力和感染力。

2022年2月23日

参观北庭都护府遗址

纵是残垣入草深，嵯峨锁钥亘遥岑。

朝收回鹘开都北，夕捣楼兰大漠阴。

遛辔马前犹秣厉，誓师台上未消沉。

风云变幻春秋易，一曲琵琶越古今。

北庭都护府遗址，位于吉木萨尔县城以北的冲积平原上，东临东河坝，西接西河坝。公元702年设立北庭都护府时改原庭州城而建，景云二年（711年）北庭都护府升格为北庭大都护府。709年，吐蕃攻占此城；高昌回鹘时为其夏宫；元代时在此设行尚书省、统领全疆；城址因战火荒废于明代初期。北庭都护府遗址是丝绸之路新北道上的历史名城，历史上曾对新疆的政治、经济、文化的发展起过重要的作用。

作为北庭都护府的遗址，纵然是一片残垣断壁，埋没在杂草丛生之中，然观其周围的环境，它北抵阿尔泰山，南达天山，巍巍山势绵亘不断，仍如锁钥一般，岿然不动。想当年，北庭都护府是何等威震一方，早晨收复回鹘于开都河之北，向晚直捣楼兰于大漠之南。厉兵秣马，枕戈待旦，誓师台上似乎还能听到将士们那慷慨激昂的誓师的回响。当下，又不禁感叹风云变幻，春秋迭易，历史的浪潮已然淘尽了当时英雄，然而，那曲"葡萄美酒夜光杯，欲饮琵琶马上催"却穿越时空，回响在我的耳畔。

《参观北庭都护府遗址》，作于2018年5月28日，是年5月初，本人作了一次自驾游，游览了北疆几十个景点，归来后，写了二十多首记游诗，这是其中的一首。这首虽属记游诗，其实怀古的成分较多。诗中先从视觉着墨，再到历史的回顾，最后以感叹历史沧桑煞尾。这首诗的成功之处，自以为有三点：其一，立意较高。能站在历史的至高点上，以豪迈的情怀，回顾了北庭都护府在维护祖国统一，安定边疆中所起到的举足轻重的作用。其二，收放自如，张弛有度。首联出句虽有历史沧桑之叹，对句却有江山不老、岁月峥嵘之感。颔联与颈联立之有据，事中含情，既有意境的拓展，也有情感的张扬，二者相辅相成。其三，怀古而不伤今。寄托古今兴亡之感，却能写出新意，煞尾句能别出心裁，达到了含蕴无穷之妙。统观全诗，自成体势，承转自如，这些无疑使得本诗成为一首较好的记游与怀古兼顾的诗作。

2022 年 2 月 26 日

八归·昆仑

　　神游化外，襟开云昊，峰俏万古晴雪。乾坤铸就铮铮骨，排闼九霄银汉，棹泛瑶阙。纵毂盘空驰碧宇，看出世横空英杰。更纵目、一洞春秋，直把古今阅。

　　山骨千秋化玉，云痕揉碎，忍对西风离别。撼人心魄，古来今往，毕竟翻开新页。更胸襟万斛，越峤苍茫出新辙。穿云雾、志坚如铁。冷雨凄风，何曾思暂歇。

　　昆仑山是中国神话中最重要的神山之一，自古以来有许多关于昆仑山的神话传说。昆仑山西起帕米尔高原，山脉全长2500公里，其最高峰在我国青海、新疆交界处。山势极高峻，多雪峰、冰川。最高峰达7719米。古代神话传说，昆仑山上有瑶池、阆苑等仙境。

　　《八归·昆仑》作于2016年1月2日，《八归》在词牌中属长调，全词115字，分上下两阕，前段10句四仄韵，后段11句四仄韵。这首词，自认为还是较为成功的。主要表现在以下三个方面：其一，一首好的诗词作品，首先在整体构思上要有一个清晰的思路。《八归·昆仑》，无论是局部思路还是整体思路，都是清晰明确的，正因为如此，全词给人一气呵成，晓畅通达之感。其二，《八归·昆仑》作为一首较好的词作，还表现在善于组织调动富有表现力的意象来强化语言的表现力，并以此达到了强化主旨的功效。其三，《八归·昆仑》富有时代特征，体现着时代精神与时代的呼唤。再加上全词语言的浓厚的抒情性，使得这首词具有较强的艺术感染力。

2022 年 3 月 11 日

集贤宾·楼兰畅想曲

　　枣花开处胡杨碧，芳草氤氲。石城崇楼广宇，耸处连云。络绎驼铃振玉，丝绸漫绾乌孙。坎泉遍饮尧天客，婆娑舞、且末佳人。酒佐焉耆羊肉，香气溢乾坤。

　　借他丝路广罗珍。大漠显渊淳。碛中雄关欲接，横亘昆仑。财聚东西南北，窖开鄯善芳醇。眼前时有飞天过，楼兰国、史演缤纷。纵使玄奘在世，陈迹亦难温。

　　据《史记·大宛列传》和《汉书·西域传》记载，早在2世纪以前，楼兰就是西域一个著名的"城郭之国"。它东通敦煌，西北到焉耆、尉犁，西南到若羌、且末。古代"丝绸之路"的南、北两道都从楼兰分道，在古代丝绸之路上占有极为重要的地位。现今只留下了一片废墟遗迹。楼兰古国在公元前176年前建国，公元630年却突然神秘消失，共持续800多年的历史。历史上一度繁荣的楼兰古国，竟然一夜之间消失，一直是一个未解之谜，而繁华时的楼兰究竟是个什么样子，不禁给了人们许许多多的猜想。

　　本词作于2019年11月3日，为了写作这首词，我查阅了大量的史料，也阅读了前人的诗文。这首词的创作难度在于如何把史实与合理的想象较好地整合起来，使之具有可读性。词的上阕主要描写想象中的楼兰古国的美丽与繁华，舍弃了当时楼兰国与其周边小国征战厮杀的血腥画面，来突出楼兰古国人民对美好生活的向往与追求。这也是本词在立意上的一个亮点。这是其一。其二，想象的合理性与诗词的韵味美达到了较好的契合，既追求形似，也追求神似，因此，既能体现历史的现实主义，也体现诗词本身的浪漫主义。词中，飞天的出现也绝非偶然。其三，本词的结构也较为严谨。下阕首句，"借他丝路广罗珍"具有承上启下的作用。上阕重在描写，下阕重在议论，上下阕能够互为补充，相得益彰。

2022年4月6日

绮罗香·大漠夕阳

　　襟逐遥赊，天涯托梦，谁驾黄帆冲浪？万里驱风，天麓恰成高巷。惊落日、罗布流丹；散霞绮、博峰铺绛。思茫茫、大漠孤烟，黄河汩汩远相望。

　　鱼龙掀浪欲起，鹰隼乘风翻举，开图何壮！隐约驼铃，仍在此间回荡。征人泪、入魇犹存；壮士血、浸沙犹烫。就夕照、把盏穹庐，饮瑶池绿酱。

　　大漠孤烟直，长河落日圆。沙漠的夕阳，有着一种孤寂的美。落日西下之时，浩瀚的沙漠，披上了一层柔和的色彩，不再闪着白得刺眼的光芒。天空中的云朵像是一件淡黄的衫儿，飘浮不定。古丝绸之路重要通道上的大漠、胡杨、夕阳构成一幅壮美的迷人画卷，每次见之，都让我震撼不已。

　　这首词作于 2019 年 11 月 27 日。着手写这首词时，我曾多次在夕阳西下时，站在高处观赏大漠夕阳的壮观与变化。我也曾在牧民的毡帐前，在辽阔的大草原上观赏夕阳之美，甚至在飞机上观赏到大漠夕阳之美。所有这一切，都为我写作这首词做了充分的准备。首先，这首词的景物描写是真实的，场景是宏伟壮阔的，大漠这一舞台，为夕阳的登场上演，提供了足以崭露头角的特定场所，可以说，没有大漠的浩瀚，夕阳的壮美便成了无源之水，无本之木。这也是身在南方的人们所不能欣赏到的另一种夕阳之美。所以，这首词的写作，是有价值的。这也是作为新疆人的一种自豪。同时，在表现手法上，本词采用虚实结合的方法、古今对照的方法，使得本词具备了历史的厚重感，给人在美的享受之外，还会引发人们的思考。这也许是这首词的另一种价值之所在吧！

2022 年 7 月 12 日

浪淘沙·格登碑

　　天地此昭昭，风物妖娆。云开日出认浮雕。读罢碑文斑驳处，笔扫尘嚣。

　　烽火忆遥遥，谁领风骚？格登碑耸壮云霄。一代风流兴伟业，绝胜前朝。

　　格登碑位于昭苏县城以西60余公里，苏木拜河东岸的格登山上，全名为《平定准噶尔勒铭格登山碑》。该碑是一场具有决定意义的战役的见证。乾隆二十年（1755年）2月，派兵平定了在沙俄唆使下继续分裂祖国、大搞武装叛乱的准噶尔部蒙古贵族首领达瓦齐。乾隆皇帝为纪念这一战役的巨大胜利，于乾隆二十四年（1759年）命令勒石记功于格登山。现在，此处被国务院批准为"全国重点文物保护单位"。格登碑屹立于天地之间，赴目焕然，此处的风景品物也因此而妖娆。

　　这首词作于2019年8月1日。2011年8月，我自驾游览了北疆40余处景点和名胜古迹。回来后，一直都想写一首格登碑的诗，但一直未敢动笔，直到八年后，才有此作，可谓姗姗来迟。这首词于宏阔处见思致，行文井然有序，前阕分别从望碑、读碑、感碑入手，以叙述为主，层层推进。同时，叙中含情，不乏动人之处。下阕转叙事为议论，对前朝的武功给予高度评价，结尾把前朝的武功与当今一代风流人物所建立的伟业作对比，其立意可见用心。古人用"十年磨一剑"来形容刻苦磨炼，本词当属八年磨一剑，有点小成功也属情理中的事。

2022年7月19日

桂枝香·登高昌故城

　　时迁物异。纵碛上云残，驼铃犹脆。度尽沧桑尚剩，断垣残垒。金猴铁扇降魔焰，遁身形、但余炎地。铁鞭长剑，月边羌笛，耳边眸底。

　　念往昔、烟霞万里。仰玄奘高僧，甘苦何计！眺尽城头落日，晚风吹袂。阴晴总入天山梦，产琼瑶、天下流佩。人间正道，大河奔逝，尽销天际。

　　高昌故城，是新疆最大的古城遗址，位于吐鲁番市东 40 多公里处。存于西汉至元明时期（公元前 1 世纪—公元 14 世纪），曾是高昌回鹘王国的都城。城垣大部分残存，夯土筑造。分内城和外城两大部分，内城有"可汗堡"。高昌故城是高昌历史上的政治、文化中心，是与中央政权关系特殊的西域重镇，同时也是中国古代与西方交流的枢纽，为丝绸之路上的文化交流、民族来往、宗教传播等方面的研究提供了珍贵的物证。

　　时世变迁。纵然大漠昔日风云不在，然而，清脆悠扬的驼铃声依然回响在天地之间。高昌故城，虽历尽沧桑，而这断壁残垣依然顽强存现于眼前。想到往昔，儿烟霞万里。敬仰高僧玄奘，取经路上，历尽了多少艰辛。此时，我在此伫立许久，直到落日余晖渐收，晚风吹拂着衣袖。此间的悲欢、阴晴都进入了天山的长梦之中。

　　《桂枝香·登高昌故城》作于 2013 年 9 月 4 日。我曾两次登临高昌故城，第一次是 1986 年 6 月，第二次是 2013 年 9 月，两次登临，都给了我深深的震撼。高昌故城厚重的人文历史，像一本教科书，镌刻于天地之间。

　　我的这首词与我的其他写新疆的人文古迹的诗词有很大的不同在于两个跳出。其一，在于本词跳出了想象中高昌故城昔日的繁华与辉煌，而是以高昌故城为中轴，与其周边串联起来，拉开更大范围的帷幕，融进更多历史，以此作为烘托，来凸显高昌故城多个维度的精彩，使之更具可读性。其二，跳出现实对思维的束缚，以眼前之景来表达凝重的思想情感，达到以情取胜。以期达到使读者产生一定共鸣的艺术效果。

2022 年 9 月 18 日

乌伦古湖

　　气魄雄浑异境开，倩谁北国造蓬莱。

漫收云鹤千重韵，小枕冰峰万叠台。

惊语惯从肝胆出，洗尘自有浪花来。

风光未必江南好，试看烟涛入九垓。

乌伦古湖位于阿勒泰地区福海县，也叫布伦托海，福海。布伦托在哈萨克语为五彩丛林。在阿勒泰有一条向西流淌的额尔齐斯河，河的两岸长满了各种的杨树和白桦林，每当秋季来临，这里也便成了一片彩林的世界。乌伦古湖不仅只有美景，这里还是"北国渔乡"，其中名贵鱼类就有十几种，平均每年鱼产量约三千吨，占据了新疆总产量的三分之一以上。

面对乌伦古湖，我顿时被他宏大的气魄、奇异的景象所震撼，凭谁在这北国造出了蓬莱仙境。这儿真是鸟儿们的乐园，站在湖边，沙鸥翔集，云鹤无数，乌伦古湖远处枕着披雪的金山，如万叠台阶。是啊，令人惊悚的语言都是出自快人肝胆，正像这洗尘的浪花，都是抑制不住的。这时，我情不自禁地在内心喊道，风光未必都是江南好，此处就有烟涛千重，直入浩瀚的碧宇，又连接着遥远天际。

这是我四十多首记游诗中的一首。诗的首联突发感慨，既是对乌伦古湖的侧面渲染，也是对乌伦古湖宏大气魄、奇异景象的由衷赞叹，可谓一箭双雕。颔联既交代了乌伦古湖的方位，也写出了乌伦古湖是水鸟的乐园，笔墨经济。颔联用拟人化的手法，表达自己亲近乌伦古湖的一份惊喜，这种人性化处理，既拉近了人和自然的距离，也表明了自己与乌伦古的合拍，也给本诗增添了一丝色彩。尾联议论、抒情与总括兼而有之，自以为还是比较妥帖的。

2022 年 9 月 26 日

锦堂春慢·罗布泊白龙堆雅丹地貌写意

天牧貔貅，仙遗婍嫺，来收别样风光。彩笔工夫难状，异景相望。高挑纤腰玉臂，传奇绝域遐方。叹龙堆不屈，昂首临风，饮尽沧桑。

惯听鸣沙擂鼓，有千军陷阵，万马腾骧。偶拾闲情纵酒，抛却彷徨。

但看龙骞凤举，历亘古、参透玄黄。八万春秋暗换，笑对艰途，踏碎风霜。

白龙堆雅丹地貌为罗布泊三大雅丹群之一，亦是赫赫有名的罗布泊景观之一，《汉书·地理志》《汉书·西域传》载，"楼兰国最在东陲，近汉，当白龙堆，乏水草"。它位于罗布泊东北部，是一片盐碱地土台群，绵亘近百公里，古丝绸之路进入罗布泊的中道就从白龙堆中穿过，一直到唐代仍有商贾途经。白龙堆在历史书籍上常被描绘成十分险恶的区域，东北至西南走向的长条状土丘群，绵亘近百公里，横卧于罗布泊地区的东北部。由于白龙堆的土台以沙砾、石膏泥和盐碱构成，颜色呈灰白色，有阳光时还会反射点点银光，似鳞甲般，从远处望去，白龙堆就像一群群在沙海中游弋的白龙，白色的脊背在波浪中时隐时现，首尾相衔，无边无际，气势奇伟。

我被这奇异宏阔的景象而震撼，这分明是天公在此放牧着一群貔貅神兽，抑或上界下到凡尘的一群白衣仙女，我在此观览到这别样的风光。即使有超凡的彩笔也难以描绘，这奇异的景象遥相呼应。那高挑的身姿、迷人白皙的玉臂，就是这绝域遐方的一个传奇。特别令人感叹的是，那高高翘起的龙堆，如昂首的巨龙，依旧不屈不挠，傲然挺立。

想象狂风大作之日，那鸣沙如擂鼓一般，似有千军势众，万马腾骧。而那昂首的龙堆，却像一个安闲的老者，饮一壶浊酒，全无彷徨之态。它在欣赏着银龙腾飞，白凤飘举，它从远古走来，已经看惯了这天地玄黄。八万春秋变幻，它依然笑对艰途，踏碎风霜。

这首诗作于 2018 年 6 月 5 日，修改定稿于 2021 年 1 月 16 日。

词的上阕，对罗布泊白龙堆进行了创造性的描绘，既抓住现实地貌特征，又有大胆想象，二者结合起来，把本来一个历来认为恐怖的地方，却写出了美感，这也是受我们这个伟大时代所具有的一个超现实的力量所驱使，这是否属时代特征？如果词的上阕基本属实写，那么，词的下阕基本属虚写，把龙堆放在一个想象的典型环境里，放在历史的大背景下，来展现它坚毅不屈的性格，以此来拓展本词的意境与主旨。现在看起来，自认为基本达到了这一创作目标。

2022 年 10 月 12 日

庚子秋登交河故城

残堞嶙峋挺脊梁,纵身蹈海任沧桑。

浪掀天麓分星斗,风卷龙堆漾紫黄。

宇外秋声湾畔老,垣边沙枣碛头香。

炎凉此际终埋去,但看孤城拄夕阳。

交河故城,位于吐鲁番市以西10公里的雅儿乃孜沟中30米高的悬崖平台上,南瞰盐山、北控交河,四面环水,地势十分险要。南北长约1650米,东西最宽处约300米,曾是车师前部王国的国都。交河城系车师人所建,建筑年代早于秦汉,距今约2000至2300年。车师又称作姑师,是生活在这里最早的原始居民。交河故城为唐代遗存。建筑布局别开生面,独具一格,是目前世界上最大最古老也是保存最好的夯土建筑故城。

此诗作于2020年8月29日,正值金秋时节。诗虽然是登故城所见,但选材却自有主见,诗的主旨不在于写岁月沧桑,相反,诗的画面呈现在读者面前的是一片宏阔生动的景象,诗中运用了比喻、拟人、夸张等修辞手法,把故城比作一位孤独但却倔强不屈的老者,屹立在天地之间,诗中的其他所有意象,都是起渲染烘托作用,这样,物象或曰意象虽然纷繁,却主次有别,繁而不乱。读完全诗,能给人以时代感,在沧桑中透着生机,在古老的岁月中感受到历史仍然鲜活。

2022年10月27日

浪淘沙·伊雷木湖

潋滟动轻烟,开镜悠悠纳万千。云外古巢堪洗耳,微澜。波里藏峰好养闲。

星斗不知年。锦鲤穿梭碧浪间。最是不休云水梦,如仙。雪影流光带醉眠。

伊雷木湖是大自然给予可可托海的又一个恩惠,她深藏于可可托海西南断陷盆地内，哈萨克语意为"漩涡"，呈巨大的"8"字形，是富蕴大地震断裂带上最大的断陷盆地。伊雷木湖，东西两侧雄峰屹立，南北两侧，绿树环绕，良田万顷，村舍镶嵌，奇妙之景倒映于水中，形成两幅重叠相连的画面。它的湖面中央被东西两座大山削去大半，近看似长江三峡，登高俯视，宛如巨大无比的海蓝宝石。湖畔平整肥沃的良田，田间劳作的农夫、嬉戏的小孩，湖水、绿树、田野、村舍幽静而优美。

伊雷木湖波光潋滟，水面浮动的云气似轻烟袅袅，整个湖面如巨大的镜面，收纳着天地，这是远离红尘的古巢湖啊，真应该在这儿洗洗耳朵。这层层微澜的碧波里，藏着无数山峰，在这儿静静地修炼养生。谁知道湖中的星斗有多少，在此波间穿梭了多少年月，鱼儿在碧浪间戏游穿梭，这云水中的梦幻，无休无止，真如仙家一般。这雪山的倒影，流动的浮光，像沉醉了一般，静谧而安详。

这首诗作于2019年7月30日。在阿尔泰一位朋友的陪同下，我于2019年7月中旬游览了伊雷木湖。这首词在写法上与以往有很大的不同是想象在词中的普遍运用。想象是诗词创作的灵魂，屈原的《天问》，古老而卓越的想象，但丁的《神曲》对于天堂与地狱的想象，李白用神奇的想象，将《梦游天姥吟留别》打造出了完美的仙境，等等。善于想象是诗人的特质。这首词由湖中藏着的山峰，进而想象日月星辰在湖间的升沉起落，由鱼儿在碧浪间戏游穿梭，想象雪山倒影在湖中修炼静养等，更由眼前的清澈的湖水想到五千年前的历史传说。无疑，这些都增添了这首词的浪漫色彩，也为这首词增加了可读性与感染力。

2022年11月7日

谢池春·车过库尔德宁

岫玉烟峦，轻织绿萝松籁。梦深沉、云杉翠盖。幽香过处，听雀喧云外。草木情、蕙风超迈。

山光水色，许是丽莎眉黛。最关情、风华小晒。呼今唤古，正流连仙界。恨山前、马车行快。

库尔德宁位于巩留县东部山区,"库尔德宁"是"横沟"的意思,这条南北走向的宽阔沟谷,是天山山脉森林最繁茂的地方,拥有完整的原始森林类型与植被,是整个天山森林生态系统最为典型的代表。这里是自治区雪岭云杉自然保护区。

春风三月,巩留县库尔德宁山谷冰雪逐渐消融,顶冰花在涓涓雪水的滋养下顶冰冒雪悄然绽放。在这里,一步一景、一处一画,令人目不暇接。

这首词作于 2019 年 8 月 2 日,是我陪朋友于 2019 年 7 月间伊犁之行中的一段旅程。全词用简约的笔触,描绘了库尔德宁山色之美,境界之幽,格调之雅,用较为灵动的笔触,给人以梦幻般的感受,写出了草木含情的感觉,欣赏库尔德宁这样美景,心里不能有市侩,眼中不能有世俗,要与自然呼应,要将心灵敞开,方能有所感受,有所感悟。这首词正是以这样的态度来创作,任何亵渎自然,以轻佻的态度对待自然,都不能真正亲近自然,欣赏美景。如果说这首词基本上是成功的话,那是因为我把一颗虔诚的心融入了库尔德宁。

2022 年 11 月 28 日

青玉案·神秘的夏尔希里

天公藏此瑶台地。暗孕育、风光异。今我乍来心已醉。猴萌鸟俊,花香草翠。灵鹿崖边会。

熏风解愠时时备。百顷松涛洗心肺。万类其中皆得意。天人合一,无关心计。无骋风云气。

被中央电视台称为"最后的一片净土"的夏尔希里,为蒙语,意为"黄色的山坡"。夏尔西里是典型的高山森林草原地貌,风光异常优美。夏尔希里自然保区位于新疆博尔塔拉蒙古自治州境内的阿拉套山北麓,北以阿拉套山山脊为界,与哈萨克斯坦共和国接壤。夏尔希里地区正好位于欧亚大陆中心,自然地理几经变迁,造成了各个植物区系的接触、混合和演化，受中亚、蒙古、西伯利亚气候的影响，过渡明显，生物种群多样，植被组成从低等植物到高等植物，种类繁多。其中有许多种类是重要的生物物种基因库。虽然没有对外开放，但是一些游人总是慕名而来，脆弱的生态环境急需要加强保护。为了保护好这片"最后的一片净土"，现在已经是国家级保护区了。

　　这首词作于2019年8月15日。我去夏尔西里，纯属机缘巧合。那是11年前，即2008年7月中旬，我的一位学生家长是博尔塔拉军分区的，受他的邀请，我才有幸去了夏尔西里。这首词的上阕主要是描写，描绘景物，人在其中，感叹风景，景在心中。词的开首，欲以破竹之势，以感叹代描写，为全词营造一个神话般的世界。这种开篇方法，用在夏尔西里，以期恰到好处。词的下阕，主要是抒情与议论。夏尔西里这样一个风景独特的地方，如果一味用白描方法来写景，那是肯定写不好的，而抒情与议论的运用，可以起到以少胜多、以虚代实的妙用。也避免了布局谋篇的单调。文如看山不喜平，即是此理吧。

2022年12月2日

重访喀纳斯湖遇雨

　　银峰玉臂抱鱼亭，雾锁神湖集地灵。
　　千古苍茫归有限，一怀浩瀚纳无形。
　　思收天麓双排闼，眼放瑶池半立屏。
　　坐断闲云臻化境，再邀风雨共谈经。

　　位于新疆阿尔泰山中段的喀纳斯风景区，与哈萨克斯坦、俄罗斯、蒙古国接壤地带，有中国最美的高山湖泊，雪峰耸峙，绿坡墨林，湖光山色，美不胜收，被誉为"人间仙境，神的花园"。为国家5A级风景区。主要景点有喀纳斯湖、卧龙湾、泰加林廊道等。一提起喀纳斯湖，很多人想到的是喀纳斯水怪，给这里增添了不少神秘感。喀纳斯的美在于湖泊、河流、树木、地势的纯净天然，苍翠的乔木、蜿蜒的河流、广阔的湖泊、起伏的地势，随便组合就是一幅美丽的画卷，真是大自然的鬼斧神工。不仅是冰川遗迹，森林，草原，湖泊，这里颇有神秘感的原住民，这里是别致的美丽家园。

　　这首诗作于 2020 年 7 月 22 日。我第一次去喀纳斯湖，是 2011 年 8 月 6 日，那是一个天气晴好的日子，使我有幸看到了她的真面貌。2020 年 7 月 18 日这次去，却遇上了下雨，可我却有幸看到了喀纳斯湖的另外一种美，正如我诗中所写的那样。我的这首诗，将喀纳斯湖雨中之美，朦胧之态，娴雅之姿，进行多侧面、多维度的展现，以期让喀纳斯湖胸涵万汇、魅力弥漫的景象得到较为全面的展现。多年来诗词创作的经验告诉我，想要力求写出高境界的真诗，既需要贴近生活，也需要大胆想象，表达出此时此地独特的感受。这也需要与自己的学识，深入生活的深度与广度密切相关。我感到，只有既热爱生活、贴近现实，又高于生活、高于现实，才有可能写出好的诗作。

2022 年 12 月 6 日

渔家傲·阿吾斯奇双湖写意

　　林表幽微鹰远骛。澄湖一任云吞吐。异水奇山谁守护。湖边树。心声波涌凭倾诉。

　　十九峰回偷此渡。笑他错杂人犹误。好水权将当酒酤。频回顾。我来愿作波间鹭。

　　阿吾斯奇为蒙语，意为开满小黄花的地方，位于和布克赛县与哈萨克斯坦共和国边境线上，阿吾斯奇的萨吾尔山南支有两个面积百亩左右、相距不足五百米的湖泊，人称大双湖。景色秀丽壮观，四周铁布克山、托落盖山、峰峻石昇，水草丰美，羊欢马嘶，牧歌荡漾。周边环境距大双湖两公里处，还有两个相距不到百米的小双湖，大小双湖像人的眼睛一样。高山、松树、泉水、山花、毡房、牧群，共同组成了一幅牧歌式的生活。

　　这首词作于 2019 年 8 月 19 日。诗词的创作，特别是山水诗词，得需要一点儿禅趣，南宋的慧开禅师有一首诗，备受后世推崇。"春有百花秋有月,夏有凉风冬有雪。若无闲事挂心头,便是人间好时节。"我认为,这就是禅趣。禅,它不只是宗教的,它也是一种生活的态度和智慧,因此,禅,也可为俗人所拥有。更应该为我们诗人所拥有。我的这首词的创作,如果说有点儿禅味,有点儿禅趣,那也是我多年来在诗词创作中的对禅趣追求的一点儿呈现。

2022 年 12 月 13 日

渔家傲·夜宿巩乃斯大草原牧人家

八月草原消溽暑。夕阳艳逊牧人女。怀抱雪峰连碧宇。云吞吐。无边风月凭谁取?

灯影摇红人起舞。还将奶酒平头举。一派风流花楚楚。能文武。草原任尔呼风雨。

巩乃斯草原,大部分位于新疆巴州和静县,小部分在伊犁州新源县境内。巩乃斯草原地域辽阔,沟谷众多,是新疆著名的草原,它不仅是新疆细毛羊的故乡而且是伊犁天马的重要产地。每年 6 月至 9 月是草原的黄金季节,辽阔的草原,美丽的山冈、群群牛羊和点点毡房构成草原之夏的生活圈。在蓝天映衬下尤显华丽而气势恢宏。皑皑雪峰、繁花似锦的五花草甸、苍翠的云杉林带、银色的水飘带,时而有狐狸、旱獭、野猪、雪鸡等出没在森林和草丛间。每逢夏季,国内外众多游客来此,一睹伊犁大草原秀美风光与浓郁的民族风情。

这首词作于 2019 年 8 月 5 日,是年 8 月 2 日,应新源县一位朋友的邀请,游览了巩乃斯草原,夜晚,就住宿在我这位朋友的牧人家里,才有幸欣赏到从傍晚到夜晚巩乃斯草原上的美妙风光。山谷道人有云:"诗意无穷,而人之才有限。以有限之才,追无穷之意,虽渊明、少陵不得工也。"我想,一个好的诗词作者,应在借鉴前人诗作的基础上,陶冶其诗语而自铸佳语,创作出颇具新意的意象与诗词作品,我的这首词,在意象的选取上是费了一些心思的。这主要表现在意象的组合运用上。草原之美,并非美在某一景物上,而是许许多多的景物和谐融合在一起所呈现的一种美，这才是大美。如我的这首词在写草原风景时，就把繁花似锦的草甸，白雪皑皑的雪峰，一碧如洗的蓝天等意象进行组合运用，显出了草原美的内涵与特质，把巩乃斯大草原如诗如画的美做了全方位的呈现。这也是我创作这首词的一点儿体会。

2022 年 12 月 23 日

破阵子·老风口忆老军垦

　　白碛飞沙走石，黄涛蔽日追风。血铸军魂豪气发，地绿天蓝创首功。莽原五谷丰。

　　汗水煮开盛夏，军衣焐热隆冬。纵有扶摇聊共舞，暂且腾身跃巨龙。试看大漠雄。

　　老风口位新疆塔城地区西北部，是塔城盆地东进西出与外界相联通的必经之路，这里是中国和世界上罕见的暴风雪灾害区，同时也是"亚欧大陆内心"所在地。风区年均 8 级大风 150 余天，最多 180 天，最大风速高达 40 米 / 秒，风速之高、移雪量之大，为世界所罕见。破坏力极强。老风口工程区治理后，局部小气候发生明显改善。区内植被群落结构发生了明显变化，由单一的旱生植被逐渐过渡到了多样的中生、湿生植被，从而使风蚀严重、万古荒原的戈壁荒滩，变成了一片新绿洲。

　　白日照射下的茫茫大漠，转瞬间，狂风大作，飞沙走石，整个沙漠，如大海黄涛随风涌起，隐天蔽日。面对肆虐的风沙，英勇的军垦战士，他们用热血铸造着军魂，意气风发，他们战天斗地，百折不挠，立下了辉煌的头功，现在才有这样的蓝天绿地，五谷丰登。回想当年抗击风沙时那艰苦卓绝的战斗，他们用汗水煮开盛夏，用军衣焐热隆冬，一腔热血，万丈豪情，纵有扶摇风起，他们与风沙共舞，他们就是苍龙的化身，飞腾之处，沙魔乖乖降伏，狂风偃旗息鼓，他们是大漠的英雄、人民的英雄、国家的英雄、时代的英雄。

　　这首词作于 2019 年 8 月 22 日。生动形象的语言，是诗词创作的基本功。而生动形象的语言，不仅仅是个善于表达的问题，它的深层原因往往来自诗人取景角度的新颖,思想的敏锐与深刻。清代诗人袁枚在《独秀峰》诗中写道,"来龙去脉绝无有,突然一峰插南斗",这样的诗句,教人过目难忘。可见一首诗,语言出色是多么重要。出色的语言表达能力是诗人必备素质。诗是用形象来思维的,只有语言表达十分出色,才能够打开诗人和读者之间沟通的大门,彼此间心灵才会发生碰撞,产生共鸣。所以,诗词创作中要做到游刃有余,不光要有真感情和真见解,还需要具备出色的语言表达能力。

2023年1月8日

浪淘沙·登塔城巴尔鲁克山

翠岭舞青龙,峭壁争雄。杖移石径上巅峰。攀者襟怀天地阔,物我相融。

飞瀑落苍穹,披挂长风。不知身在画图中。幸有云峦同傲骨,俱得时空。

巴尔鲁克山位于新疆塔城地区裕民县,整个山脉都位于中国境内;山脉的西部边缘就是著名的"小白杨"边防哨所,也就是歌曲"小白杨"的诞生地,再往西,就是哈萨克斯坦的阿拉湖。每年的4月底5月初,世界上最大的野生巴旦杏保护区内,野生巴旦杏花,漫山遍野绽放,还有野生芍药花争奇斗艳,美不胜收。

这首词作于2017年5月18日。写山水诗,景物中不能没有"我",诗的意境美也不能没有"我",诗的意境美是多种多样的,但我以为,意境中的"我",是构成意境美的重要因素。一切文学作品,说到底都是写自己,诗歌尤其如此。诗人是自己诗歌之王,不管是主观之诗,还是客观之诗,不管是否出现"我"字,你的诗里面都潜藏了一个真实的自我。任何诗歌都有诗人的主观成分在里面,都是有"我"之诗,都有诗人的体温,有诗人的烙印。当然,"我"不一定就是自己,有时可以是作者自己,有时可以是一类人,也可以是一代人,是典型的"这一个",是共性中的个性,是"熟悉的陌生人"。任何艺术都有典型,都有"我",诗歌也不例外。

2023 年 4 月 3 日

再游克孜尔千佛洞

徒恨红尘直道穷,抱将惶恐入其中。
心随佛宇如生翼,梦系祥云似驭风。
谋不求奢思岂异,语无取媚料应同。
龛前瞻顾流连久,心有灵犀一点通。

克孜尔千佛洞位于新疆拜城县克孜尔镇东南明屋塔格山的悬崖之上,南面是木扎特河河谷。是新疆著名的古代文物遗迹的旅游胜地。克孜尔石窟,共有石窟 236 个,其中保存壁画的洞窟有 80 多个,壁画总面积约 1 万平方米。它是我国开凿最早、地理位置最西的大型石窟群,大约开凿于公元 3 世纪,在公元 8 世纪、9 世纪逐渐停建,延续时间之长在世界各国也是绝无仅有的。克孜尔千佛洞属于龟兹古国的疆域范围,是龟兹石窟艺术的发祥地之一,其石窟建筑艺术、雕塑艺术和壁画艺术,在中亚和中东佛教艺术中占有极其重要的地位。

往日里,只恨红尘中直道难行,今天,怀着惶恐的心情来拜谒众佛家而来到克孜尔石窟。身在窟中,心在佛界,无尽的思绪像生了翅膀,又像在梦中驾着祥云,徜徉在那遥远的时空里。宛如有佛附体,这样一来,自己好像脱胎换骨,脱离凡俗,谋不求奢,语无取媚,完全活在一个自由王国里。此时此刻,我已然地进入了佛法无边,佛我融合的境界。许久许久,我依然在佛龛前端详着,深信不疑,这大约就叫心有灵犀一点通吧。

这首诗作于 2016 年 8 月 21 日。当今时代,人们的心灵亟须得到一次净化。我的这首诗,虽然用了夸张的手法,写了自己拜谒克孜尔千佛洞时心灵所得到的一次净化,我也深知,这绝不是一劳永逸的。当然,心灵净化的途径也绝不只是拜佛而已。人的心灵可以在壮丽山川中得到栖息与净化。

2023 年 4 月 24 日

三姝媚·喀什香妃墓

　　容姿留宝靥。任风雨流年,碾过瑶玦。袅袅香风,想昔时飘袂,日星明灭。玉辇回鸾,料紫陌、尘埋香辙。歌遏云霓,舞起胡旋,圣恩何辍。

　　昨夜笙歌已绝。妩媚秀天山,玉肌凝雪。仙态冰肌,万里中华土,任谁难裂。物换星移,霞如绮、残阳如血。历尽沧桑何变,雄关明月。

　　阿帕霍加墓又名香妃墓,坐落在喀什市东北郊5公里处的浩罕乡,占地面积30亩,始建于公元1640年前后,距今已350多年,是一座典型的伊斯兰式古老的陵墓建筑。现为国家级重点文物保护单位。陵墓由门楼、小礼拜寺、大礼拜寺、教经堂和主墓室5部分组成。主墓室在陵园东部,是这处建筑群的主体建筑,造型宏伟壮观,风格庄严华丽,是整个建筑群之冠,也是新疆最为宏大精美的陵墓。

　　娇美的容颜从这遗留的宝靥中就可猜想几分。任凭风雨送流年,时光流过珠宝首饰。时至今日,依然香气袅袅,悬想当时香妃行走时,微风吹起衣袂,那光彩一定如日星明艳。宫车回鸾归省之时,香尘掩埋车辙。嘹亮的歌声响遏行云,胡旋之舞,惊鸿一瞥。上蒙天恩,何有休止。可叹的是,昔日笙歌已歇。看而今,妩媚的天山,依稀可见香妃的倩影,那皑皑的雪峰,一定是香妃的玉肌所凝成,娇美依旧。万里中华大地,任谁也难割裂。多少春秋走过,物换星移几度,依旧霞光如绮,残阳美艳如血。看我皇皇华夏,虽历尽沧桑,祖国山水,娇美依旧,雄关明月,风光依旧。

　　这首词作于2016年6月19日。在古典诗词艺术中,有一种富于传统特色的艺术,就是清代方东树在《昭味詹言》中所说的"语不接而意接"。"语不接而意接"是意象组合形式之一。指用"语不接而意接"的艺术手段,使意象与意象之间、结构与结构之间产生大幅度的转折与跳跃,留下大片空白。如:"楼船夜雪瓜洲渡,铁马秋风大散关"(陆游《书愤》)语言表现形态上不如常态那样逻辑严密,甚至有时不合一般的语法习惯与规范,但它却有着紧密的情感线索贯穿,能强烈地刺激读者的想象，在似断实连的意象之间架起联想的桥梁。西方现代派诗人称之为"压缩的方法""意象脱节""意象并发"。它所产生的诗中空白可称为"意象空白"或"结构空白"，正是诗的含蓄之美重要的表现形态之一。我的这首词在意象的选用与组合上，就是采用了"语不接而意接"的形式，我想，它的好处也是不言而喻的，它既解决了行文的疏朗与绵密的问题，也能给读者留下无限想象的空间。

2023 年 5 月 6 日

微醉中与友人同登八卦城古楼

城浮碧水月浮秋，携得清光入古楼。
黄老玄机难彻悟，释迦经谶可神游。
常疑地脉生灵气，惯捧壶天泛醉舟。
寻玉不辞丝路远，冰樽能满复何求？

特克斯八卦城，是世界上最大、最完整的八卦城；这座体现易经文化内涵和八卦奇特奥秘思想的城镇，以中心八卦文化广场为太极"阴阳"两仪，按八卦方位以相等距离、相同角度如射线般向外伸出八条主街，每条主街长 1200 米，每隔 360 米左右设一条连接八条主街的环路，由中心向外依次共有四条环路，其中一环八条街、二环十六条街、三环三十二条街、四环六十四条街。这些街道按八卦方位形成了六十四卦，充分地反映了 64 卦 384 爻的易经数理。为不让人们迷路，各街道都设置了方位说明牌。八卦城有一奇：城市马路上没有一盏红绿灯。专家和学者都提议，既然各道路环环相连、条条相通，这样就不会塞车，车辆和行人无论走哪个方向都能够到达目的地。

在这神奇傍晚，整个特克斯城都好像浮动在奔腾汹涌的特克斯大河中，一轮秋月悬挂中天，也映在河中。我携着月的清辉登上了八卦城的古楼。有道是"悟黄老之玄机，忘岁月之减增"，可我生性愚拙，难以彻悟。万物有灵，释迦经谶于我也只有梦中求觅了。而面对八卦城，更是感到《易经》的深不可测。我常常怀疑地脉能生出灵气，这样看来，像我这样的凡夫俗子，也只有壶中天地，能助我醉泛江湖，来到此地登楼领略《易经》的妙处。寻玉不辞路远，今日之所见，已经不虚此行，更有朋友盛情，金樽酒满，复欲何求？

　　这首诗作于2015年8月19日，我曾两次到过特克斯城，一次是应朋友之邀，于2010年8月11日游览了特克斯八卦城，第二次是2022年7月11日与诗友自驾游览了特克斯城八卦城。这是我人生中难忘的旅程。写诗，说到底，还须从生活出发，才有可能写出既真实又贴切的高境界的真诗。有属于自己的独特发现，作为诗人，学识固然重要，但生活的深度和广度更为重要。当然独特发现与自己头脑的空灵程度也是不无关系的，但是，挚爱生活、贴近现实的人更容易有独特发现，这样，离写出真诗也就更近了一步。明代李梦阳晚年时他在《诗集自序》中说："夫诗者，天地自然之音也。今途咢而巷讴，劳呻而康吟，一唱而群和者，其真也，斯之谓风也。孔子曰：'礼失而求之野。'今真诗乃在民间。"愚以为，与其说真诗在民间，还不如说真诗在生活中，只有悉心体会生活，具有独特的生活感受，才能写出既贴近生活又高于生活的高境界的真诗。

2023年8月22日

游乌拉泊故城

翠抹黄沙银抹海，波翻史册话兴衰。
碛中白草迎风立，湖畔野花任浪筛。
牵梦三唐追往事，拈陶一片认轮台。
殷情最是天山雪，盛捧凝脂到水湄。

　　乌拉泊故城，位于新疆乌鲁木齐市西南郊约10公里处，为大唐西域的重镇，又称"轮台城"，距今至少已达千年。古城颇具规模，气势不凡。其南背倚天山，东扼通往吐鲁番和南疆的必经要道之天山白杨沟口，位居要冲。故城内到处散布着大致为唐宋时期的陶片。其中乾隆到光绪各代都有。通过这些不同时代的遗物，可以想见这座故城曾经历了千年的历史沧桑。乌拉泊故城的存在，不但证明乌鲁木齐的历史和丝绸之路的商业文化交流史，同时表明，早在一千多年前，当时的中央政府就在新疆乌拉泊故城驻军屯守。它是现已发现的乌鲁木齐市辖境内时代最早和保存最好的一座故城。

这首诗作于 2015 年 8 月 29 日。好的诗，应有自我，不止于此，有自我的诗，还应具备积极的健康的审美观。对于诗词这一传统积淀深厚的文艺体裁，是否写出新意是评价当代诗词作品的基本要求，仅仅写得"地道"或"古香古色"是远远不够的，好的诗词作品还必须追求时代和个人的独特性，而个人的独特性又必须具备积极的审美观。审美趣味的时代性是个动态的历史范畴，不同时代有不同的审美趣味，积极的审美观是我们这个时代对审美个体的呼唤与要求。笔者一直以来均以为，只有在积极的审美观的指导下、才会有健康的积极的美的鉴赏和创造。

2023 年 6 月 11 日

水调歌头·秋游哈巴河五彩滩

一滩烟霞异，盛景逼蛟宫。兴迷佳境，恰如诗酒两相逢。清菊疏篱乍对，绮阁崇楼凭想，都入画图中。更识天家韵，玩赏趣方浓。

峨眉月，壶口瀑，玉皇松。只今也把，幽曲心事付秋鸿。许是名川有待，怜尔微忱依旧，遥忆绿芙蓉。心底有春意，何必叹秋风。

五彩滩，位于布尔津县城以北约 24 公里处，是前往哈巴河县与喀纳斯湖的必经之路。它毗邻碧波荡漾的额尔齐斯河，与对岸葱郁青翠的河谷风光遥相辉映，可谓"一河隔两岸，自有两重天"。由于河岸岩层间抗风化能力的强弱程度不同而形成了参差不齐的轮廓，这里的岩石颜色多变，特别是在落日时分阳光的照射下，岩石的色彩以红色为主，间以绿、紫、黄、白、黑及过渡色彩，色彩斑斓，幻化出种种异彩，因此得名"五彩滩"。

站在五彩滩的眺望台上，举目望去，一幅别样的烟霞奇景让我惊叹不已。美丽壮观的景象真像是龙宫一般。这绝佳的境界所引发的兴致，正如诗与酒所带来的惬意一样。又像是在篱边欣赏秋菊，绮阁崇楼无数，任凭你驰骋想象，置身于这样的巨幅画图之中，更让你欣赏到仙界真趣，意兴盎然。峨眉峰上秋日的一轮明月，黄河壶口那撼人心魄的瀑布，泰山绝顶玉皇峰上的劲松之美，也不过如此吧。只是今日，五彩滩上仍有一层薄薄的雾纱，似有深曲的心事要托付秋鸿。我想，许是那些名山大川，邀她前往，此时此刻，我也顿生怜悯之情，知她微忧不改，还在思恋着远方那出水的朵朵芙蓉。此时，我想规劝她，只要春心不改，又何必对着秋风叹息呢。

这首词作于 2014 年 10 月 11 日，修改于 2019 年 8 月 22 日。我曾两次去过五彩滩，第一次是在 2011 年 8 月初，第二次是在 2014 年 9 月初，这两次观赏的天气与心情虽有不同，但收获都很大。"一切景语皆情语"，是王国维在《人间词话》中的著名论断。《人间词话》最大的贡献就是提出了境界说。王国维认为，"境界"是诗人和词人创作的原则，也是评价文学应该遵循的标准。书中这样写道："境非独谓景物也，喜怒哀乐，亦人心中之一境界。故能写真景物、真感情者，谓之有境界，否则谓之无境界。"王国维认为"境界有大小，不以事而分优劣"，我以为，情感有忧喜，不以情景而分主次。要之，便是情感与景物之间的无缝对接，将两者融为一体，呈现出真景物，真情感，力争创作出有境界的好诗词。

2023 年 6 月 18 日

天山神木园

沧桑古木化神奇，铁骨铮铮独自支。
昂首长天争日月，倾情瀚海筑城池。
千秋寒暑炼肝胆，百丈虬龙载梦思。
大漠洪荒藏逸气，敢同昆麓比雄姿。

天山神木园位于新疆阿克苏地区温宿县境内，天山托木尔峰南侧前山区。天山神木园以她美丽奇特的大自然风光、神奇怪异的植物景观、极具特色的少数民族文化、饱经沧桑的历史遗迹而享有盛誉。神木园中的这个"神"字是景区的精髓。为什么说"神奇"呢？神木园四周都是戈壁荒漠，植被非常稀少。然而一跨入神木园，都会惊叹这里古木森森，流水潺潺，蜂飞蝶舞，恍若来到了江南。园中的树木形态怪异，极具观赏性，形成了生态、人文和地质相互融合的独特景观。如此怪异却极具观赏性的造型让人目不暇接，不可思议，它的蓬勃生机与周围的干涸及荒凉形成了鲜明的对比，不得不使人发出由衷的惊叹！

神木园中古木森森，这神奇怪异的植物景观似乎在向人们讲述着一个个神奇的故事。这些古木，用他们的铮铮铁骨，支撑着这一奇特的世界，打造着一道别样的景观。有的昂首长天，像是要同日月争辉，有的匍匐于地，倾情这片土地，让洪荒瀚海化作生机勃勃、树木森森的城池。千秋寒来暑往，练就了他们的胆略与情怀，更有百丈虬龙般的古木，他们静默着，像是入梦遥深，沉思在自我的世界中。在这大漠洪荒之中，竟然藏着这样一个超脱世俗气概的、又敢于同昆仑一比雄奇的好去处。

这首诗作于2016年3月21日。在诗词创作中，思维开拓非常重要，它可以让诗情插上翅膀，产生飞跃。思维是人脑对客观现实的直接反应。思维打不开，一团浆糊。把一首诗写得很死板，不灵动，扁平化，意境不开阔，想象不丰富，诗歌的感染力和冲击力就会严重受损。激发和开启诗歌写作思维，首先就要打开对生活与事物的感觉和知觉，这是具有源头性的诗意。这一点对诗人来说尤为重要，因为，以后的推进、生发都有可能会源于原始那点儿感觉带来的冲动。思维并非像建筑砖瓦那样可以信手拈来、然后随手置之那么简单。它们是使我们的思想不断向前推进和不断发展的十分有力的催化剂。这就需要在诗词创作中，激活思维、开拓思维。我以为，思维开拓要以奇特新颖、鲜活灵动为目标，给人以奇峰蓦见、爆竹骤闻、突如其来、别开生面的审美感受。

2023年6月24日

天山赋

东望楼兰，西衔乌孙；名驰域外，势拔昆仑；天开龙象，地集麒麟。挟北庭都护之重镇，名齐五岳；望瀚海雄奇之宏景，壮越三秦。倚昆冈之苍翠，汇伊水之甘醇。林动清籁，鸟啭芳芬。契高流绝俗之怀，洗大漠万古之尘。玉岫遐标，碧岑轩峙；长河浩渺，猛浪听训。秉天地之美兮，承日月之真；得造化之厚兮，分帝苑之春。博峰蓄洪荒之烟雨，瑶池涵九宇之星辰。

观其天苍苍古韵自具，地茫茫风骚独陈。襟积翠于苍昊，带长流乎玉津。四顾莽原阔兮，天凭超绝；一览众山小兮，峰因不群。天梯扶摇踏浩瀚，激流飞涧出嶙峋。攀博峰，披朝晖如染红颊，览霜枫高举；涉瑶池，赏碧水似睇明眸，观秋波轻颦。

雪莲冷蕊，气度超然兮，玉魄霞魂，吮于灵蟾；雪肌冰骨，汲自朝暾。茂林绿而灵羽集，涧溪软而锦鲤亲。长空万里，鹰隼谁邀；山峦千叠，麋鹿自奔。丰草茂树，蓊郁岩岭之上；淙溪飞瀑，流响林谷之滨。湖光与星汉交晖，松涛与流泉鸣琴。砌红堆绿，迟日临而艳袤原；秋水长天，爽气发而寒遥岑。岩岫晓开，听松间之牧笛；毡帐晚来，嗅霞外之香薰。风凌石美，显自然天工鬼斧；和田玉润，展域外大匠精神。遗轩冕，蹈冲虚，味玄旨，察纷纭。绝尘役于襟怀，脱世俗于霄宸。

浩浩和风，煌煌乐土，集山水人文而多俊美；蒸蒸紫气，赫赫文明，因毓秀钟灵而冠古今。

张骞出使，大宛流芳有史；班固护军，汉武威震无伦。诗坛鸿儒荟萃，和韵酬赓；边塞诗句璀璨，追踪行吟。滋润岑参诗田，梨花思奇；激发王翰文藻，夜光杯深。全太白之雄风，成汉唐其宏文。

不攀峻岭，不知长空之浩浩；不临大漠，不识龙沙之粼粼。纳寰内之财富，开商海之崇门。丝绸飘瀚海，物充财广；驼铃响千载，国富民殷。日迈月征兮人物尽，古往今来兮风雨频。享国策之惠，展资源之珍。得天山之高，目前尽收瀚海；擅天山之壮，足下踏碎风云。攀名山，何须泰山览胜；登险峰，何须巫山观云。

继以歌曰：

四时交泰起朝暾，昂首中天举世尊。
百代刚肠充太极，一腔浩气壮昆仑。
炎黄血脉无穷已，松柏苗裔岂可分。
苍狗白云何足道，襟怀坦荡纳乾坤。

天山山脉是世界七大山系之一，位于欧亚大陆腹地，东西横跨中国、哈萨克斯坦等四国，全长约 2500 千米，是世界上最大的独立纬向山系。天山呈东西走向，绵延中国境内约 1700 千米，把新疆大致分成两部分：南边是塔里木盆地，北边是准噶尔盆地。托木尔峰是天山山脉的最高峰，海拔 7443.8 米。2013 年 6 月 21 日，中国境内天山的托木尔峰、喀拉峻—库尔德宁、巴音布鲁克、博格达 4 个片区以"新疆天山"名称成功申请成为世界自然遗产，成为中国第 44 处世界遗产。天山有着丰美的物产，这里的天空是纯净的，水面是纯净的，民俗风情也是纯净的，天山有着十分丰富的旅游资源。

《天山赋》作于 2020 年 8 月间。天山，我是熟悉的，其实也是陌生的。我曾三次到过天池，却没有正儿八经的登过天山，天山的神秘与美丽常常令我驻足远观，我给学生教过碧野的《天山景物记》，也读过新疆登山队员登览天山主峰的一些笔记，使我从侧面了解到天山的真实情况，这也为我写作《天山赋》提供了不少便利。

《天山赋》呈现出来的是天山的大美，天开龙象，地集麒麟；名驰域外，势拔昆仑。山势岿巍连于苍昊，毓秀钟灵而冠古今。更因山水人文而俊美。赋中呈现的首先是一个真实的、画面感较强的天山，其次是撷取了张骞出使、班固护军、太白之雄风、汉唐其宏文等史实。

从纵向的、宏观的角度来展现天山，不仅增加此赋的可读性，也增添天山更为深广的内涵。

　　天山是大美新疆的一个缩影，天山的美好未来也就是新疆的美好未来，赋中对天山的展望就是对新疆未来的展望，同时也借《天山赋》表现时代的精神。

2023 年 7 月 9 日

读诗札记选

读诗札记之一

送友人入蜀（唐·李白）

见说蚕丛路，崎岖不易行。

山从人面起，云傍马头生。

芳树笼秦栈，春流绕蜀城。

升沉应已定，不必问君平。

方回：李白此诗，虽陈、杜、沈、宋不能加。

查慎行：前四句一气盘旋。

纪昀：一片神骨，而锋芒不露。

啸云野老曰：三家所评，皆盛誉有加。李白就是李白，卓绝千古。

此诗以写实的笔触，精练、准确地刻画了蜀地虽然崎岖难行，亦具备别有洞天的景象，劝勉友人不必过多地担心仕途沉浮，重要的是要热爱生活。诗中既有劝导朋友不要沉溺于功名利禄之意，又寄寓诗人在长安政治上受人排挤的深沉感慨。全诗首联平实，颔联奇险，颈联转入舒缓，尾联低沉，语言简练朴实，笔力开阖顿挫，风格清新俊逸，后世誉为"五律正宗"。

李白借用君平的典故（西汉严遵，字君平，隐居不仕，曾在成都卖卜为生），婉转地启发他的朋友不要沉迷于功名利禄之中，可谓谆谆教诲、循循善诱，凝聚着深挚的情谊，而其中又不乏自身的身世感慨。尾联写得含蓄蕴藉，语短情长。

这首诗，风格清新俊逸。中间两联对仗非常精工严整，而且，颔联语意奇险，极言蜀道之难，颈联忽描写纤丽，又道风景可乐，笔力开阖有致。最后，以议论作结，更富有韵味。

此诗与《蜀道难》都是写蜀地风光，但在写法上有较大区别。其同者都是从"传说""见说"入题，着力虚拟夸说蜀道迷离神奇的色彩，点染烘托蜀道的艰险诡奇的气氛，突出难和险，继之按由秦入蜀的时空顺序，绘声绘色，真可谓穷形尽相了。

2022 年 4 月 6 日

读诗札记之二

经伏波神祠（唐·刘禹锡）

蒙蒙篁竹下，有路上壶头。汉垒麏鼯斗，蛮溪雾雨愁。
怀人敬遗像，阅世指东流。自负霸王略，安知恩泽侯。
乡园辞石柱，筋力尽炎洲。一以功名累，翻思马少游。

方回：能道马伏波心事。此公笔端老辣，高处不减少陵。

冯舒：真高古。

查慎行：余壮年曾上壶头山拜新息庙，欲作一诗，乃为此公所压。

纪昀：五、六两句上下转阕，一句束住本题，一句开出议论。

啸云野老曰：由于格律诗有押韵、粘对、对仗、平仄等一系列规范要求，且受到篇幅、字数的限制，不能像散文那样随意打破常规的表达方法、又有充分的表达空间，而格律诗却要在区区几十字之中纵横捭阖、谈古论今，呈现至性之悲喜，言明至深之事理，实在是对心智的极限挑战，炼字炼意的功夫、谋篇布局的技巧、行文曲折的逻辑，缺一不可。就本诗而言，虽为排律，而结章自有妙法，诚如纪昀言"五、六两句上下转阕，一句束住本题，一句开出议论"，整篇有条不紊。古人的章法，尤其值得吾辈学习。

2022年4月13日

读诗札记之三

冬至夜（唐·白居易）

老去襟怀常濩落，病来须鬓转苍浪。
心灰不及炉中火，鬓雪多于砌下霜。
三峡南宾城最远，一年冬至夜偏长。

今宵始觉房栊冷，坐索寒衣托孟光。

方回："心灰""鬓霜"，引喻亦佳。"一年冬至夜偏长"，前未有人道也。

纪昀：三、四殊俚，不得云佳。五、六自可。

啸云野老曰：本诗佳处自不必说。愚以为，失处在于二、四句。其二曰"病来须鬓转苍浪"，引喻自佳，奈何四句"鬓雪多于砌下霜"，岂非画蛇添足者？

结句"坐索寒衣托孟光"，"托孟光"还是"泥孟光"，各版本均不同。"泥"，固执且拘泥也，妥亦妥也，然不畅达。"托""泥"之间，究何采信，愚以为，就白居易诗歌的一贯通俗性、写实性的特点，采用"托"较为稳妥。

2022年4月20日

读诗札记之四

月夜抒怀（宋·陈傅良）
送客门初掩，收书室更虚。
新篁高过瓦，凉月下临除。
妇病才扶杖，儿馋或馈鱼。
今朝吾已过，莫问夜何如。

方回：尾句高不可言。

冯班：亦好，恨未工。

纪昀：高老，可逼后山。

啸云野老曰：诗的起、结最难，而结尤难于起。诗的结尾，贵在以神荡见奇，贵在以迷离称隽。也就是说，贵在虚写而不适合用"实语"。方回曰："尾句高不可言"，信然。

吾今日作一律，录于下：

听古筝演奏《浪淘沙》

气势何输泰岳雄，兴来一曲大江东。
千秋壮举千秋梦，万里狂涛万里风。
难忘渔樵营碌碌，岂堪木叶去空空。
艰辛世事无须问，尽在黄沙淘漉中。

乍看尚可，但仔细琢磨，自感疏于肤浅，究其原因，在于后两句点得太透，便了无余味。（作者本人自评）

2022年4月24日

读诗札记之五

别山僧（唐·李白）

何处名僧道水西，乘舟弄月宿泾溪。
平明别我上山去，手携金策踏云梯。
腾身转觉三天近，举足回看万岭低。
谑浪肯居支遁下，风流还与远公齐。

这首诗是天宝十三载（754年）左右，李白游宣州泾县的水西寺时所作。水西寺是唐代著名的寺院，坐落在泾县西五里的水西山上。这里林壑邃密，楼阁参差。李白结识的山僧是一位外地的云游僧，二人在此相逢相识。高僧来这里不是为了学佛练禅，而是为了欣赏风月美景。

虽然俩人聊得投机，却相聚短暂，第二天清晨高僧就与李白告别，手携锡杖独自上山走了。"手携金策踏云梯"，描绘了此僧的飘然之状，神异之色。山僧站在山顶上，仿佛腾云驾雾，回看千山万岭，全都踩在脚下。"腾身转觉三天近，举足回看万岭低"，这两句一语双关，李白也借此寓意高僧的佛学修养，说他已近佛界三天（佛教称欲界、色界、无色界为三天）中的最高天，而下视尘寰，远在脚下。

李白喜欢饮酒，他不仅以酒解忧，还以酒交友；李白还喜欢魏晋文学，经常从中引经据典，用于自己的诗文。除此之外，李白更喜欢与僧道交往，他不仅喜欢庄子的逍遥游，还自比大鹏鸟。在读者心中，李白已经足够浪漫和飘逸了，但在高僧面前，李白还是如此景仰，这在李白诗中还是不多见的。李白开篇便写出山僧飘忽的行踪，天地之间只容其腾身之处；绵绵群山，仿佛不堪其步履。即使以大鹏自喻的李白看来，也无法企及高僧的气度。他笑傲放浪，风流潇洒，李白也只有倾心仰慕之份了。

2022 年 4 月 28 日

读诗札记之六

早起（唐·杜甫）

春来常早起，幽事颇相关。
帖石防颓岸，开林出远山。
一丘藏曲折，缓步有跻攀。
童仆来城市，瓶中得酒还。

方回：此乃老杜集之晚唐诗也。起句平，入晚唐也。三、四句着上"帖""防""开""出"字为眼，则不特晚也。五、六意足，不必拘对而有味。则不止晚唐矣。尾句别用一意，亦晚唐所必然也。

纪昀：平入不必晚唐，"帖""防""开""出"四字，却开晚唐法门。

啸云野老曰：五律在老杜手中，常有变革与创新，开晚唐气象。本诗可见一斑。"一丘藏曲折，缓步有跻攀"，别开生面，诚如方回所言，"五、六句意足，不必拘对而有味。"观当下诗词，死守格律，不知变通，实则可悲。并且，"帖石防颓岸，开林出远山"，亦有所谓撞韵。有人认定，诗中出现这种情况，读来涩口。但也不完全这样。例如：韩愈《七绝·初春小雨》"天街小雨润如酥，草色遥看近却无。最是一年春好处，绝胜烟柳满皇都。"第三句的"处"与韵脚"酥，无，都"，皆是押乌（u）韵，撞了韵，但这首诗，却让人感觉不到撞韵的弊病，整首诗读起来仍朗朗上口。因为韩愈有高超的文字驾驭能力，把其做成了"活韵"。这是因为作者在第二句用了"近却无"，这样整句的重心便落到了第五个字"近"字上，读起来就活了！

2022 年 5 月 5 日

读诗札记之七

题报恩寺（唐·白居易）

好是清凉地，都无系绊身。
晚晴宜野寺，秋景属闲人。
净石堪敷坐，寒泉可濯巾。
自惭衰鬓上，犹带郡庭尘。

方回：三、四句雅淡。

无名氏（乙）：可人意。

啸云野老曰：本诗贵在无斧凿之痕迹，方能雅淡如此。诚如方回所言。而且，此诗情为景生，景为情注，二者交融为一体，实难得也。古人云"登山则情满于山，观海则意溢于海"，如是之说，此诗可为一范。如"晚晴宜野寺，秋景属闲人"者，虽读百遍而不腻烦。观当下，许多诗所呈现的往往是情与景犹如两张皮，互不相关。如此，岂能感人心魄哉。

2022 年 5 月 13 日

读诗札记之八

次韵无斁雪后二首其一（宋·陈师道）

闭阁春云薄，开门夜雪深。
江梅犹故意，湖雁起归心。
草润留余泽，窗明度积阴。
殷情报春信，屋角有来禽。

冯舒：结宽。

纪昀：中四句细腻风光，后山极有情致之作。

啸云野老曰：纪昀谓"中四句细腻风光，后山极有情致之作，"信然。陈师道作诗全凭学力专精，讲苦吟，求奇拙，此诗可见一斑。"开门夜雪深""窗明度积阴"画面感极强。其锤炼之辛苦与黄庭坚无异，而他的情感与思致又比黄庭坚深刻。陈师道作诗标举"宁拙勿巧，宁朴勿华"，真水无香，真诗无华。陈师道此诗所呈现出的一种雅淡风格，特别值得我辈学习。

2022 年 5 月 18 日

读诗札记之九

年华（宋·陈与义）

去国频更岁，为官不救饥。
春生残雪外，酒尽落梅时。
白日山川映，青天草木宜。
年华不负客，一一入吾诗。

冯舒：此篇不应入此类。

纪昀：此首及下首只宜入"春日类"，不应入"雪类"。三句精诣，对亦可。

许印芳：五、六亦洗练而出，莫作等闲语看。"不"字复。

啸云野老曰：三家所评皆精当。翻阅中国古典诗词，我们能够发现一个很有趣的现象。相比这些诗人们对于诗中遣词造句的用心来说，他们对于题目好像并没有专门设计。岂不惜乎？宋代诗人杨万里《晓出净慈寺送林子方》就是很典型的例证。

又"春生残雪外"尤为精诣，纪昀所言不虚。唐朝诗人王湾《次北固山下》云："海日生残夜，江春入旧年"之句，与"春生残雪外"虽有渊源。而"春生残雪外"却能更为洗练而出，不禁让人叹服。

2022 年 5 月 23 日

读诗札记之十

早春阙下寄观公（宋·释希昼）

客心长念隐，早晚得书招。

看月前期阻，论山静会遥。

　　微阳生远道，残雪下中宵。

　　坐看青门柳，依依又结条。

　纪昀：此首亦不减随州，非武功辈所可并论。

　啸云野老曰：唐代以前，就有僧人作诗，魏晋南北朝时期的慧远、宝月等僧人均颇有诗名。唐代僧侣之众，庙宇之多，影响民众之深，前所未有，此风绵延至宋，形成中华诗歌史上一道亮丽之风景。诗僧，大多都是禅僧，因此，诗僧的诗，均有禅意，而富有禅意的诗，更因其禅意而诗味隽永，倍受人们喜爱。如这首《早春阙下寄观公》中的"微阳生远道，残雪下中宵"，更是禅意满满，饶有韵味，耐人咀嚼。

2022 年 5 月 27 日

读诗札记之十一

幽居（宋·翁卷）

　　蓬户掩还开，幽居称不才。

　　移松连峤土，买石带溪苔。

　　药信仙方服，衣从古样裁。

　　本无官可弃，何用赋归来。

　冯班："四灵"用心太苦，而首尾俱馁弱。然当"江西"盛行之日，能特立如此，亦可取也。

　纪昀：三、四从武功"移花连蝶至，买石得云饶"套出，殊为钝手。结意却新，而虚谷不取。

　啸云野老曰：江西诗派虽重视文字的推敲，却以艰涩为主要特点。从这点看，"四灵"之翁卷此首《幽居》不无称道之处。纪昀所言不虚："移松连峤土，买石带溪苔"，是从"移花连蝶至，买石得云饶"套出。"套出"之说，可谓慧眼，宋释法薰原诗句妙不可言，而翁卷的"移松""买石"一联，可谓硬套，比起释法薰原诗句，差之殊远，这样的套用，不可取也。然其结句，"本无官可弃，何用赋归来"，活用陶渊明诗文，让人耳目一新。"结意却新"，纪昀所言，可谓明察。而冯班："而首尾俱馁弱"之说，吾不敢苟同。

2022 年 6 月 2 日

读诗札记之十二

南斋（唐·贾岛）

独自南斋卧，神闲景亦空。
有山来枕上，无事到心中。
帘卷侵床月，屏遮入座风。
望春春未至，应在海门东。

方回：此诗中四句却平易，白乐天集亦有此诗，题云《闲卧》。起句云"尽日前轩卧"，第三句"有云当枕上"，第五句"月"作"日"，第七句"至"作"到"。恐只是白公诗。

冯班："云当枕上"更胜。

冯舒：此公不如此宽格。

冯班：宽闲非浪仙体也。

纪昀：通体平易，决是白诗。

啸云野老曰：此似一悬案。（浪仙）贾岛诗以清淡朴素为主，喜作苦吟，以炼字炼句取胜。其"僧敲月下门"被传为美谈。而白居易的诗具有尚实、尚俗、务尽的特点。语言通俗平易。如此看来，纪昀"通体平易，决是白诗"，其结论应属持之有故。加之方回列举起句、第三句、第五句，与之比对，更可坐实。至于冯班所言"云当枕上"更胜。恐不能成立。何也？白乐天《闲卧》，其处所在"前轩"，不是在山野，"云当枕上"只是遐想而已，与"山来枕上"并无二致。冯班的"宽闲非浪仙体也"的是灼见。

2022 年 6 月 5 日

读诗札记之十三

东郊别业（唐·耿湋）

东皋占薄田，耕种过余年。
护药栽山棘，浇蔬引竹泉。
晚雷期稔岁，重雾报晴天。
若问幽人意，思齐沮溺贤。

方回：中四句皆工，后联尤新。

纪昀：结浅率。

啸云野老曰：从本诗中二联看，诗人耿湋隐居躬耕陇亩，时日不浅。他对于种药、种蔬甚是内行，对气候变化与农业生产之间的关系也很了解。可见，本诗的写作，深得陶渊明躬耕陇亩诗的积极影响。

而本诗的结尾却黯然失色。尾联用典，出自《论语·微子》："长沮、桀溺耦而耕，孔子过之，使子路问津焉"一段。以孔子为代表的儒家，信守自己的政治理想，积极入世，"知其不可而为之"的人生态度。长沮、桀溺则是隐逸之士的代表人物，他们不满当时的黑暗现实，不与统治者合作，选择了避世隐居，以求洁身自好的人生道路。"若问幽人意，思齐沮溺贤"，殊不知诗的妙处在于隐而不露，这也是一种大智慧，当这层窗户纸被捅破之后，诗便毫无蕴藉，可见，纪昀所说"结浅率"应为灼见。而方回所云"后联尤新"当有失偏颇。

据史料，耿湋为中唐诗人，虽为大历十才子，但诗名远不如柳宗元、孟郊、白居易、卢纶、李贺等。从诗的首联看，可以推测，他既不属于达官贵人，甚至也不属于富庶之家，其诗标题《东郊别业》中的"别业"显然有自嘲之意。"别业"是与"旧业"或"第宅"相对而言，业主往往原有一处住宅，而后另营别墅，称为别业。这在王维、高适诗中常见。"东皋占薄田，耕种过余年"的耿湋，恐怕难有别业。这些穷困潦倒的诗人自不能等同于真正的隐士，与许由、陶渊明、林逋、王维、严光、嵇康等不可同日而语。从这些，都能证明纪昀"结浅率"下语之肯切。

2022 年 6 月 9 日

读诗札记之十四

早发（唐·罗邺）

一点灯残鲁酒醒，已携孤剑事离程。
愁看飞雪闻鸡唱，独向长空背雁行。
白草近关微有露，浊河连底冻无声。
此中来往本迢递，况是驱羸客塞城。

方回：第六句好。第五句"露"字疑当作"路"，先已言雪故也。

查慎行：第三联，晚唐之壮浪者。

纪昀：五、六雄阔，五代所难。

许印芳：此题宜标出地名，"发"字方有着落。罗邺，字未详，罗隐宗人。

啸云野老曰：查慎行与纪昀所见略同。查慎行曰："第三联，晚唐之壮浪者。"纪昀曰："五、六雄阔，五代所难。"均为灼见。据史料，罗邺，有"诗虎"之称。约唐僖宗乾符中前后在世。才智杰出，笔端超绝，气概非凡。以七律见长，此诗可见一斑。本人尤其喜欢第四句，"独向长空背雁行"，一个"独"字，不仅回应第二句的"孤剑"之"孤"，也足见仗剑独行，虽是羸弱之躯，却有义无反顾的气概。雁阵惊寒，鼓翅南飞，而这个独行者，却与大雁相反，踏向向北的艰途。这一对比，使得全诗神采飞扬。从全诗的"雄阔"与"壮浪"来看，第三句"愁看飞雪闻鸡唱"的"愁"字，与全诗格调相左，难以融合。可见，此诗在字句的斟酌上尚显得不够缜密，方回认为：第五句"露"字疑当作"路"，先已言雪故也。许印芳认为：此题宜标出地名，"发"字方有着落。二人所言甚是中肯。

2022年6月14日

读诗札记之十五

溪居叟（唐·杜荀鹤）

溪翁居处静，溪鸟入门飞。

早起钓鱼去，夜深乘月归。

见君无事老，觉我有求非。

不说风霜苦，三冬一草衣。

方回：荀鹤诗晚唐之尤晚者。此全篇可观。

冯班：晚唐诗非不好，只是偏枯浅薄，无首尾。若此诗，亦可谓雅淡，且起结俱佳，可入中唐矣。

纪昀：清而太浅。

啸云野老曰：以上方回、冯班所评，较为贴合实际。这首五言律诗，以白描手法为一位隐居溪边的老人传神写照，以明快的语言描述了溪叟的闲逸生涯。诗中的"溪叟"是僧人眼光中的溪叟，因而有几分禅味。首联上句着一"静"字，下句即以"溪鸟入门飞"反衬，以动写静，倍见其静、其幽、其雅，境界自出。颔联写他终年以垂钓为生，每天披星戴月，早出晚归，如孤云野鹤，逍遥自在。这一联是全诗的主体，溪叟的高情雅致就寓于"钓鱼"之中。尾联以"不说风霜苦，三冬一草衣"，"草衣"指结草为衣，"草衣"在古诗文中常用来指未出仕的在野之人。这一联与前三联相呼应，深入一层揭示溪叟的精神世界。这位蝉蜕于浊秽、超然于世俗之外的溪边钓叟，不也很像沙门高僧吗？因此纪昀所云"清而太浅"，恐怕难以成立。

2022 年 6 月 18 日

读诗札记之十六

经故人旧居（唐·储嗣宗）

万里访遗尘，莺声泪湿巾。

古书无主散，废宅与山邻。

宿草风悲夜，荒村月吊人。

凄凉问残柳，今日为谁春？

方回：三、四佳。

冯舒：不如五、六。

纪昀：套语。三、四"武功派"，虚谷以体近"江西"取之耳，其实是小家数。

啸云野老曰：本诗的优劣之争，其实是诗派之争。纪昀认为三、四是"武功派"，进而认为方回（虚谷）以体近"江西"取之耳。在纪昀看来，"江西"体要高于"武功"体。其实，"武功"体与"江西"体各有优劣，难分伯仲。

"武功体"指晚唐诗人姚合的诗歌风格。世称姚武功。所作诗篇多写个人日常生活和自然景色，喜为五律，刻意求工，推敲字句，争奇斗巧，形成清切峻拔的诗风。其诗为南宋永嘉四灵和江湖派所师法，称为"武功体"。

江西派之所以名气大，大概是因为杜甫为江西派始祖，更有黄庭坚、陈师道、陈与义并称为江西派之三宗。该诗派重视文字的推敲技巧，以艰涩为主要特点。江西诗派的诗歌理论强调"夺胎换骨""点铁成金"，成为宋代最有影响的诗歌流派。它的影响遍及整个南宋诗坛，余波一直延及近代的同光体诗人（同光体，同光，指清同治、光绪两个年号。其代表诗人有郑孝胥、陈三立等）。其实，江西派追求"无一字无来处"，而又不能"求新"，于是拾人牙慧，典故连篇，形象枯竭。在中国诗坛上的消极影响远大于积极影响。

2022 年 6 月 22 日

读诗札记之十七

金陵（宋·梅尧臣）

恃险不能久，六朝今已亡。

山形象龙虎，宫地牧牛羊。

江上鸥无数，城中草自长。

临流邀月饮，莫挂一毫芒。

方回：龙盘虎踞本是熟事，以"宫地牧牛羊"为对，不觉杜撰之妙，犹老杜"赏应歌枕杜，归及荐樱桃"也。

纪昀：此评深得用事之法。

陆饴典：全在空处做，故包括得尽。

啸云野老曰：方回"龙盘虎踞本是熟事，以宫地牧牛羊为对，不觉杜撰之妙"，让人回味，让人耳目一新。"山形象龙虎，宫地牧牛羊"，这种属对，在古典格律诗中，难得一见，惊诧之余，又觉得很有创见。对于方回的品鉴，纪昀也赞叹"此评深得用事之法"。凡诗文中引用古之有关人、地、事、物等，或语言文字，以此来增加诗词的含蓄与典雅，此中亦可创新，可见，诗词的创新的途径是多种多样的。

2022 年 6 月 30 日

读诗札记之十八

经故友所居（唐·罗隐）

槐花漠漠向人黄，此地追游迹已荒。

清论不知庄叟达，死交空叹赵岐亡。

病来未忍言闲事，老去唯知觅醉乡。

日暮街东策羸马，一声横笛似山阳。

方回：五、六淡而有味。

查慎行：五、六淡近套。

纪昀：平调不出色。五句曲而不醒豁，六句平浅无味，结太落窠臼。

啸云野老曰：评诗，真可谓仁者见仁，智者见智。方回认为"五、六淡而有味"，查慎行却认为"五、六淡近套"。纪昀更认为"五句曲而不醒豁，六句平浅无味"。孰是孰非，无须细论。啸云野老认为，论诗与论人一样，必须先知其人，否则，多是枉议。

据有关史料，罗隐，有三大异乎寻常的特点：

一为相貌之丑；他与北宋"贺鬼头"，以及雨果笔下的"卡西莫多"似乎有得一比，丑到什么程度呢？据说对他钦慕已久的宰相千金见了他之后，果断撕掉曾经收藏他的所有诗文，再无来往。

二为诗文之绝；丑貌下的"梅子"般的温柔不同，罗隐的诗读来总是有些"毒舌"，因此他的诗也与其人一样，不受待见。

三为身世之悲，生逢乱世，幼年丧父，风雨飘摇的时代，罗隐却偏偏不受命运垂怜，一心科考入仕却"十二三年就试期"十上不第，仕途不顺，情感生活更是坎坷，"云英未嫁"的往事成为罗隐一生的隐痛。

纵观罗隐一生，似乎大半生都处在颠沛流离之中，早年屡试不第，中年恰逢乱世，晚年也没有多少岁月安好的仕途生活。

现在，我们再回头读读他的"病来未忍言闲事，老去唯知觅醉乡"这两句诗，也许会有一个公允的评价。

2022 年 7 月 2 日

读诗札记之十九

喜张十八博士除水部员外郎（唐·白居易）

老何殁后吟声绝，虽有郎官不爱诗。
无复篇章传道路，空留风月在曹司。
长嗟博士官犹屈，亦恐骚人道渐衰。
今日闻君除水部，喜于身得省郎时。

方回：何逊以诗名，老杜颂之曰："能诗何水曹。"张籍是除，乐天贺之，五十六字如一直说话，自然条畅。

冯班：白体如此。

纪昀：此诗便嫌薄弱。虚谷评白诗"似一直说话，自然条畅。"白诗好处在此，病处亦在此。首句称呼杜撰，次句及中二联凡五用虚字装头，未免犯复，且气格亦因之不健，凡七律须有健字撑住。

啸云野老曰：方回、冯班评论此诗，也算得上一语中的。似乎无懈可击,但未得深究。纪昀所论,很是深入而中肯。纪昀认为此诗稍嫌薄弱,应为持之有故,言之成理。此诗首句姑且不说,首联对句首字为"虽有",中二联首字分别为"无复""空留""长嗟""亦恐",("无"在现代汉语虽为动词,与"有"相对,在实词之列。但在古汉语中,却为虚词),本诗凡五用虚字装头,即便犯复搁置不论(皆为状中结构,现在亦曰五同头,那时还没有四同头、五同头的概念),其气格必然不健。纪昀强调"七律须有健字撑住",可谓很有见地,值得当下作诗时引以为鉴。

2022 年 7 月 13 日

读诗札记之二十

岘山怀古(唐·陈子昂)

秣马临荒甸,登高览旧都。
犹悲坠泪碣,尚想卧龙图。
城邑遥分楚,山川半入吴。
丘陵徒自出,贤圣几凋枯。
野树苍烟断,津楼晚气孤。
谁知万里客,怀古正踟蹰。

方回:此老杜以前律诗,悲壮感慨,即无纤巧砌。"丘陵徒自出"一句,疑有误字。

冯班:虚谷不知"丘陵"句出穆天子传,殊可怪。

纪昀:"丘陵自出",语本穆天子传西王母谣。

许印芳:此诗三、四句"犹""尚"意复,亦是微瑕,后学宜戒之。

啸云野老曰:方回评诗,态度十分端正,此诗"悲壮感慨,即无纤巧砌",可谓切中肯綮。而存疑者,也和盘托出,不装不端。这是治学者应有的态度,冯班直言(虚谷)方回竟然不知"丘陵"句出处。方回却心平气静,并将此言录入自己所编纂的书中。当下,诗界狂人忒多，容不得别人说一个不字，这就是小家子气，要不得。

许印芳有言：此诗三、四句"犹""尚"意复，亦是微瑕，后学宜戒之。此处所说的"意复"，有类于当下所说的合掌。可见，古人评诗，既重视大端，亦重视细微。但大端毕竟是大端，细微毕竟是细微，不能本末倒置。

2022 年 7 月 20 日

读诗札记之二十一

黄河（唐·罗隐）

莫把阿胶向此倾，此中天意固难明。

解通银汉应须曲，才出昆仑便不清。

高祖誓功衣带小，仙人占斗客槎轻。

三千年后知谁在，何必劳君报太平。

方回：此以譬人心不可测者。

何义门：起处非人所能。三、四句好讽刺。

纪昀：三、四语亦太激，然托于咏物，较胜质言。

啸云野老曰：此三家各执所见，皆可酌裁。方回评之认为，"此以譬人心不可测者"，可谓高屋建瓴，直批肯綮。

何义门认为"起处非人所能"，的确，此诗起两句可谓出人意料之外，却在情理之中，这种凭空造势，使得全诗具有破竹之势。

至于三、四两句，"解通银汉应须曲，才出昆仑便不清"显然是运用拟人和夸张之手法，将"黄河"塑造成一个身虽浑浊然而头脑却很清醒的智者，可谓身不由己，暗中却谴责了那个污浊不堪的社会。这从罗隐的身世就可看出端倪。这样看来，纪昀认为"三、四语亦太激"，可能有偏颇。所谓太偏激，殊不知，夸张手法运用时，往往呈现出极端之貌，太白曰"燕山雪花大如席"即是佐证。纪昀之后又补言，"然托于咏物，较胜质言。"就显得模棱两可。其实，何止咏物不能"质言"，但凡是诗，皆不可"质言"。

当我们弄通了全诗，再回过头来看看此诗的第一句，很值得玩味，"莫把阿胶向此倾"，诗中提到"阿胶"，一是因黄河最终是在山东注入渤海，二是"阿胶"出自东阿，东阿所属山东，而"阿胶"的功效是滋补与养颜，女性用之最多。诗中假设，即便倾倒再多的"阿胶"，黄河这副"黄脸婆"，也不会有所改变。此语言形象之极，凌厉之极，不禁让人咋舌。何义门所说"起处非人所能"，诚如斯言。

2022 年 7 月 23 日

读诗札记之二十二

夜雨（宋·陆游）

萧萧残发雪侵冠，冉冉清愁用底宽。
把卷昏眸常欲闭，投床睡兴却先阑。
惟须酒沃相如渴，未分人衰范叔寒。
雨霁定知梅已动，佩壶明日试寻看。

方回：五、六气壮，以第六句唤醒第五句也。

查慎行："佩壶"字本于牧之。

纪昀：清而太弱，剽而不留。第七句"动"字不妥。

啸云野老曰：三家所评均能务实，但却互有差异。方回所评，重在醒目之句。特别是"以第六句唤醒第五句也"可谓灼见，亦是常人所难觉察，"惟须酒沃相如渴，未分人衰范叔寒"两句诗，看似平行，其实是有宾主之分，显然，诗人以"范叔"自比，要特别强调的是，此处"范叔"，并非指战国时的范雎，而是指北宋的范仲淹，曾经的壮志，留下也只是无数悲愤，范仲淹在变革失败后，被一贬再贬，生活黯淡，这与150多年后的陆游十分相似，陆游的晚年，随着北伐计划的失败，陆游也彻底成为一个颓废的老人。同病相怜耶？惺惺相惜耶？

纪昀所评"清而太弱"，可能有失公允。"雨霁定知梅已动，佩壶明日试寻看"，诗的尾联明明表达自己明日要佩壶寻芳，而浪漫情怀是一直贯穿于陆游诗的始终的。岂能云"清而太弱"。至于第七句"动"

字是否妥帖，读者自有各人所见，本人认为"动"字起码比"绽""放"等字来得好。如果究其原委，我想，大约是二人所持角度有异，纪昀认定诗人陆游所写的是梅花本身，而诗人所写的应是梅花的香气。这样看来，显然陆游技高一筹。所以，评大诗人的诗，我们既不能盲目尊崇，也不能轻率武断。否则，往往会闹出笑话。

2022 年 7 月 30 日

读诗札记之二十三

六月归途（宋·徐玑）

星明残点数峰晴，夜静惟闻水有声。
六月行人须早起，一天凉露湿衣轻。
宦情每向途中薄，诗句多于马上成。
故里诸公应念我，稻花香里计归程。

方回：第四句良是，第六句亦佳。

纪昀：调自清圆，五句善为人情。

许印芳：律诗对偶太拘同，非。太不相称，亦非。此诗四句下三字，与出句大不相称。此等可为训。

啸云野老曰：以上三家所评立足点不同，因而褒贬自然各异。方回所评，"第四句良是，第六句亦佳"，可谓灼见。特别是"诗句多于马上成"，无疑可唤起读者共鸣。纪昀所评，"调自清圆，五句善为人情"，亦是中肯之言。"宦情每向途中薄"，与（唐宋之问）的"近乡情更怯"有异曲同工之妙。须指出的是，"宦情每向途中薄"之"薄"是动词迫近的意思。至于许印芳所评，不能全部成立，从对偶句看，颔联的确未工，"六月行人须早起，一天凉露湿衣轻"，"须"，副词，"湿"，动词，"早起"与"衣轻"也不能构成工对。我特别赞同许印芳"律诗对偶太拘同，非。太不相称，亦非"的见解。

2022 年 8 月 2 日

读诗札记之二十四

元日（宋·陈与义）

五年元日只流离，楚俗今年事事非。

后饮屠苏惊已老，长乘牂艋竟安归。

携家作客真无策，学道刳心却自违。

汀草岸花知节序，一身千恨独霑衣。

方回：此绍兴元年辛亥元日也。

纪昀：简斋诗格，高于宋人。措语修整而不甜，结句稍弱。

许印芳：六句对法变化，次句亦然，盖首句是赋，次句是比也。

啸云野老曰：以上三家所评，皆允当。绍兴年号，总共有32年，从公元1131年到公元1162年。是南宋高宗赵构的年号。赵构被金人所逼，一直南逃到江浙一带。公元1131年至浙江越州，当时稍微踏实了一点，觉得江山有希望收复，于是取"绍奕世之宏休，兴百年之丕绪"之意，下诏从建炎五年正月起，改年号为绍兴，当年就是绍兴元年（1131年）。陈与义（1090—1138），字去非，号简斋，他是北宋末、南宋初年的杰出诗人，同时也工于填词。其词存于今者虽仅十余首，却别具风格，尤近于苏东坡，语意超绝，笔力横空，疏朗明快，自然浑成，著有《简斋集》。

纪昀所评"简斋诗格，高于宋人"，非过誉也。又"措语修整而不甜，结句稍弱"甚为公允。陈与义的诗歌创作以南渡为界，分为前后两期：一是前期多表现个人生活情趣的流连光景之作，诗风明净，风格清新可喜。善于用简洁的白描手法、凝练流动的语言，捕捉瞬间意象，在闲淡处取神，饶有情韵。二是南渡之后对学杜有了更深认识，多寄托遥深之作，诗风趋向沉郁悲壮、雄阔慷慨。尤其是晚期七言律诗，取材和诗境都较恢宏，突破了江西诗派瘦硬诗风的局限，形成了雄浑、沉郁的独特艺术风格。此诗是其南渡之后的作品，诗风有明显的沉郁悲壮之特色，有着明显杜甫诗的影子。

许印芳所评，"六句对法变化，次句亦然，盖首句是赋，次句是比也。"诚然。从此评中，可以看出，古人对诗词格律的要求，比今人要开放得多，高远得多。"诗无定格"，在大家手中，格律不是雷池，而在当下，不少诗人固守于格律，更有甚者，有些所谓名家，人为地搞了许多条条框框，殊不知，这样搞下去，不利于诗歌的繁荣与发展。

2022年8月4日

读诗札记之二十五

幽居即事（宋·释宇昭）

扫苔人迹外，渐老喜深藏。

路僻间行远，春晴昼睡长。

余花留暮蝶，幽草恋残阳。

尽日空林下，孤禅念石霜。

冯舒：苔必生于人迹所不到，扫苔更于人迹之外，又深一层。

纪昀：五、六殊有幽味。

许印芳：石霜，唐代禅师。

啸云野老曰：此诗首句殊有弦外之音，冯舒所评，"苔必生于人迹所不到，扫苔更于人迹之外，又深一层。"诚如斯言。一般来说，首句或者开篇点题，照应题目，或者总领全诗，提纲挈领，或者渲染气氛，烘托氛围。而本诗的首句除烘托氛围之外，还将一个超脱世俗红尘的禅师形象活脱脱凸显出来。纪昀所评，"五、六殊有幽味。"很有见地，"余花留暮蝶，幽草恋残阳。"出人意料之外，却在情理之中，幽深的思绪，幽闲的情趣，让人含咏不尽。

古人赏诗，往往能抓住要领，能让人豁然开朗。而今人赏诗，往往山一程，水一程，迷雾重重，总让人不得要领。赏析诗词，我们应该学学古人。

2022年8月6日

读诗札记之二十六

寓目（宋·陈师道）

曲曲河回复，青青草接连。

去帆风力满，来雁一声先。

野旷低归鸟，江平进晚牵。

望乡从此始，留眼未须穿。

冯班：五句"天低树"方好。

纪昀：五句"归鸟"复"来雁"，六句"晚牵"二字生。

啸云野老曰：冯班认为，五句"天低树"方好。那岂不是完全盗用孟浩然《宿建德江》"野旷天低树，江清月近人"中的句子。其实，"野旷低归鸟"也是不错诗句。问题是第六句，正如纪昀所评，六句"晚牵"二字生，"晚牵"按当下的说法，就是生造词。依照陈师道原诗，应是进晚纤，只是为了韵脚而硬作改变，看来凑韵，古人也难免。纪昀的五句"归鸟"复"来雁"也是中肯之言。

2022 年 8 月 11 日

读诗札记之二十七

淮安园（宋·王直方）

贤王经别墅，深窈近严城。

花竹四时好，宾朋一座倾。

阖奁争弈罢，击钵记诗成。

明日朝天去，门扃鸟雀惊。

方回：此人亲炙苏、黄诸公，诗传不多。吕居仁位之派中。细读其诗，虽不熟，亦有格。

纪昀："经"字似淮王自游。结句"惊"字从《北山移文》"山人去兮晓猿惊"生出，然终不成语。

啸云野老曰：王直方（1069—1109年），字立之，号归叟，汴京（今河南开封）人。舍人王棫之子，补承奉郎。与苏轼、黄庭坚、陈师道等友善，江西诗派诗人。方回言此人亲炙苏、黄诸公，可信。观其诗，亦有可观之处。纪昀对结句"惊"字的分析独具只眼，认为是从《北山移文》"山人去兮晓猿惊"生出。然终不成语。相比较而言，"山人去兮晓猿惊"是何等生动形象，而"门扁鸟雀惊"的确有硬套的痕迹。

2022年8月18日

读诗札记之二十八

送孟六归襄阳（唐·张子容）

杜门不复出，久与世情疏。

以此为良策，劝君归旧庐。

醉歌田舍酒，笑读古人书。

好是一生事，无穷献子虚。

方回：元诗二首见浩然集，今取其一。子容亦志义之士，浩然尝有诗送应进士举。子容今送浩然归，乃为此骨鲠之论，其甘于世绝，怀抱高尚，可想见云。

纪昀：必以"甘与世绝"为高，终是偏见。

纪昀：子容诗略似孟公，然气味较薄，意境较近，故终非孟比。结却太尽。

啸云野老曰：此诗有版本署为王维，何为取信。方回在此说得很明白，"元诗二首见浩然集，今取其一。子容亦志义之士，浩然尝有诗送应进士举。子容今送浩然归，乃为此骨鲠之论"等，不容置疑。

纪昀阅此诗，深有感慨，以为士人一定把"甘与世绝"为高，终究是偏见。对今天而言，仍是"骨鲠之论"。纪昀对此诗与孟浩然诗作对比，认为"子容诗略似孟公，然气味较薄，意境较近，故终非孟比。"以及"结却太尽"云云，亦是中肯之言。

吾读此诗，也不是王维诗的感觉。

2022年8月24日

读诗札记之二十九

题庵壁（宋·陆游）

衰发萧疏雪满巾，君恩乞与自由身。
身并猿鹤为三友，家托烟波作四邻。
十日风号为成雪，一年梅发又催春。
渔舟底用勤相觅，本避浮名不避人。

方回：白乐天有云："身兼妻子都三口，鹤与琴书共一船。"尤佳。此亦小异而律同。

查慎行：梅妻鹤子，何妨算口；泛宅浮家，故可作邻。若移他用便非。与香山诗句法不殊，而炼句用意自别。

许印芳：三、四虽袭香山语而变化得妙。

啸云野老曰：三家所评皆允当。白乐天有诗云："身兼妻子都三口，鹤与琴书共一船。"方回认为白乐天此句尤佳。但许印芳认为陆游的三、四（"身并猿鹤为三友，家托烟波作四邻。"）虽袭香山语而变化得妙。不失为中肯之言。而查慎行所云："梅妻鹤子，何妨算口；泛宅浮家，故可作邻。若移他用便非。与香山诗句法不殊，而炼句用意自别。"可谓明察秋毫、一语中的。

另外，诗词创作中，这样的趣事很多，就比如王勃的"落霞与孤鹜齐飞，秋水共长天一色"这一句式出自庾信《三月三日华林园马射赋》里的"落花与芝盖齐飞，杨柳共春旗一色"。王勃只是改了其中的几个名词，但意境却有了天翻地覆的差别。两个句子一对比，就可以发现，虽然说王勃是借用了庾信的句式，但绝不能说是简单的抄袭，而是非常成功的一次文学再创作。

2022年8月30日

读诗札记之三十

金陵晚望（唐·高蟾）

曾伴浮云归晚翠，犹陪落日泛秋声。

世间无限丹青手，一片伤心画不成。

这是一首题画诗。高蟾借对六朝古都东流水的惋惜和感慨，抒发了自己对大唐命运的担忧，"落日"正是诗人隐喻唐朝的一个衰亡之意象。然而诗人区区一人之力，是无法改变历史潮流的，所以他只能兀自哀叹，纵然天底下有多么优秀的画师，都不能描绘出古都的衰飒与自己的伤心！高蟾此诗婉转沉郁，字里行间皆是感情，可称得上千古经典之作，尤其是后两句，那更是无法超越的高峰。可谁知另一位唐朝诗人凭吊六朝古都时，虽然与高蟾看到了同样破败的场景，但是他却有完全不一样的表达。

这就是韦庄的《金陵图》：

谁谓伤心画不成？画人心逐世人情。

君看六幅南朝事，老木寒云满故城。

韦庄说，谁说的没人能画出六朝古都的伤心？只是那些画家为了迎合当权者的心态而故意不表现伤心罢了。你看那六幅六朝图卷，枯木冷枝和寒凉的云朵充斥着古都的大街小巷。

从第一句"谁谓伤心画不成"可知，韦庄此诗的确是为反驳高蟾之诗而写。高蟾说世间所有的绘画高手都画不出六朝之伤心，可韦庄却见解不同，他认为画手故意将"老木寒云"的数量画多，意思就是表现伤心，这正是伤心之处！

虽然这首诗难免有比拼之嫌，又有化用之意，但并不妨碍它成为千古经典。

高蟾的《金陵晚望》，韦庄的《金陵图》，就这样戏剧性地完成了诗意的对接，一起成了千古经典之作！

2022年9月3日

读诗札记之三十一

题李凝幽居（唐·贾岛）

闲居少邻并，草径入荒园。
鸟宿池边树，僧敲月下门。
过桥分野色，移石动云根。
暂去还来此，幽期不负言。

方回：此诗不待赘说，"敲""推"二字待昌黎而后定，开万古诗人之谜。学者必如此用力，何止"吟安一个字，捻断数茎须"耶？

冯班："池边树"，"边"集作"中"，较胜。诗人玉屑引此亦作"中"。"池中树"，树影在池中也。后人不解，改作"边"字，通句少力。

纪昀：冯氏以"池边"作方回：诗意，言树影在池中，若改作"边"字，通句少力。不知此十字正以自然，故入妙。不应下句如此自然，上句如此迂曲。"分"字、"动"字，着力炼出。

啸云野老曰：三家所评，方回与纪昀道破真谛。唯冯班所论，让人大跌眼镜。评诗的原则，在论字时，不能离句，在论句时，不能离篇。这首五律是贾岛的名篇。诗以"鸟宿池边树，僧敲月下门"一联著称，"池边树"与"池中树"孰为确切，这要看时间与环境，若是在大白天，倒无不可，但这是在夜晚，不可能看到水中树的倒影，如果是在一个很开阔的地方，树的倒影于水中，尚可理解，但这两点都不存在，何有"池中树"一说？全诗只是抒写了作者走访友人李凝未遇这样一件寻常小事。前三联都是叙事与写景，最后一联点出诗人心中幽情，和盘托出诗的主旨。正是这种幽雅的处所，悠闲自得的情趣，引起作者对隐逸生活的向往。

诗中的草径、荒园、宿鸟、池树、野色、云根，无一不是寻常所见景物；闲居、敲门、过桥、暂去等等，无一不是寻常的行事。然而诗人偏于寻常处道出了人所未道之境界，语言质朴，冥契自然，而又韵味醇厚。研读此诗，让我们加深理解了炼字在诗词创作中的重要性。

2022 年 9 月 9 日

读诗札记之三十二

晨兴（唐·韩偓）

晓景山河爽，闲居巷陌清。
已能消滞念，兼得散馀酲。
汲水人初起，回灯燕暂惊。
放怀殊未足，圆隙已尘生。

方回："清""爽"一联好，亦多能述晨兴之味。

纪昀：六句不甚了了。结有寓意。

啸云野老曰：以上两家所评，可做参考。纪昀所云"六句不甚了了"，我想，"回灯"句，应该是描写屋内情景，燕子垒窝于人家屋内梁上，重新掌灯时，便会惊到燕子。这和晨兴吻合。"不甚了了"就不应该了吧。纪昀认为"结有寓意。"值得研究，"隙"是"际、接近"的意思。故"圆隙"应解释为：太阳出来的地方。整个句意直白的讲：东方已发白，太阳快要升起来了。古代诗词中"尘生"一词是有来历的。据《后汉书》卷八十一《范冉传》："间里歌之曰：甑中生尘范史云，釜中生鱼范莱芜。"甑尘，煮饭的瓦器下面的尘土。后因咏作家境贫困，无米下锅的典故。这大概不是写韩偓自家的情况。韩偓的身世不至于此。另外，标题"晨兴"中"兴"不是兴致的意思，"兴"在此只作"起"解，成语"夙兴夜寐"是为佐证。

2022 年 9 月 25 日

众家集评薛维敏诗词选粹

（一）《小楼周刊·每周试玉》嘉宾集评

清平乐·湘西墨戎苗寨采橘

秋阳西座，恰射黄金果。谁抹丹霞谁喷火？阿妹阿哥唱和。

莫问北岭西坡，激情一样多多。一阕田园小令，都是汗水研磨。

雷海基点评：

诗的节点有三：先在颜色上做文章，其次在歌声处用力，最后，无论是色还是声都是汗水磨出来的。别出心裁，读来有新颖感觉。

每周试玉（125）| 嘉宾【王海亮 林崇增 雷海基】

夜宿江都遇旧友小酌于客栈

早年游屐负江都，今向南窗俯玉湖。

古柳沙头渔唱晚，夕阳雁背客怀孤。

诗撑傲骨狂无了，酒滞愁肠醉有扶。

张翰若非轻入洛，何须风里叹莼鲈。

段维点评：

虽然味之拟古，却依旧动人。何故，所摹之境、所抒之感能触人心柔软处也。小楼周刊品鉴（1-10）2019 年 10 月 21 日。

破阵子·听小提琴演奏《泰伊斯沉思曲》

云水犹含桀骜，山川暗许空灵。冲出迷津何处去？纵有风狂大浪惊。年轮不肯停。

分扰何须借酒，沉思自可忘情。解得人生棋一局，天地于心万里行。高吟对晚晴。

何言点评：

听曲、看画，最可为诗，盖对此可极尽摩状之妙，极尽想象之奇，李白《蜀僧》可为样板。此作于旋律中见境，于境界中见思，所谓"意境"，莫非斯乎？

每周试玉（172）| 嘉宾【苏俊 潘泓 薛维敏】

书斋闲坐

浮生累赘是浮华，闲坐萧斋听暮鸦。

句不推敲收璞玉，言无忌讳设篱笆。

毛锥管下待松墨，瘦影帘中涵碧霞。

如问这厢何物好，几笺诗稿一壶茶。

梦欣点评：

道出诗人的清淡高雅生活氛围与清贫闲适、自得其乐的精神境界，词语浅白平淡，用典不着痕迹，有飘风流水自然而成之韵致。

每周试玉（208）| 嘉宾【魏暑临 何其三 梦欣】

泡菊花茶有记

一片痴情现玉腮，但观纤巧影徘徊。

心随婉转思生翼，梦系婵娟谁作媒。

未有浓香招蝶顾，更无媚态引人来。

寒花亦可种杯里，不待东篱霜后开。

熊天锡点评：

泡菊花茶突发奇想，字里行间妙趣横生，是因诗人心境之美。寒花指菊花，"寒花种杯里"深得无理之妙，好一个种字，也使全诗逸兴遄飞。

每周试玉（216）| 嘉宾【江合友 阿袂 熊天锡】

农历腊月与胞弟老五视频

任尔朔风牵客尘,关河遥隔未孤身。
一帘旧梦江南雨,九啭新莺北国春。
酒至微醺忆昆仲,歌因快意起鲈莼。
故乡山水何曾远,今对频中望月轮。

段维点评:

怀人之作不落俗套。寓情于景,摇曳多姿;寓情于事,化典无痕,自然成就中间二联,章法上错落有致。尾联就题转合,尤以视频中的月轮意象呈现,达到言已尽而意无穷之余效。

每周试玉(268) | 嘉宾【段维 曹辛华 李晓刚 吴晓晖】

晨步初遇新至燕子

双飞紫燕两娉婷,巧借春风刷造型。
怜我无愁空寂寞,羡他有伴不伶仃。
动如融水郊原过,静似闲云蝶梦醒。
感叹红尘多邂逅,虽云初遇也曾经。

楼立剑点评:

大有羡慕嫉妒恨的节奏啊,大爱末联的想象力。

每周试玉(277) | 嘉宾【楼立剑 张庆辉 苏俊 何其三】

金秋抒怀

红枫染处正高秋,菊吐清芬昌瑞浮。
旷代风云呈异象,问天气概壮神州。
人民挺脊开新纪,风雨兼程臻大猷。
精卫初心填碧海,试看吾辈立潮头。

向咏梅点评：

本诗具大漠气象，大开大合，颔联尤壮阔，尾联将典故与今时融为一体，展现出一代风流人物形象。每周试玉（305）|嘉宾【张庆辉 向咏梅 韦树定 李俊儒】

初夏蓝光湖畔独步

浮光摇漾水粼粼，鸥鹭久疏分外亲。
柳映青衫满神采，泉飘白发也天真。
心田守处如波静，岁月温时似酒醇。
此地能容吟啸客，迂徐忘却是孤身。

李明科点评：

前三联，句句皆景，景中皆有人，人为主，景为客，以扣"独步"之题。尾联"孤身"，概括全诗，然非孤也，唯自然之鸥鹭、泉柳可容可亲。"吟啸客"之意趣、境界可知。写景抒情，用字精到，笔法娴熟。诗意含蓄。

每周试玉（338）|嘉宾【李明科 段维 天许 苏俊】

夏夜无眠有吟

薛维敏（新疆）

仲夏疏怀与夜深，卧听风触作鸣琴。
已归俗物非初愿，欲访仙家守素心。
湾外荻菰天底老，楼头星月水边沉。
长宵空向阑前立，翅绪无端越古今。

萧剑勇：后四句沉郁，照应题面不露声色。

每周试玉（352）|嘉宾【李明科 高海生 萧剑勇 沈利斌】

听于红梅二胡演奏《茉莉花》

时光脚步怎堪追，回首当年事已非。
弓酿春醪留客饮，曲凝花雨待谁归。
一声吴楚风云叹，四纪江湖蓬草飞。
漫理乡心零乱处，娉婷人许立斜晖。

小楼周刊（387）2024 年第十三期

汪奇圣：以听二胡演奏江南名曲《茉莉花》为主线，通过一系列具象的创造，深刻表达了离久念深的乡情。"弓酿春醪""曲凝花雨"，极状琴声之美，"吴楚风云""江湖蓬草"极言人事之非。"漫理乡心零乱处，娉婷人许立斜晖"，回照首联，总揽全篇，收于极深极远的感慨与惆怅。身在天山、心在吴楚，半个世纪的念想至此一吐为快（按旧说，一纪为十二年，四纪，近五十年）。终篇针脚细密，吐气温婉，诗意蓊郁。

段维：最喜颔联"弓酿春醪留客饮，曲凝花雨待谁归"，化无形为有形，且美轮美奂。

每周试玉（382）| 嘉宾【汪奇圣 段维 王海亮 王震宇】

时值清明回忆父亲烹泥鳅鱼佐村醪

常记农家饭食粗，泥鳅上桌胜莼鲈。
先将葱韭拈三撮，再取村醪烫一壶。
故国青山犹托梦，纸烟消息总耽途。
遗踪渺渺难回望，顿作泪零衣袖濡。

小楼周刊（389）2024 年第十五期

李晓刚：前半叙事忆旧，娓娓道来，犹在昨日；后半抒情，情深意长。颈联"故国青山犹托梦，纸烟消息总耽途"，好句。顿挫抑扬，一放一收且下句胜上句，好作手。

每周试玉（384）| 嘉宾【汪奇圣 李晓刚 赵清甫 李江湖】

（二）新疆诗词评论家魏建浩点评

读郑板桥《墨竹图》

细叶萧萧不自胜，疏窗密雨伴孤灯。
幽幽瘦影心头涌，浩浩忧思笔下凝。
咬定青山非桀骜，炼成强骨是崚嶒。
扬州八怪吾唯仰，三绝畸人七品丞。

山水书画，皆可入诗，板桥瘦竹有名，枝叶关情。诗人眼中看到的是幽幽瘦影，心中感受到浩浩忧思，为民情怀，一脉相承。诗人之意不在竹，在乎人世间也。

驾车与同学赏南山秋光

迷此南山别样装，轻车熟路好徜徉。
云衔石壁千枫醉，瀑泻悬崖万马狂。
卅载风鬟成雪鬓，一朝时运叹冯唐。
年华卷帙今翻读，最爱金秋沉穗香。

南山秋光，分外迷人。看云衔石壁，瀑泻悬崖，似千枫沉醉，万马奔腾。叹冯唐易老，李广难封，卷帙漫翻，金秋穗香。诗人面色沉静，笑看秋景，心中云飞浪涌，穿越时空。情景交融，又回归了宁静。

再游额尔齐斯河

西去汤汤出国门，冲天一啸动乾坤。
敞怀能纳亚欧广，飞足甘为世纪奔。
浮梦瑶池披暮雨，牵情昆麓起朝暾。
吾今嘱尔常思祖，树茂千寻自有根。

额尔齐斯河，一江河水向西流，"冲天一啸动乾坤"。诗人情深意长，犹如叮咛远行的游子，虽跨越万水千山，也会牵挂在心，祝福常在。这首诗足见诗人的爱国情怀。

秋晚听小提琴曲《远去的芳华》

骤感烟云与日驰，韶光逝处四弦知。
金风有意黄秋叶，梦枕无缘绿鬓丝。
撷取篱边香一束，来添灯下酒三卮。
清宵莫笑醺醺态，手蹈余音不自持。

志趣高雅，诗意盎然。一曲《远去的芳华》听罢，骤感韶光易逝，黄叶飘飞，却又撷香一束，添酒盈卮。想得通透，看得明白，听得入心，喝得痛快，真性情也。

咏落叶

离却疏枝满地黄，舍身何惧几经霜。
品他多彩三生味，归我清和六界场。
半只帆桅终靠岸，一朝风雨漫成殇。
轮回还做丹青客，抱得春晖寄梦长。

《咏落叶》写得诗情浓郁，意味深长。叶如人生，随风飘落，诗人眼中却是如帆靠岸，何惧风霜。达观开朗，昂扬向上。更寄语时序轮转，春回大地。透过一地飘落的黄叶，又看到了绿意盎然的勃勃生机，达人知命的乐观情绪跃上纸上。

观电影《长津湖》

雪肆风凄衣尚单，英雄气概足安澜。
龙腾虎跃军威震，豕突狼奔敌胆寒。

恶浪岂能翻大海，冰姿依旧守营盘。

硝烟虽靖世无静，为国犹思报寸丹。

《长津湖》撼人心魄，感人至深。一往无前地压倒一切敌人的英雄气概，惊天地泣鬼神。硝烟虽靖，犹思报国。英雄气概，爱国情结，是我们这一代人永远不变的情愫。

霜降寄怀

时逢秋暮露成霜，忍顾篱边菊褪黄。

璞在蓝田终是玉，剑埋狱底自生光。

几分清气堪醒脑，一把冰壶足润肠。

纵使荣枯山水瘦，案头未改墨痕香。

秋意渐浓，露结成霜，落叶缤纷，残菊褪黄。诗人心有大爱，笑看荣枯，蓝田玉润，剑气不磨。翰墨依旧飘香，足见诗人的内心充满阳光。

雪霁望天山二绝句

晨曦初照露清容，碧宇腾飞起玉龙。

慧妙与生缘本性，屯云迷雾岂能封。

玉马银戈唱凯旋，轻蹄披日到边关。

九重晴宇云犹碧，霄汉腾身只等闲。

《雪霁望天山二绝句》写得轻盈灵动，匠心独运。天山似玉龙，迷雾岂能封。尤其"玉马银戈唱凯旋，轻蹄披日到边关"二句，更是妙不可言，极尽天山之神韵，非常人所能为也。

冬日观云二绝句

荡尽风尘梦也幽，几分慵懒挂枝头。
乖张脾性今知改，苍狗白衣皆敛收。

自许风流境界高，常凭舒卷入青霄。
几番寒气助清醒，多落溪湾不再飘。

《冬日观云二绝句》观得悠然，看得清醒。苍狗白衣，荡尽风尘。乘风而来，闲挂枝头。随风而去，飘落溪湾。这是冬日悠闲的白云，也是诗人淡泊宁静的心境的真实写照。

胞弟发来故园老宅前百年老榆树照片

神闲气定百年身，立世有根阴四邻。
雨骤常挥斑竹泪，风和每报故园春。
寰中薄命遗颜巷，梦里繁柯覆塞尘。
怕听同胞横一问：无非地远不相亲？

诗人的生活丰富多彩，虽方寸之间，仍神游天外，虽困居斗室，仍诗意盎然。

百年老榆树情有独钟，气定神闲，信笔拈来，浑然一体，精彩至极。"雨骤常挥斑竹泪，风和每报故园春。"百年老榆树的精气神跃然纸上。

读晏殊《珠玉词》

鬓丝纷乱漫梳风，来纠蛮笺曲调中。
瘦骨一身披暮雪，清音三匝绕焦桐。
无因晚籁飞长笛，不息诗澜动远空。
半阕平沙湖海梦，何愁落拓未词工。

此诗甚佳,诗韵足,诗味浓,空灵飘逸,气韵生动。不是风吹乱了鬓丝,而是鬓丝纷乱漫梳风,一个"漫"字,一个"梳"字,风流尽出,诗意尽显,起句不凡,有晏殊词的绮丽柔美之风。"瘦骨一身披暮雪,柔情三匝绕焦桐",更是美不胜收,情深意切,韵味悠长。"无因晚籁飞长笛,不息诗澜动远空",有声有色,有情有景,一个飞字,一个动字,妙手匠心,殊显功力。

题友人《画桥春晓》图

闲亭隐隐水流东,柳线轻拈数点红。
一抹云山羞答答,几行鸥鹭乐融融。
紫霞恰补荷塘缺,黄鸟新填晚笛穷。
谁识匠心愁着墨,过桥人在画图中。

题图一诗,足见遣词造句之功力,诗中有画,画中有诗,闲亭柳线,云山鸥鹭,一湾碧水,数点胭红,如诗如画,如痴如醉,画在眼前过,人在画中游,如斯美景,令人难忘。

友自故园捎来太湖石一尊,石上多窟窿,观之若衣衫褴褛之济公,置案左,诗以记之

敝衫褴褛两相宜,坐对神交乐不疲。
君或补天身已老,吾曾许国梦难追。
旧年常恨波间险,今日竟居斋侧奇。
观物大千多类聚,石顽如我我如谁?

咏石一诗,小中见大,平中显奇,神游大千外,物我两相忘。尤其改动之处,用心推敲,更见功力。"湖波"改作"波间",凸显"险"字,"深"改作"竟"字,更加体现出旧年与今日之大不同,更加耐人咀嚼。

题友人《雨中新荷》图

墨点闲抛泪点多,清圆出水怎消磨?

目临仙影神思远,时值芳时淑气和。

惊蛰岂无风料峭,堆烟自有柳婆娑。

潇潇懒顾青衫湿,任尔浮生雨一蓑。

题友人《雨中新荷》一诗写的清新俏丽,情思飘逸。起首二句不同凡响,写出雨中新荷的婀娜多姿,墨点、雨点、泪点,亦真亦幻。尤其"惊蛰岂无风料峭,堆烟自有柳婆娑",更是神来之笔,堪称状物抒情之高手。

读《山海经·精卫填海》

柘木能穷志未穷,一拼身死到鸿蒙。

何施粉黛于眉侧,常抚伤痕在梦中。

片羽凌云封碧海,寸心滴血耸苍穹。

凭谁挽得三千浪,来立男儿不世功?

慷慨激昂,大气磅礴。片羽对碧海,寸心对苍穹,缥缈孤鸿影,壮志贯长空。诗人如椽巨笔,穿越时空,壮怀天地,一股英雄气纵横驰骋,壮哉壮哉!

走进石人沟

才叩山门耳目新,已分上水洗青巾。

倩谁布就辋川景,迎者当为少昊民。

顽石尚能参佛性,清风应可扫心尘。

几多烦恼且抛却,还我江湖自在身。

石人沟大家常去,见多不怪,诗人却写得清新脱俗,令人耳目一新,顽石参佛性,清风扫心尘。景似古辋川,人如王摩诘。

床头闲读

闲共诗书五尺床，久经逼仄竟如常。
神凝风雨牵黎庶，目断春秋过八荒。
筛影枝来都入定，透窗蝉噪也无妨。
文章万卷养天性，岂向人间乞稻粱。

五尺床前，目断春秋，枝影摇曳，临窗神思，悄然入定。看似云淡风清，实则意味悠长。天性文章养，岂为稻粱谋。

千载胡杨

自古龙沙生苦寒，叹他皆作等闲观。
云烟有据云烟冷，岁月无痕岁月宽。
数点苍山埋大夏，一声清雁过楼兰。
胡杨昂首三千载，抖落风霜梦未残。

"数点苍山埋大夏""一声清雁过楼兰"可谓绝唱，尽显历史沧桑，更有思绪悠长，穿过时空的隧道，显出古今的画面。苍山数点，见证一个王朝远去的背影，清雁一声，掠过淹没千年的风霜。胡杨不死，绮梦未残。

夕阳亭独坐

微澜不改水波青，来照长天过雁翎。
常见木疏风起舞，每因秋气叶飘零。
缤纷物象追何及，匆促年轮转未停。
所幸缠身诸事了，斜阳落处又繁星。

人生如诗，岁月如歌。斜阳独坐，物我两忘。极目雁过长空，胸中波澜不惊。秋叶飘零。年轮更替，往事悠悠。诗人曾经沧海，诸事不扰禅心，坐看斜阳，繁星满天。此中真意，无须用语言道出。"斜阳落处又繁星",语有尽而意无穷,余韵缭绕,令人顿生遐思。

遣 怀

寒气横吹木叶飞,波烟袅袅梦依稀。
怅怀篱菊枝头瘦,豁眼晴云岭上肥。
尘界翻新往兼复,素心读老去同归。
万千霜色纵围我,傲骨支秋系落晖。

寒气横吹,落叶纷飞。诗人独立寒秋,菊瘦云肥。不念过往,直面将来。纵万千霜色,依然傲骨琴心,走进落日余晖,傲骨能支秋,襟怀藏天地,给人以精神力量,足见诗人豪迈之情怀。

秋日观云

不露真容不发声,临空舒卷自由行。
九重碧向千峰洒,万里秋从一雁鸣。
渐有诗怀连浩渺,岂无蝶梦接蓬瀛。
劝君休起冲天问,桑海之间路几程?

秋日晴空,云卷云舒。九重一碧,铺向人间大地,秋风万里,不掩雁唳之声。诗人目逐秋云,蝶梦悠悠,沧海桑田之间,思绪可及,彰显诗思的魅力。尤其是中二联属对精工,文采飞扬。

题友人《紫竹吟风图》

一篷风雨送流年,朝夕萧萧半入禅。
宜隐宜居于晋后,亦狂亦侠在身前。
剑经勤砺青锋出,书至常温妙笔传。
涉世何愁霜雪冷,浮生笑对过云烟。

紫竹吟风,似水流年。远离狂侠,心已入禅。生花妙笔,笑对繁华。看似云淡风轻,实则韵味深长。

临窗听雪

谁扫喧嚣夜正宁,远闻湘瑟与秦筝。

宗元已去题难就,道韫重来韵岂成。

学以勤功求尔雅,老而能饭乐棋枰。

吾今窗下听禅意,寂寂红尘落雪声。

雪落无声,红尘寂寂,喧嚣夜正宁,湘瑟、秦筝次第赴耳。与宗元同天地,和道韫共雪天。学以求勤,老而能饭,夫复何求?夜常有,雪亦常有,然雪夜临窗,感念岁月,参悟禅意者能有几人?

观友人游佛山清晖园图片有复

数九寒天不见寒,乍临仙境好盘桓。

但将胸次烟霞气,浑作镜头文化餐。

来凤峰巅来凤侣,读云轩里读云峦。

羡君今有闲情在,且共清晖倚曲栏。

诗人重情重义,常与友人隔空唱和,佳作迭出。数九寒天,挡不住心中的温暖,清晖园里,更有着对友人的关切和欣赏。来凤峰前有神仙伴侣,读云轩中有清晖倚栏,这样的诗句,美不胜收,令人浮想联翩。

酬友人《冬登沧浪亭》诗

一亭成就美山川,冰雪晶莹纳玉笺。

节气循环终不止,浮生侘傺更谁怜。

沧浪境造沧浪水,晴朗胸涵晴朗天。

三九寒冬情未减,暂抛红绿共云烟。

对沧浪亭的评价可谓恰如其份，亦是点睛之笔，境界宏大，一片壮美，沧浪水造沧浪亭，一亭成就美山川，游者流连忘返，读者亦沉迷其中。"沧浪境造沧浪水，晴朗胸涵晴朗天。"诚哉斯言！

观央视播报全国麦收消息

青梅已熟麦收忙，仓廪充盈心不慌。
理政先知灶前味，固基还靠手中粮。
人勤昨播春风绿，汗尽今成子粒黄。
岁月歉丰与温饱，时时有备可安详。

有哲理，有高度。青梅已熟，麦收正忙。洒下汗水，收获希望。"理政先知灶前味，固基还靠手中粮"，诚如斯言，真大智慧，大手笔。

过伊犁将军府

曾因此府镇天山，势压危峰接玉关。
未许胡尘祸中国，频将利剑斩凶顽。
风云一纪凭谁问，草木三冬任岁删。
廊柱檐牙呈气象，沧桑度尽矗人寰。

《过伊犁将军府》写得气势不凡。"曾因一府镇天山，势压危峰接玉关。"起首两句似奇峰突起，一下子就写出了伊犁将军府的险要地势和历史地位。"未许胡尘祸中国，频将利剑斩凶顽。"更是点出了伊犁将军府在中国历史上发挥的独特作用，对维护祖国统一完整，起到了举足轻重的作用。寒来暑往，历史变迁。伊犁将军府度尽沧桑，依旧气象不凡，矗立人间，诉说着历史风云，见证了民族复兴。诗人由近及远，从古到今，寥寥数语，把伊犁将军厚重与沧桑，写得入木三分，生动形象。是一首难得的咏古抒怀的好诗。

登黄崖关长城

势抱三关扼吉辽,五峰天外竞岩峣。

行经水界复山界,吹断紫箫还玉箫。

千古兴衰成历史,百年消长看狂潮。

披风一啸城头上,已为时空立坐标。

《登黄崖关长城》一诗,借景抒情,抚今追昔,写得简洁明快,气势不凡。"势抱三关扼吉辽,五峰天外竞岩峣",首两句写出黄崖关独特的地理位置,一个"扼"字,使黄崖关的险要地势跃然纸上。"行经山界复水界,吹断紫箫还玉箫",写出黄崖关绵延不断,气象万千的壮丽景色。"千古兴衰成历史,百年消长看狂潮",诗人发思古之幽情,在静默的黄崖雄关之上,感受到千年历史的风云呼啸而过,特别是近百年来,潮起潮落,如在眼前。"披风一啸城头上,已为时空立坐标",诗人胸怀天下,纵览古今,使得人与关融为一体,化为新时代的一道风景。本诗不仅写出了古老的黄崖关的雄伟壮阔、生机勃勃,更是抒发了诗人以天下为己任、与时俱进的豪迈情怀。

后 记

《瀚海追潮集》得以付梓问世，作为本书作者很是欣喜。在春雨初来、春潮湍流之时，我这小小的一叶诗舟随着春水浮沉，点缀在青山碧波之间。即使无人问津，也能与周围环境相处融洽，甚至合为一体，产生它自有的美感。而这种不为世俗所动，不为功利所驱的美感，也正是我毕生想要追求的东西。

《瀚海追潮集》得以刊行，离不开诗词界许多诗友、朋友的大力帮助，在这里，我要感谢广州书法家纪光一先生为本书题写书名。感谢新疆诗词评论家魏建浩先生为我的诗词作写了大量的、精彩的评论。这里，还要感谢《小楼周刊》嘉宾段维、雷海基、孟欣、熊天锡、李明科、汪奇圣、李晓刚等国内著名诗词评论家对拙诗所作的十分中肯、十分精彩的点评。在这里，我要特别感谢新疆诗词学会常务副会长李新平先生给予的鼎力支持，以及之前对我的许多论文所给予的校对和提出修改意见。感谢新疆大学教授、博士生导师和谈先生的关心与帮助。特别是著名诗人、画家孟庆武先生的全力支持。在这里，我还要向中国书籍出版社王志刚老师以及编辑部的审稿老师们表示深深的谢意。当然，《瀚海追潮集》得以出版，需要感谢的朋友、诗友还有很多，在这里，恕不一一致谢。

由于本人诗词创作水平非常有限，这里也真诚希望《瀚海追潮集》出版后，能得到诗友们的关注，并对于诗词中的错误提出批评。《瀚海追潮集》承蒙诗界友人的大力支持与厚爱，甫有其成，幸甚至哉。

薛维敏 2024 年 3 月 12 日于乌鲁木齐啸云斋